KB194039

痴人의 見聞

痴人의 見聞

장 양 수

이회문화사

두 讀者를 위한 備忘錄

내가 남 안 한 무슨 귀한 말을 가지고 있는 것도 아니고, 그렇다고 어디 내놓고 자랑할 만큼 잘 산 삶도 아니고 — 그러니 이런 일이 과연 조금이라도 의미가 있는 것일까 하여 많이 주저하다가 「痴人의 見聞」이라는 이름의 수필집 한 권을 내기로 했다. 그것은 두 독자를 위한 결심이었다.

나는 나에게 언제나 호의와 애정을 보내온 사람이 과분하다 할 만큼 많다는 것을 잘 알고 있다. 그 사람들이 이 책의 첫째 독자다. 그 사람들은 내가 무슨 바보 같은 소리를 해도 언제나 웃으며 들어주었다. 다른 사람은 생각할 것 없고, 그 분들에게 내 어설픈 지나온 생에 대한 이야기, 내가 하고 있는 미욱한 생각들을 들려주고 싶었다.

그리고 또 다른 한 사람의 독자는 바로 나 자신이다. 때로 미울 때도 있지만, 이제와 생각하니 그렇게 겁내지 않아도 되었을 것 같은데 사고무친 외로워 놓으니 이 세상 풍랑에 부대끼며, 뒷전으로 밀려나지 않으려고 아둥바둥 살아온 내 자신이 측은하고 안쓰러울 때가 더 많다. 그래, 매일이 한가한 시간일 터인, 지금보다 나이 더 들었을 때 앨범을 펼쳐보듯, 이 글들을 읽으며 지난날의 나를 돌아보고 싶었다.

그래서, 장담하거니와 이 초라한 얇은 책의 글에 거짓은 없다. 누구를 속이랴. 누구보다 나를 속여 무엇하랴. 만약 그랬다가는 내 같은 결벽성이 심한 사람은 책표지만 보아도 스스로 낯이 뜨거워 견디지 못 할 것인데—.

그러니 한 바보(痴人)가 60평생, 이 세상을 살아오면서 보고 들은(見聞) 이 이야기를 지금까지 내가 이야기 할 때면 언제나 그랬듯, 가벼운 마음, 너그러운 마음으로 웃으면서 들어주기 바란다.

일이 바쁘신 데도 하찮은 객담을 책으로 만들어주신 박영희 사장님께 진심으로 감사를 드린다.

2001년 11월 일 著者 識

차 례

제1부 고향 – 내 몸이 자란 곳, 내 꿈이 영근 곳

제3부 記者 – 가시관의 帝王

■ 내가 본 牛耕 張良守 敎授

제 1 부

고 향

내 몸이 자란 곳, 내 꿈이 영근 곳

이제 와 고향을 돌아보니…

내 고향은 慶南 昌原市 北面이란 상당히 궁벽한 곳이다. 나는 그 고향 생각만 하면 이제는 저 세상에 계신 부모님에 대한 그리움과 죄스러운 마음을 금할 수 없다. 사람이 미욱해 깨달음이 늦어 그랬겠지만, 조숙한 사람이면 꽤 철이 들 나이까지 나는 부모님에 대한 원망 비슷한 것을 가지고 있었다. 다들 잘 살던데 우리 집은 왜 맨날 쪼들리기만 하나… 하는 생각을 할 때가 많았다. 그러다 나도 결혼을 하고 자식을 낳아 기르면서 이 풍진 세상에 부대끼며 살아가다 보니 그제야 그런 생각이 얼마나 못난 것이었나 하는 것을 알게 되었다. 그리고 일제 말과 해방 후, 6·25를 겪는 그 어려운 때에 그래도 우리들 아홉 남매를 굶기지 않고, 그 중 내까지 포함해서 세 아들을 외지로 내보내 고등교육을 시키신 부모님의 고생이 어떠했겠는가가 생각혀 조용한 시간이면 혼자 눈물을 지을 때가 있다.

고향에 대해서도 그랬다. 다 서울·부산 같은 대처에 나가 자리 잡고 사는데 우리는 왜 천주산으로 마산 쪽과 막히고 洛東江으로 밀양·대구 쪽과도 길이 끊긴, 北面이라는 이 궁벽한 곳에 살아야 하는지 불만스럽기만 했다. 특히 내가 생장한 곳은 그 北面에서도 동쪽 끝, 여름철 비가 조금만 많이 와도 개울물에 길이 끊겨 버리고 겨울이면 칼날처럼 매운 북풍이 살을 에이는 마을이었다. 그러다 한참 후에야 내 고향을 그렇게 버림받은 땅처럼 생각한 것이 천만부당했다는 것을 깨닫게 되었다.

우리 마을 앞을 흘러가고 있는 洛東江은 먼 太古 때부터 내 고향 뿐 아니라 이곳 영남 사람들의 젖줄이었으니 내 고향은 그 얼마나 축복 받은 땅이라 해야 할 것인가. 그 강에서 멱을 감고 송사리를 잡고 붕어를 낚으며 보낸 나의 소년 시절은 또 얼마나 행복한 것이었던가.

나의 고향 마을 남서쪽에는 白月山이 솟아 있다. 오래 전까지 나는 이를 그저 그렇고 그런 산이 거기 엉거주춤 서 있거니 생각했는데 알고 보니 그것이 아니었다. ≪三國遺事≫는, 나라 안에 통일신라 시대에 두 사람의 중이 成佛한 곳으로 중국에까지 알려진 명산이 있으니 「白月」이라고 하고 있는데 놀랍게도 이 산이 바로 그 산이었다. 그러니까 우리 北面 사람들은 문자 그대로 「名山(白月山) 大川(洛東江)」의 精氣를 타고난 사람들이라 해도 과히 허황한 말이라 할 수 없지 않겠나 싶다.

고향에 대한 나의 잘못된 생각은 거기서 그치지 않았다. 국민학교 시절 사회시간에 전국의 名産物을 배울 무렵 "대구 사과 · 개성 인삼 · 연평도 조기 · 청진 정어리 · 신포 명태…" 하고 열심히 외우다가 "여기에도 「北面」은 없네…." 하고 한심하다는 듯이 혼잣말을 했더니 귓결에 그 말을 들으셨든지, 아버지께서 "우리 동네 앞들에서 나는 용애 나물은 맛이 좋아 옛날에 진상을 하여 임금님 수라상에 올랐더란다."고 하셨다. 돼지고기 · 쇠고기만 맛 좋은 줄 알고 있던 나는 아버지의 그 말씀을 그냥 흘려듣고 말았다. 그런데 50 여 년 살아오면서 온갖 음식 다 맛보고 나니 새삼, 쑥에서 나는 것과 비슷한 향기가 은근하고, 연하기 그지없는 그 나물의 진미를 알게 되었다. 그래 내가 그 나물을 워낙 좋아 하니까 누님이, 질녀가 해마다 3월 하순이면 일부러 고향 마을 앞들에까지 가서 애써 그 나물을 캐어 보내준다. 나는 그 때마다 그분들의 그 진한 정에 고마워하며 그것을 꿀맛 같이 먹고 있다.

고향의 음식으로 또 한가지, 나의 외가 마을 明村 앞강에서 잡히는 「정거리」를 잊을 수 없다. 해마다 겨울철이면 어머니는 場에서 멸치 만한 크기의 그 민물고기를 한 끄러미씩 사오셨다. 끄러미란 짚을 한 움큼, 아래 위로 묶고 그 가운데에 고기를 넣은 것이다. 얼핏 생각하면 장에서 10리나 되는 길을 그것을 들고 오면 중간에 고기가 다 흘러 떨어져 버릴 것 같았지만 그것은 쓸 데 없는 걱정이었다. 이 끄러미라는 것이 참 재미있는 것이어서, 짚의 꺼칠꺼칠한 단면과 물고기의 지느러미가 엇물려 아무리 먼길을 들고 가도 한 마리 흘리지 않게 되어 있었는데 성근 짚 사이로 바람이 숭숭 지나 한낮에 사서 해질녘에 집에 도착해도 아직 산 놈은 더러 살았고, 싱싱하기가 이를 데 없었다. 정거리는 배도 따지 않은 온마리를 충충 쓴 무와 초장에 버무러 먹으면 그 쌉싸름한 맛이 그저 그만이다. 그러나 이 민물고기는 아무래도 무를 굵게 도막내어 넣고 갖은 양념을 해 졸였을 때의 그 덜큼하고 짭질한 맛이 제일이다. 그래 가지고는, 두고두고 차거워 썽그런 그 졸임을 더운 쌀밥 반찬으로 먹는 맛이란 가히 이 세상의 것이 아니다. 지금까지 미국이나 중국·프랑스·이태리 하는 나라들 다니면서 세계적인 별미라고 소문난 음식들도 더러 먹어보았지만 용애 나물이나 정거리 졸임하고 바꾸고 싶은 것은 아직 보지 못했다.

나의 내 고향 사람들에 대한 생각도 나이 들어가면서 젊을 때와는 많이 달라졌다. 젊은 시절 나는 한동안 군 장성이다 재벌 총수다 장관이다 국회의원이다 하는 사람들이 제 고향 젊은이들을 무더기로 취직을 시켜주기도 하고 벼락 출세를 시켜주기도 하는 것을 멍하니 구경만 하면서 내 고향에는 어째 저런 사람 하나 구경도 못 하겠노… 하고 한숨을 쉬기도 했다. 그러나 귀밑머리가 하얗게 된 이제 와서 보니 그것도 잘못된 생각이었다.

나라를 오늘의 이 모양으로 만든 것이 愛國愛族 부르짖으면서 나서서 설치던 그 잘난 사람들이었다는 것은 누구나 다 아는 일이다. 이제 나는 그 때나 지금이나 묵묵히 밭 갈고 씨 뿌려 거두며 군대에 가고 세금 내면서 분수대로 살고 있는 우리 고향 이웃 같은 사람들이야말로 참으로 나라를 사랑하는 양민들이라는 것을 잘 알고 있다.

그리고 내 고향 사람들은 인정스럽고 어질고 순한 사람들이었다는 것도 이 나이가 되니까 알게 되었다. 나의 소년시절 해방 후 우리 인근 지방에서 어디나 없이 좌우익이 싸워 서로 죽이고 죽는 끔찍스런 사건이 연일 벌어지던 그 소름끼치던 때도 우리 北面 사람들은 누구 하나 그렇게 모진 짓 하지 않았다는 기억도 나에게 고향 사람들에 대한 깊은 신뢰와 정을 느끼게 한다.

누가 초라한 僻地라고, 보잘것없는 寒村이라고 비웃어도 부모님과 내 두 형님이 잠드신 곳, 언젠가는 나도 그 곁으로 가게 될 곳, 北面은 영원한 내 영혼의 안식처다. (1998)

어머니의 꿈

어느 어머니인들 자식 사랑하지 않는 사람이 있으랴만 우리 어머니의 그것은 특히 유별난 것이었다. 나는 5남 4녀, 아홉 남매 중 4남, 8번 째 자식이었는데 어머니는 그 자식들 모두를 하나 같이 사랑하셨다. 깨물어 안 아픈 손가락 없다지만 어떻게 그 많은 자식들을 그렇게 고루 사랑하실 수가 있었는지 - . 나도 많지는 않지만 자식들 낳아 키웠지만, 어머니의 그것은 내 같은 사람은 엄두도, 흉내도 낼 수 없는 그런 큰 사랑이었다.

그런데 어머니가 모든 자식을 고루 사랑하신 것은 사실이지만 사실은 그러면서도 나는 어머니로부터 우리 9남매 중 누구도 받지 못한 특별한 사랑 한 가지를 더 받았다. 어머니는 형제들 중 누구보다 나에게 큰 희망을 가지고 계셨고 또 특별히 누구보다 나를 믿으셨다. 어머니가 나에게 맹목적인 희망, 기대를 거신 것은 무엇보다 외할아버지의 말씀 때문이었던 것 같았다. 漢學, 특히 《周易》에 정통하셨던 외할아버지께서는 어머니가 아들을 낳으시면 애의

四柱를 보아주셨다 한다. (남존여비 사상 때문이었겠지만 딸인 경우는 보아주지 않으셨다.) 외할아버지는 둘째 형님이 태어나신 얼마 후 돌아가셨기 때문에 결국 큰형님과 둘째 형님만 四柱를 볼 수 있었는데, 어머니에 의하면 그것이 무서울 만큼 정확하게 맞았다 한다. 큰형님의 경우, 생년, 월, 일, 시를 말씀드렸더니 한참 이것저것을 맞추어 보시더니 갑자기 안색이 어둡게 흐려지시면서 들고 계시던 붓을 방바닥에 던지면서 "아, 단명살(短命煞)이 들었다."고 하면서 탄식을 하시더란다. 短命煞이 들었다는 것은 명이 짧다는 뜻이었다. 그러고 한 참을 계시더니 "그래도 키워보아라. 내 四柱가 다 맞으란 법이 있겠느냐."고, 그렇게 자신 있어 하시던 당신의 四柱가 틀리기를 바라는 말씀을 하시더란다. 그런데 불행하게도 외할아버지가 보신 형님의 四柱는 맞아버렸다. 큰형님은 肝臟이 안 좋아 서른 네 살의 한창 나이로 세상을 버리고 말았다.

둘째 형님의 四柱도 어머니와 외할아버지에게 걱정스런 것이었던 모양이다. 외할아버지는 그 형님의 四柱를 보시고는 "허 참, 남 안 가진 心火를 두 개씩이나 가졌어. 성을

서른 한 살 때 어머니와 함께 고향집 마당에서 - .
우리 어머니 참 인자하게 생기셨지요?

못 참아. 사는 것이 고달프겠어."라고 하셨다 한다. 내가 보아도 형님의 그 四柱는 맞았다. 그 형님은 유달리 성질이 급했다. 거기다 정의감마저 남달리 강하다 보니 그 둘이 합쳐져 문제가 끊임없이 일어났다. 평생 국민학교 교사를 하신 분인데 교장, 서무 하는 사람들이 조금이라도 비릿한 짓을 하면 그것을 보아 넘기지를 못했다. 그러다 보니 가는 곳마다 미움을 사 제대로 승진을 못 한 것은 물론이고 교통 좋은 1급지 학교에는 한 번도 못 있어 보고 산골, 落島로 이리 저리 밀려다니면서 한 평생 평교사로 찬밥만 자시다 가셨다.

두 외손자의 四柱가 다 걱정스럽자 외할아버지는 어머니를 위로하려고 그러셨든지, 어머니가 태어났을 때 보아두었던, 어머니의 四柱 말씀을 하시더란다. 그에 의하면 어머니에게는「큰 자식 하나」는 틀림없이 점지되어 있다는 것이었다. 어머니는 그「큰 자식」이 내라고 믿으셨는데 그렇게 믿으신 것은 당신의 꿈과도 관련이 있었다. 어머니는 나를 가지셨을 때 胎夢을 꾸었는데 그 꿈이 예사롭지 않았다는 것이다. 어머니는 꿈에 커다란 용 두 마리를 보신 그 날 처음으로 태기를 느꼈는데 그 꿈 끝에 태어난 것이 내라고 하셨다. 어머니는 외할아버지가 보신 四柱와 당신의 胎夢이 그러니 내가 그 큰 인물 될 사람이라는 것을 조금도 의심하지 않으시는 것 같았다. 내가 失職을 하고 말할 수 없는 실의에 빠져 있을 때도, 筆禍로 엄청난 곤경에 처해 있을 때도 어머니는 조금도 걱정을 않으셨다.

한 번은 이런 일이 있었다. 내가 신문기자로 일하고 있던 1975년 2월, 한 중견 공무원이 행정대학원을 수료하고 석사학위 논문을 썼는데 그 내용이 재미가 있어 보였다. 공무원을 대상으로 설문조사를 한 결과 분석을 한 것이었는데 그 논문에 의하면 부산시 산하 공무원 42%가 월급 아닌 음성수입에 의존하여 생활한다고 되어 있었다. 그러니까 부산 공무원의 절반 가까운 숫자가 떳떳하지 못한 돈을 받고 있다는 것을 스스로 고백한 셈이었던 것이다. 그것을 기사로 써냈더니 그 날 신문 사회면 톱에 「부산시 공무원 42%가 음성수입 의존」이란 시커먼 제목을 달고 보도가 되었다. 維新政權 때라 시끄러워지지 않을까 좀 마음이 찜찜했는데 그 불안한 예감대로 이튿날 새벽 1시 중앙정보부에서 들이닥쳐 南區 大淵洞 對共分室이란, 이름만 들어도 으스스 떨리는 그 악명 높은 곳으로 끌려갔다. 거기 가서 안 사실이었는데, 그 기사가 서울에 있는 東亞日報·朝鮮日報·中央日報 같은 일간지에 그대로 轉載된 데다 밤에는 北韓의 對南放送이 「부산의 장 아무개 기자가 쓴 기사에 의하면 공무원 절반이 도둑질해 살고 있다 한다.」고, 상당히 악의적으로 보도했다 한다. 거기다 더욱 일수가 좋지 못 했던 것이, 그때가 대통령 선거를 며칠 앞두고 있은 시기라 야당성향이 강한 것으로 이름나 있던, 내가 근무하고 있던 회사가 朴 아무개 대통령이 떨어지게 하려는 의도에서 그런 기사를 보도했다는 오해까지 받았던 모양이었다. 그리하여 나는 높은 촉광의 백열등이 눈이 아리게 쏟아지는 좁은 방에서, 내 신상이 당장 어떻게 될지 모르는 상태에서 잠 한 숨 못 자고 수사관이라는 사람들이 바뀌어 바뀌어 들어와서는 물은 것 또 묻고 또 묻고 하는 지긋지긋한 신문을 받아야 했다.

밖은 밖대로 야단이었던 모양이었다. 우리 회사 사원들은 전원 철야 농성을 하고 텔레비전·라디오·신문들은 계속해서 아무개 기자가 괴한에게 연행되었다는 기사를 보도하고 朝鮮日報 같은 신문은 「잘 못 된 일이 있으면 시정할 생각은 안하고 그것을 지적한 사람을 끌고 가는 정부의 발상을 이해할 수 없다」는 사설을 실었다 한다. 또 韓國記者協會와 야당 대변인은 석방을 촉구하는 성명서를 발표하고 - . (어쩌다 보니 무슨 武勇談 비슷하게 되어버렸는데 사실은 그럴 의도는 없었고, 어머니 이야기를 하려고 하다 보니 그렇게 된 것이니 속이 좀 느끼 - 하더라도 조금만 더 참고 읽어주기 바란다.) 내 집에는 가족과 친인척이 모여 앉아 모두 대걱정을 하고 있은 것은 두 말할 것도 없다. 그런데 유독 어머니만은 자식이 어디로 끌려가 어떻게 되었는지 모르는데 어찌 저럴 수가 있을까 싶을 정도로 태연하시더라 한다. 그래, 누군가가 "걱정이 많이 되시지요?" 했더니 어머니는 금방, "나는 걱정 안 합니다. 그 애를 죄 있다고 잡아간다 카모 조선 사람 다 잡아가야 될낍니더."라고 하시더란다.

어머니의 장담대로 나는 사흘만에 무사히 풀려났다. 어머니는 그로부터 21년 뒤인 1996년, 내 나이 쉰 일곱일 때 98세의 연세로 세상을 떠나셨다. 그러나 나는 이 나이가 되도록 큰 인물이 되기는커녕 이렇다 할, 이룬 일도 없고 앞으로도 그럴 것 같지 않은 허망한 백면서생일 뿐이다. 외할아버지의 四柱도 내게만은 맞지 않았고 어머니의 용꿈도 아무 영검이 없었든지 나는, 살아 계실 때도 돌아가신 지금도 어머니의 기대를 저버리고 있는 셈이다. 그 뿐 아니라 나는 어머니의 그 넓은 바다 같은 사랑을 받았으면서도 어머니 생전에 그 분의 마음을 얼마나 서운하게, 아프게 했는지 모른다. 내가 어머니에게 저지른 잘못을 생각하면 말할 수 없이 후회스럽지만 부끄러워서 그것을 여기에 쓰지는 못한다. (2000)

꿈속의 고향

벌써 6년 전 일이다. 당시 신군부의 언론인 강제 해직으로 십수년 간 몸담았던 회사를 그만두게 되었다. 그들은 취업금지라 하여 직장을 가져서는 안 된다고 하고 출국금지라 하여 어디로 나가서도 안 된다고 했다. 앉아서 죽으라는 말과 같으니 암담하기 이루 말 할 수 없었다. 세월이 흐르면 이 미친 세상도 끝나겠지 하고 스스로를 위안하다가도 박 아무개라는 사람이 근 20년을 권좌에 앉았었는데 전 아무개가 그러지 않는다는 보장도 없지 않느냐, 만일 그렇게 된다면 그때는 내 나이도 이미 예순 줄, 다 산 것이 아니냐 하는 생각으로 또 다시 절망감에 빠져들곤 했다.

정신을 못 차릴 정도로 바쁘던 나날이 갑자기 하루 사이에 할 일도 볼일도 없어져버렸는데 더구나 그 회사는 내가 나의 젊음을 다 바쳐 위하고 아끼던 대상이었으므로 나의 아픔은 단순한 실직에서 오는 것 이상이었다.

처음 얼마 동안은 친지들이 걱정스런 목소리로 전화를 걸어와 여러 가지 좋은 말로 위로도 하고 하더니 그것도 며칠 안 가 끊어져버렸다. 이쪽에서도 한 번도 그런데 자꾸 그런 전화 받기는 쑥스럽고 상대도 무슨 별난 수도 없이 전화를 걸려니 내키지 않았을 것이다.

나를 덮쳐오는 주체할 수 없이 많은 시간을 안아 넘기기란 여간 일이 아니었다. 집에 가만히 앉아 있자니 무료하고 밖으로 나가니 밀려오고 밀려가는 사람의 물결이 더한 소외감을 가져다준다. 실로 나서 처음으로 겪는 시련이요 고통이었다. 가장 견디기 어려운 것이 주변과의 관계가 모두 단절돼 외톨이가 되어 밀려나 있다는 자의식이었다.

고속버스를 타고 오다 秋風嶺 휴게소에 내려 국수 한 그릇을 시켜놓고 기다리고 있는데 바로 앞자리에 눈이 번쩍 뜨일 정도로 반가운 사람이 와서 앉는다. 누구길레 내가 이러나 가만히 보니 그 사람은 내가 타고 오던 고속버스 안내양이다. 서울에서 부산으로 오는 길에 몇 시간 동안 손님과 승무원의 관계, 그것을 「우리」라는 관계로 읽고 싶었고 그래서 한 순간 스쳐 가는 그 딸 같은 애가 그렇게 반가웠던 것이다.

술 한 잔 마시고 들어오면 잠자코 침묵만 지키고 있는 전화기가 괜히 미울 때도 있었다. “너도 맨날 그렇게 가만히 있지만 말고 무슨 소리 한 번 내 보아라. 바보 같은 게….”

그 때는 왜 꿈을 그렇게도 많이 꾸던지… 눈만 붙이면 꿈, 꿈이다. 그런데 이상한 것은 꿈속에서 내가 헤매고 있는 곳은 거의 언제나 고향이라는 사실이었다. 고향의 뒷산, 들판, 밭언덕을 끝없이 서성거리고 있는 것이었다. 고등학교에 들어가고부터는 공부하러 다니느라 늘 객지에서만 살았기 때문에 내가 그때까지 산 40년 세월 중 고향에서 보낸 기간은 17~8년에 불과했다. 그런데도 꿈속에서 내가 딛고 서 있는 땅은 언제나 고향인 것이다. 그때 미국에서 의학을 공부하고 돌아온 친구가 있어 그에게 사람이 어려울 때면 고향 생각을 한다는 말은 들었지만 그게 만든 말이 아닌 것 같더라고 했더니 그는 사람에게는 어려움에 처하게 되면 지나간 세월 중 자신에게 가장 좋았던 시절로 돌아가고자 하는 잠재의식이 있다고 말했다.

내 고향은 낙동강변에 있는, 상당히 궁벽한 곳이다. 집에서 십리 넘게 걸어나가야 하루 한 번 50리 밖, 마산으로 나가는 낡은 시외 버스를 탈 수 있는 교통 오지였다. 내가 살던 마을 앞 길은 비가 조금만 와도 개울이 넘쳐 막혀버린다. 겨울이면 길바닥이 얼었다, 녹았다 하는 바람에 길이 진창이 되고 말아 발을 떼어놓기도 힘들었다. 나와 친구들은 시오리가 넘는 학교길을 새벽밥을 먹는 둥 마는 둥 뛰어서 다녔다.

내가 자란 마을은 북향 언덕바지라 겨울 바람은 차다 못해 숨을 막을 정도로 매웠다. 다른 사람들도 대개는 그랬겠지만 나의 소년 시절은 해방 직후라 배고픔에 시달려야 한 세월이었다. 쌀밥 구경하기는 어렵고 일년 내 죽이 아니면 쑥이나 무를 넣어 지은 밥을 먹어야 했는데 그것도 늘 배가 덜 찼다. 나도 친구들도 회충과 영양 부족으로 노랗게 뜨거나 핼쓱한 혈색의 소년들이었다. 입는 것도 얇아서 늦가을부터 이듬해 봄까지 오들오들 떨면서 지내야 했다. 열 살이 갓 넘고부터는 나무 해 오기, 보리타작, 지게지기로 아직 덜 여문 뼈가 아렸다. 무슨 놀이시설이 있는 것도 아니었다. 겨울이면 벼를 베어낸 논에서 새끼로 짚을 둘둘 감아 만든 공을 시퍼런 코를 물고 차고 다니는 것이 고작이었다.

그것이 나의 소년 시절이요, 그곳이 내 고향이다. 그에 비하면 성인이 되어 도시로 나오고 나서의 나의 생활은 호사스런 것이었다. 그리 멀리, 자주는 안 다녔지만 남의 나라 좋다는 곳 찾아다니면서 그 나라 별미라는 음식 맛도 더러 보았다. 고운 색시 시중 받아가며 분에 넘친 술자리에도 앉아 보았고 천연색으로 된 화려한 영화구경, 익사이트한 스포츠 관람도 도시에 나와서 했다. 계절이 바뀔 때마다 륙색 짊어지고 산수 좋은 곳 찾아 등산도 다녔다. 또 친구들과 어울려 하던 포커 게임은 얼마나 즐거웠던가.

그런데 내 생애 중에 가장 행복했던 것은 국내외의 명승지에서의 유람도, 도시에서의 호유도 아닌, 배곯고 헐벗고 자란 고향에서의 그 시절이었다는 것이다. 그것을 생각하면, 사람의 행복이란 아무래도 물질 같은 것으로는 어떻게 되는 것이 아닌 모양이다. (『月刊朝鮮』 1986)

鎭海의 추억

창원으로 이사한 이듬해, 6・25사변이 일어난 사흘 뒤, 친구들과 함께 담임 선생님을 모시고 —. 그때는 국군이 곧 平壤을 빼앗는다는 소문이 도는 등 그 전쟁이 그렇게 끔찍스런 비극이 될 줄은 꿈에도 모르고 이렇게 태평스러웠다. 뒷줄 나무 둥치 앞의, 단추를 채운 저고리를 입은 소년이 필자다. 사진을 향해서 뒷줄 맨 오른쪽에 서 계신 분이 담임, 주정순 선생님. 약 8개월의 師弟 인연이었지만 51년이 지난 지금까지 만남과 연락이 계속되고 있다.

서양 사람들 말에 「센티멘털 저니(sentimental journey)」란 것이 있다. 지난 날 그곳에 갔던 추억에 끌려 다시 찾아가는 感傷的인 여행을 그렇게 부르는 모양이다. 내게도 그 비슷한 경험이 있다. 나는 모두 일곱 번이나 慶南 鎭海란 외진 곳을 찾았는데, 가만히 생각해 보니 그것이 바로 그 감상 여행이었다.

태어나서 궁벽한 고향 마을 부근을 벗어나 보지 못하고 자라던 내가 아홉 살 때 鎭海로 이사를 간 것은 아버지가 그곳에서 한의원을 개업하게 되어서였다. 처음, 그곳에 갔을 때의 驚異는 말로 다 할 수 없었다. 鎭海는 내가 떠나온 산골, 고향 마을과는 완전히 다른 별세계였다. 자동차, 기차를 처음 타 본 경험도 기가 막힌 것이었고 더구나 집에서 조금만 걸어가면 눈앞에 전개되는 넓고 푸른 바다 - 거기에 위세 좋게 떠 있는 우람하고 멋진 군함들을 보는 것도 좋았다. 학교는 학교대로 신났다. 시골 애들과는 딴판으로 깨끗하게 차려 입은 친구들과 구슬치기, 딱지치기, 술래잡기를 하면서 놀면 해가 지는 줄도 몰랐다. 내 짝지, 예쁘장한 계집애가 나를 해군 관사, 아담한 제 집으로 데리고 가서 따주던, 그 집 뜰에 열린 노랗게 익은 살구의 새콤한 맛도 좋았다. 봄이면 온 시가가 벚꽃으로 단장을 하는데 벌들이 닝닝거리는 벚꽃 나무 아래서 누나와 나누어 먹던, 日本에까지 명물로 소문이 나 있었다는 「진까이 마메(鎭海콩)」의 그 달콤하고 고소한 맛도 잊을 수 없다. 그리고 나를 끔찍이도 귀애해 주시던 담임 여선생님 - 그 분은 자기 애인과 데이트 할 때도 나를 데리고 다녔었지.

또 있다. 촌에서는 꿈도 꾸지 못 하던 영화 구경. 가난한 제자를 돌보아 준 여선생이 살인 누명을 쓰게 되어 법정에서, 검사가 된 그 제자와 기구한 해후를 한다는 스토리의 무성영화 <檢事와 여

선생>은 어린 나를 얼마나 슬프게 했던지 - .

그러던 어느 날 저녁, 방안의 전깃불이 제멋대로 나가버리면서부터 분위기가 심상찮게 돌아가기 시작했다. 처음에는 어디 변압기가 터졌나, 했는데 알고 보니 그것은 그렇게 단순한 사고 때문이 아니었다. 곧 어른들은 남한에서 쌀을 안 보내준다고 북한에서 전기를 끊어버려 그렇게 되었다고 했다. 극장에 가면 삼팔선에서 남북의 군인들이 서로 죽이고 죽은 사건이 뉴스 영화로 방영되어 우리들을 무섭게 만들었다. 그 무렵 아버지는 신문을 들고 앉으시면 "이거 아무래도 난리가 나겠는데…." 하고 이마를 찌푸리셨다. 그래도 나는 그 말씀을 조금도 심각하게 듣지 않았다. 당시 나는 난리, 전쟁 같은 것은 저, 日本이나 支那半島나 硫黃島 같은 데서 일어나는 것이지 우리 나라하고는 아무 상관도 없는 일이라고 생각하고 있었다. 그런데 그것이 아니었다. 어느 날 아버지는 그때 열 아홉 살이던 누나와 중학교 3학년이던 형을 불러 앉히시더니 아무 날에 昌原으로 이사를 하기로 했으니 지금부터 준비를 하라고 하셨다. 누나는, 언제나 그랬듯이 다소곳이 듣고 있다가 "예." 하고 나직하게 대답했지만 나는 "에이, 이 좋은 곳을 버리고 그런 촌구석으로 이사는 왜….", 그러시는 아버지가 원망스러웠다. 그런데 누구보다 당장 난처하게 된 것은 형이었다. 이사를 하게 되면 형은 매일 昌原에서 鎭海까지 기차로 통학을 해야 하는 고역을 치러야 했기 때문이었다. 참다 못한 듯, 형은 아무 일도 없는데 왜 전쟁이 난다고 하시느냐고 물었다. 그에 대한 아버지의 대답은 틀림없이 곧 전쟁이 난다는, 확신에 찬 것이었다. 그래도 형은 물러서지 않았다. "전쟁이 나도 싸움은 삼팔선 부근에서 할 것 아니겠습니까?" 하고 반문을 했는데 아버지는 "비행기 싸움이 문제야. 비행기 싸움에서 우리 쪽이 지면 鎭海는 軍港이기 때문에 불바다가 된다. 어쨌든 이사는 가기로 결정이 되었으니 준비를 해라." 고 하시고는 더 이상의 말은 듣지 않겠다는 얼굴을 하셨다.

그래서 1949년 10월 어느 바람이 몹시 세차게 불던 날 저녁 우리 가족은 昌原으로 이사를 했다. 세월이 지나고 보니 昌原도 참 좋은 고장이었다. 내가 다닌 국민학교 앞 한 마장 거리에는 소답이라는 마을이 있었다. 동쪽에 자그마한 동산을 기대고 앉은 이 마을은 시인 이 원수 선생이 그의 童詩 <나의 살던 고향>에서 복숭아꽃 살구꽃 아기 진달래가 울긋불긋 꽃대궐을 이루었다고 노래한 바로 그 동네였다. 나는 昌原에서 새로 사귄 친구들과 이 마을에서 뛰놀기도 하고 진달래가 불타 듯이 피는 천주산 계곡에서 가재를 잡으면서 즐거운 날들을 보내기도 했다. 그러나 두고 온 항구 도시 鎭海에 대한 그리움은 좀 채 떨쳐버릴 수 없어서 친구들과 놀다가도 한 번씩 멍하니 남쪽 하늘을 바라보고 있는 때가 많았다.

그런데 그 昌原에서의 생활도 곧 끝나버렸다. 불행하게도, 아버지의 예언은 우리가 昌原으로 이사한 날로부터 8개월 뒤 6·25사변이 터짐으로써 적중해버렸다. 전쟁이 馬山 근처, 鎭東 고개에까지 내려오자 우리는 다시 거기서 고향 마을로 들어갔다. 지금 생각해도 우리 아버지, 그 시골 노인이 정보라고는 신문 읽는 것밖에 없었는데 어떻게 몇 달 뒤에 전쟁이 일어날 것을 그렇게 정확하게 내다 보셨든지 신기하기만 하다.

고향으로 돌아온 후의 나의 생활은 초라하고, 고되고, 재미라고는 하나도 없는 것이었다. 누군가가 鎭海에서 자주 듣던,

울려고 내가 왔던가 웃으려고 왔던가
비린내 나는 부둣가에 이슬 맺은 백일홍

라고 한 가사의, 유행가를 부르기만 해도 鎭海의 그, 사이도(齊藤) 선창, 속천 선창이 떠오르면서 눈물이 나려 했다. 밤, 꿈속에서는 鎭海에서 같이 뛰놀던 사내애들, 팔짝팔짝 고무줄넘기를 하던 고운 옷차림의 우리 반 계집애들이 어른거리고, 어떨 때는 우리 집 앞 제방으로 鎭海에서 왔다면서, 칙칙폭폭 석탄 연기를 뿜으면서 기차가 달리기도 했다. 그러다 꿈을 깨면 그 모든 것은 신기루처럼 사라져버리고 눈앞에는 지게 지고, 풀 베고, 소먹이는 그 지겹고 지겨운 현실이 막아서 있어 또 다시 나는 울고싶어지는 것이었다.

그후 두어 번 鎭海를 스쳐 온 적이 있지만 정작 마음먹고 다시 그곳을 찾은 것은 근 30년 만인 1978년이었다. 그때의 鎭海는 얼핏 보아 생각보다 크게 변한 것 같지 않았다. 내가 다니던 국민학교며, 우리 가족이 살던 2층 기와집도 모두 그대로 있었다. 그런데

세월은 흘러 그 때 그 단란했던 가족 중에서 아버지와 형님은 이미 이 세상을 떠나버리고 어린 소년이던 나는 그 새 나이를 먹어 머리가 희끗희끗해져서 돌아왔구나 싶으니 나대로 감회가 깊었다. 그러다 발길이 지난날 연안 여객선 부두가 있던 사이도 선창 앞에 이르렀을 때 나는 한 가지 사실에 놀라지 않을 수 없었다. 내 기억 속의 그 선창 앞 灣은 시내를 깊숙이 파고 들어와 있는 아주 넓은 바다였다. 한없이 푸르고 넓다고 생각하고 있던 그 바다가 이제 보니 마치 미니어처가 되기나 한 듯, 거짓말처럼 좁다란 峽灣이었다. 눈앞의 좁은 바다는 덧없이 흘러가 버린 세월을 더욱 허망하게 느껴지게 해 나는 한참 동안 그곳에 넋을 놓고 서 있었다. 잠시 후, 나는 왜 내 기억 속의 그 넓은 바다가 이렇게 좁아져 있는가에 대해 생각해 보았다. 어릴 때의 고운 추억은 모든 것을 미화하고 과장하는 성향이 있는데 그 때문일 것 같기도 했다. 누구에게나 어릴 때 여윈 어머니는 선녀 같은 미인이고 뒷동산의 소나무는 하늘에 닿을 듯이 컸던 것으로 기억 되 듯이…. 그러나 그것은 단순히 심리적인 과장의 문제만은 아닌 것 같았다. 사람은 대상의 크고 작음을 자신을 자로 삼아 판단하는 모양이었다. 국민학교 1학년 때의 내 키는 1미터 20센티 남짓했을 테지만 성년이 되고 난 뒤의 키는 1미터 72센티가 되었다. 그러니까 그 옛날에 비해 어른이 되고 나서의 내 키는 어릴 때에 비해 50% 가량이 더 커진 셈이 되고 상대적으로 수 십년 만에 대한 그 바다는 넓이가 그대로이면서 나에게는 절반쯤 좁아져 보인 것이다. 나는 다시 눈을 들어 灣의 폭을 그 비율만큼 넓혀 보았다. 그래도 먼 옛날의 그 넓은 灣이 아닌 것 같았지만 그 넓이에 어느 정도 수긍은 갔다. 그러나 여전히 그 시원하게 트인 아름다운 바다를 잃어버린 것 같은 상실감을 지울 수 없었다.

나는 지난 1월 중순 아무 일도 없이 또 한 번 鎭海를 다녀왔다. 몇 번이나 속았는데도 여전히, 내게는 鎭海에 가면 그때 그 나이의 나와, 나의 가족과, 내 친구들과, 그 시절이 거기에 그대로 있을 것 같은 생각이 들어서였다. 그러나 그곳에, 반세기 전의 鎭海는 없었다. 그 푸르고 빛나던 사이도 선창 앞 바다는 이번에는 아예 매립을 해 흔적도 없이 사라져버렸고 추억 어린 거리들은 생면부지의 사람들이 차지하고는 도리어 저들이, 「웬 낯선 過客이냐」는 듯이 힐끔힐끔 사람을 훑어볼 뿐, 그 시절의 나의 것, 우리의 것은 거기에 아무 것도 없었다. 이번에도 나는 까닭 없는 배신감만 가지고 먼지 바람이 을씨년스러운 그 야속한 포구를 뒤로하고 쓸쓸히 돌아섰다. 행복했던 幼年의 기억은 사람으로 하여금 이렇게 강한 미련을 가지게 하는가 보다. (2001)

사랑도 미움도 세월이 가면…

濟州島 신혼여행 때 정방폭포 앞에서. 아내는 대학 졸업반 때, 내가 근무하고 있던 이상한 회사에 실습을 나왔다가 내 같은 사람을 만나는 바람에 평생 고생을 톡톡히 했다. 밥을 굶기고 하지는 않았지만 내 까다로운 성격 때문에 울기도 적잖이 했다. 그것도 다 자신의 운명이었던 거지.

사랑을 주는 것, 희생하는 것이라고 한다면 엄격한 의미에서 나는 한 번도 사랑을 해 보지 못한 사람이다. 이미 나를

아는 사람은 다 알 테니까 하는 말이지만 나는 상당히 이기적이라 희생할 줄을 모른다. 집사람과의 만남에 대해서 들어보아도 금방 그것을 알 수 있다. 결혼하기 전 2년쯤을 만났는데 언제나 일방적으로 끌고 다닌 것 같다. 집사람은 그 때 총천연색으로 된 열렬한 연애영화 같은 것을 보고파 했는데 나는 미스테리나 모험물을 좋아했다. 그래서 아내는 한창 낭만적인 연애시절에 영화라면 끔찍한 장면들만 보아야 했다. 외식을 할 때만 해도 그래서 아내가 통닭을 먹고 싶다고 해도 나는 맥주를 한 잔 곁들일 수 있는 왜식집으로 데리고 갔다. 둘이 만났다 하면 그녀는 할딱거리며 내가 가는 대로 아무 말 없이 따라 다니기에 바빴다. (아내는 별로 키가 크지 않은 대신 내 걸음은 굉장히 빠른데 뒤쳐졌다 해서 기다려주는 법도 없었다.)

처음에는 이 사람과 평생을 함께 살겠다느니 하는 생각도 안 해보았고 또 그런 의무감이나 부담을 지고 사람을 만나고 싶지도 않았다. 그러나 해가 가고 만나는 횟수가 잦아지니까 어느 새 남 같지 않은 마음이 되어 있었다. 어느 날 그 사람이 국민학교 교사로 취직이 되었다면서 나를 찾아 왔다. 그리고는 경남도내 그 산골 학교의 환경에 대해서 이것저것 이야기를 하면서 주변에 음성 나환자촌이 있다고 했다. 나는 "물이 학교 있는 데서 그 마을로 흐르느냐, 그 반대냐?"고 물었다. 그랬더니 그녀는 그 대답은 하지 않고 웃기만 한다. 그리고는 "오늘, 한 마디 안 틀리는 똑 같은 질문을 두 번째 받는다."고 했다. 나한테 오기 전에 그녀의 집에부터 들렸는데 그 아버지가 내가 물은 것하고 같은 것을 묻더라는 것이다. 자기 아버지는 아버지니까 그렇다 치고 내가 그 아버지와 꼭 같은 반응을 보인 것은 또 뭐냐? 나 스스로 놀라지 않을 수 없었다. 나는 어느 새 그녀에 대해서 어릴 때 같이 놀던 동생이 손가락을 다쳐 피를 흘렸을 때 "저런…!" 하고 아파했던 그런 마음이 되어 있은 게 아닌가. 그 날 나는 (이러다가 결국…) 하는 생각을 했는데 그 예감대로 이듬해 우리는 결혼을 했다. 그래, 이날까지 남이 보면 아무 재미없이 덤덤하게 살아가고 있다.

아내는 요즘 간혹 나더러 "나보다 먼저 세상을 떠나야 할 건데…." 걱정을 한다. 자기가 오래 살고 싶다는 뜻이 아니고 글쓰는 재주, 책 읽는 재주 말고는 만사에 어설프기만 한 내가 자기보다 오래 살아 고생을 하게 될 것이 염려스럽다는 것이다. 꾸부정해가지고 물 떠먹으러 부엌에 들어갔다가 며느리한테 받혀 가지고 어정어정 뒷방으로 물러나는 모습이 눈에 선하다는 것이다. 이 말도 사실은 나보다 그녀가 나를 더 사랑하고 있다는 뜻으로 새기고 있다. 미안한 말이지만 나는 그 사람의 노후 같은 것을 한 번도 생각해 보지 않았으니까 말이다.

남을 진정으로 사랑해 보지 못 했다면 미워하지는 말아야 할텐데 나는 그렇지도 못 하다. 정도 이상으로 젠체하는 사람, 항상 무슨 술수를 써서 살아가려는 사람을 보면 울컥 미운 마음이 솟는다. 무슨 악연인지 모르겠지만 지난 날, 나는 죽은 사람, 죽어 가는 사람을 아주 많이 보아야 했다. 그럴 때, 또 병원 외과 병실 앞을 지나면서 독한 에테르 냄새를 맡았을 때 나는 모든 사람이 다 불쌍해 보이고 「사람 미워하지 말아야지」 하고 다짐을 한다. 그러나 그것도 잠시, 또 다시 일상에서 사람을 미워하고 있는 나를 발견하게 된다.

나의 경우 사랑과 미움에 하나 공통적인 것이 있다. 나이를 따라 그 격렬함이 줄어든다는 사실이다. 20~30대 때 나는 아름다운 여성을 마음속에 두고 밤낮으로 가슴을 울렁거리기도 했다. 미움의 경우도 마찬가지여서 지금 생각하면 아무 것도 아닌 일이 그때는 어찌 그리 밉고 분하던지 앞 뒤 가리지 않고 설쳐대기도 했다. 그러나 이제 격정이 아주 사라져버린 것 같다. 활활 타오르는 사랑도, 주먹이 들먹거리는 격분도 없다. 이 나이가 되어서야 좀 수양이 되었다는 것일까.

그러나 수양이고 뭐고 원색적으로 사랑하고 미워하던 그 계절이 문득문득 그리워지는 것은 어쩔 수 없다. (1982)

아내의 이름

얘기를 하다 보면 사람들은 자신의 주변이 든든하다는 것을 과시하는 수가 많다. “조카놈이 ××廳에 있는데….” 정도는 예사고 행정부의 고관이 괄세 못 할 사이 쯤으로 들고나오는 것이 일쑤다. 사람에 따라서는 그것도 촌수냐 할만한 먼 인척까지 들먹여 뒷줄 있음을 자랑삼는다. 이런 말을 들을 때마다 나는 움추러들곤 한다. 웃어버릴 만큼 치기어린 자랑일 경우에도 마음이 쓰임을 어쩔 수 없다. 나는 전형적으로 줄도 백도 없는 사람이기 때문이다.

증조부 한 분이 고향인 경북 선산을 떠나 창원까지 흘러 왔던 모양이다. 그것도 총각 때. 그러니 내가 4대 손이 된다. 한 사람이 4대에 퍼뜨린 자손이 많을 수 없다. 촌수로 기껏 5촌까지 가면 그 이상은 없다. 그 중에서 특출한 사람이 나온 것도 아니다. 모두들 논밭이나 들여다보고 살아왔을 뿐이다. 그러다 자유당 정권 때 4촌형이 면장이 되었다. 이것은 조그만 우리 집안의 큰 경사 - 선친은 이 관직을 상당히 자랑스럽게 생각하셨다. 4촌형이 면장을 지냈다는 것은 아무리 생각해도 남 앞에 내세울만한 것이 못 된다. 이것 뿐이다. 남처럼 자랑하고 기댈 수 있는 뒷줄이라는 게…. 그 뒤 시골 중학교를 졸업하고 도시로 뛰쳐나왔으니 남의 유복한 척벌 자랑에 입을 다물고 있을 수밖에.

결혼을 했다. 무슨 정략결혼을 할만한 위인도 못 돼 나이 차가 자 모질게 악다귀할 것 같지 않은 순한 인상의 사람을 골랐을 뿐이다. 그런데 처가란 곳이 또 나 못지 않게 외로운 사람들이다. 이 집안에는 면장은 커녕 동서기 지낸 사람도 없다. 어느 명절이었든가 장인과 소주를 나누는 자리에서 이 이야기를 했다. 장인은 한참을 웃기만 하더니 "반드시 그렇지만도 않다."고 했다. 옛날 같으면 宰相과 연분이 있다는 것이다.

처가 가족들은 한 때 당시의 부총리 김모씨와 한솥밥을 먹고 지냈다는 것이다. 김부총리는 하급관리에서 몸을 일으킨 사람으로 경상남도 학무국에 근무한 적이 있었다 한다. 그때 처가는 부평동에서 하숙을 치고 있었다. 김부총리는 싱거운 소리 잘 하는 하숙생. 밤을 세워 공부를 하면서 심심하면 밤참을 달라고 졸라대기도 하고-.

아내가 태어났던 모양이다. 처가에서는 「공부 잘 하는 김총각」에게 귀한 첫 딸의 작명을 부탁했단다. 아내가 태어난 것은 윤4월, 거기서 「潤」자를 따고 또 한자를 붙여 혼자 몇 번을 불러 보더니 「기차게 좋은 이름」이라고 혼자 신이 나더란다. 이것이 宰相과의 인연 전부다.

면장을 지낸 4촌형도, 김부총리도 지금은 저 세상 사람이다. 이제 장인도 나도 그나마 남 앞에 내세울만한 주변을 완전히 잃어버린 셈이다. (1975)

그날의 怨讐가 뒤에 보니 恩人이었고…

나의 지난 생을 되돌아보면 사람에게는 운명이라는 것이 있음이 분명하다는 생각이 든다. 내가 더 이상 바랄 수 없이 행복한 일자리라고 생각하고 있는 지금의 이, 대학 선생이 되기까지의 경위만 보아도 그렇다. 나는 신문기자가 되는 것이 어린 시절부터의 꿈이었고 그래서 대학을 졸업하자 곧 그 소원을 성취했다. 기자 생활은 오랜 세월 바라고 바라던 직업이라 나는 거의 한눈 한 번 파는 일없이 열심히 일했다. 나는 그 일에 보람도 느꼈고 또 일 자체가 재미도 있었다.

그러던 중 언제부터인가 이 직장은 내가 오래 있을 곳이 아닌 것 같다는 회의에 잠기게 되었다. 물론 내가 덕이 없어 그렇게 되었다고 하면 그만이겠지만 나의 직속 상관, 부장이라는 사람이 뚜렷한 이유도 없이 나를 못 살게 굴었기 때문이었다. 오직 일밖에 모르다시피 하는 젊은 사람을 이렇게 견디기 어려울 정도로 괴롭힌다면 앞으로 만리 같은 세월을 어떻게 살아가겠느냐 하는 암담한 생각이 들었다. 그래서 직업을 바꿀 준비로 대학원에 진학을 했다. 말이 대학원 공부지 그 고충은 이만저만이 아니었다. 알파벳도 모르는 독일어를 독학으로 익혀 입학시험을 친 일도 그랬고 회사 일은 일대로 하면서 짬을 내어 중구 대교로에서 부산대학을 오가면서 수업을 한 일도 여간 고달픈 것이 아니었다. 어쨌든 그렇게 그렇게 해서 세월이 2년 가까이 흘렀는데 이번에는 슬며시 공부가 싫어졌다. 무엇보다 그 사이에 회사의 상황이 많이 바뀌어 있었다. 나를 못 살게 굴던 그, 부장이라는 사람은 무슨 일 때문인지 失勢를 해 한직으로 밀려나더니 얼마 안 가 회사에서 쫓겨나 버렸다. 그리고 나는 다시「성실하고 촉망받는 젊은 기자」대접을 받게 되었다. 회사에서의 자리가 안정이 되니 그 동안 그만큼 공부했으면 됐지 석사 학위는 꼭 받아야 하나, 뭐… 당장 어디에 쓰일 것도 아니고… 하는 생각이 고개를 들었다. 그래도 한 편으로는 그 어려운 돈, 시간, 노력 들여 시작한 공분데 학위를 받아야지 하는 마음이 없지는 않았지만 학교와의 거리는 갈수록 멀어져 언제까지 현금등록을 해야 하는지, 언제 개학을 하는지도 흘려들어 까맣게 잊고 있었다. 그러던 어느 날 오후 시내버스를 탔더니 저쪽 자리에서 대학원 두 해 후배 되는 친구가 반가이 인사를 했다. 그래서 나도 답례 삼아 어디 가느냐고 물었더니 그 날이 대학원 현금등록 마감 날이라 은행에 돈 넣고 오는 길이라고 했다. 아차 - 그랬구나. 오늘까지 돈 안 내면 자동 제적인데, 나중에야 어떻게 되든 등록은 해야겠다 싶어 시계를 보니 4시가 넘어 있었다. 지금

연락을 해도 집사람이 집에 있을지 없을지도 모르겠고 사람이 있다 하더라도 등록금 액수가 수월찮은데 그런 돈이 집에 있을 리도 만무하고 - 다 틀렸다는 생각이 들었다. 그래도 버스를 내리자 마자 집에 전화를 걸었더니 마침 집사람이 받았다. 그리고는 한 번 서둘러 보겠다는 말만 하고는 전화를 끊어버렸다. 집사람도 시간이 촉박하다는 것을 알았기 때문이었다.

저녁에 퇴근해 집에 들어서자 말자 그 일 어떻게 되었느냐고 물었더니 아슬아슬하게 등록을 했다고 한다. 아내 말을 들으니 그것은 꼭 무슨 지어낸 이야기 같았다. 서둘러 삼이웃을 돌며 돈을 빌리고 택시를 잡아타고 온천장에 있는 부산대학 지정 은행에 도착했는데 그때 그 은행은 그 날의 일을 모두 마치고 문을 닫느라고 셔터가 슬슬 내려오는 순간이더란다. 그래, 고개를 숙이고 안으로 들어가 돈을 냈다는 것이다. 그리하여 나의 학적은 살아 남을 수 있었고 그 후 논문을 써 학위를 받았다. 그러나 그 학위가 어디에 쓰일 일이 있으리라고는 생각지도 않았다. 세월이 거기서 다시 2년이 흐르고 1980년 신군부가 언론인 숙청을 할 때 나는 회사에서 강제 해직이 되었다. 그리하여 눈앞이 캄캄해졌을 때 내가 기댈 언덕은 그 석사학위 한 장 뿐이었다. 그것을 발판으로 박사과정 공부를 하고 그리하여 잡은 것이 이 대학 선생 직업이다.

이제 와 생각하면 내가 신문사에서 대학에까지 온 것은 내 의지로 된 것이 아니고 누군가가 이리저리 길 안내를 해 나를 끌고 온 것만 같다. 그리고 그때는 원수 같이 생각됐지만 이제 보니 나를 괴롭힌 그, 부장이란 사람은 내게 공부를 하게 해준 은인인 셈이다. 또 당시만 해도 3백만 명이 산 부산이란 대도시의 시내버스 안에서 그 친구를 만나 등록할 생각을 하게 된 것도 우연 같은 생각이 들지 않는다. 그 뿐 아니라 아내가 내려오는 셔터 밑으로 기어 들어가 마감시간 안에 은행에 뛰어든 일도 어찌 그것을 우연이라고 하겠는가. 그런 저런 생각을 하면 벌주고 상주는 人格神이 있는지 없는지는 모르겠지만 사람이 살아가는 데 「운의 길(運路)」이 있는 것만은 분명한 것이 아닌가 한다. (2000)

여러 번 사는 祕法

앞으로 갈수록 더 그렇겠지만, 50을 넘어서면서부터 사람의 한 생이 너무 짧다는 것이 절실하게 느껴지기 시작했다. 옛날부터 사람들은 이러한 세월무상의 허망감에 빠져 한숨을 쉬고 초조하여 허둥대다가 마지막에는 체념을 하고 하늘의 부름에 따라왔을 것이다. 그런데 지난날의 절대권력자 중에는 이 天命을 받아들이지 않고 영원히 죽지 않으려 한 사람들이 있었다. 우리가 잘 아는 秦始皇은 徐福이란 사람을 시켜 三神山에 가서 不老草·不死藥을 구해 오라고 했지만 그 뜻이 이루어질 리 없어 그도 결국에는 路中 客死로 그 생을 마감하고 말았다.

하늘의 섭리를 거스르는 그와 같은 꿈을 가진 군왕들 중에는 그 때문에 스스로 제 명을 단축한 사람도 있는 모양이다. 史書들은 唐 나라 때만해도 太宗을 비롯한 다섯 명의 황제가 늙지도 죽지도 않는다는 丹藥을 먹다가 죽었다고 기록하고 있다. 이 약은 그 주된 재료가 수은과 납이었다는데 그것을 장복했으니 요즘 용어로 말하자면 중금속 중독으로 명을 부지할 수 없었을 것이다.

애초에 불로불사의 신선 이야기를 꺼낸 장본인의 한 사람인 莊子도 사람은 길어야 백년이고 보통은 80년, 아니면 60년 밖에 살 수 없다고 분명하게 말하고 있으니 연년불사(延年不死)를 꿈꾼다는 것은 처음부터 어리석은 짓이었다 할 것이다.

나는 간혹 어떤 약을 먹거나 도를 닦아도 사람이 죽지 않거나, 오래 오래 살 수는 없지만 한정된 삶을 길게 살 수는 있다는 생각을 하고 있다. 한 순간, 한 순간을 보람있고 아름답게 사는 것이 그 길이 아닌가 한다. 나의 경우, 그렇게 산 순간들은 금방 흘러가 버리고 말지만 뒷날 몇 번이고 그 순간을 되풀이 사는 것 같은 경험을 할 수 있었다.

印度를 여행할 때다. 釋迦의 나라, 타고올의 나라, 광대하면서도 한없이 너그러운 나라, 타지마할의 나라… 이러한 동경은 그 나라의 캘거터 공항에 내리는 순간 산산조각이 나는 기분이었다. 보세구역을 빠져나가자 말자 일시에 사람들이 떼를 지어 몰려들어 우리를 둘러싸고는 「원 루피!」「원 루피!」 하고 돈을 달라고 하기도 하고 「볼펜」이나 「개스라이터」를 달라고 하기도 한다. 사방팔방에서 다투어 내미는 새까만 사람들의 새까만 손들은 정신을 차릴 수 없게 만들었다. 무슨 물건을 사라는 것도 아니고 사대육신 멀쩡한 사람들이 무조건 손을 내밀고 돈을 달라, 물건을 달라고 하니 어이가 없는 일이 아닐 수 없었다. 한번 그런 경험을 한 나는 그곳을 떠나 뉴델리 공항에 내렸을 때는 내 나름으로 요령을 터득해 누가 손을 내밀건, 뭐라고 하건 모른 체하고 내 짐수레를 밀면서 앞만 보고 빠른 속도로 그 사람들 속을 헤쳐 나와버렸다. 안전지대(?)에까지 나와서 뒤를 돌아보니 우리 일행은 대부분 예의 그 손들에 둘러싸여 곤욕을 치르고 있었다. 우리 일행 중 그들의 손에 무엇을 쥐어주는 사람은 아무도 없는 것 같았다. 그런데 그 와중에 특별히 눈에 띄는 광경이 있었다. 남녀노소 모든 印度人들이 염치없이 멀건히 그냥 손을 내밀고 있는데 열 두어 살쯤 되어 보이는 한 소녀가 우리 일행 중 한 사람의 짐수레를 우리들이 타고 갈 버스 앞까지 밀어다 놓고는 뒤따라오는 짐 주인에게 손을 내미는 것이었다. 그런데 사람들에 시달려 정신이 없었든지 짐 주인은 그 기특한 애를 냉랭하게 무시해버렸다. 상당히 실망스러웠을 것 같은데 소녀는 수레를 밀고 올 때와 같은 무심한 얼굴로 조용히 돌아서 갔다. (저 애를 그냥 보내서는 안 되겠다.) 나는 갑자기 그런 생각이 들어 뒤쫓아가 그 애의 가볍고 얄팍한 등을 두드려 돌려세웠다. 내가 주머니에 있던 印度 지폐 몇 장을 꺼내 주었을 때 그 애는 너무 의외의 일에 놀란 듯 멈칫하다가 그것을 받고는 까만 얼굴에 하얀 이빨을 드러내며 환하게 웃었다. 그 때 그 무구(無垢)한 얼굴에 파문처럼 번져가던 그 행복한 웃음을 보는 즐거움이라니….

또 이런 일도 있었다. 어느 해 가을 가야산 해인사 부근에서 하루를 쉬어 온 적이 있다. 숙소 앞마당에 작은 웅덩이가 하나 있었는데 그 가장자리에 고추잠자리 한 마리가 물위에 떠서 날개를 힘

없이 파닥이고 있었다. 얼핏 보기에 아직 생기가 있는 놈인데 어쩌다 실수를 하여 물에 떨어지고 만 것 같았다. 나는 그 놈을 건져서 여관 마당의 양지바른 향나무 가지 위에 조심스레 얹어 놓았다. 그리고는 부근에서 누군가와 무슨 이야기를 한다고 잠깐 잊고 있다가 갑자기 생각이 나 다시 그곳에 가 보았더니 잠자리는 아직 내가 얹어둔 그대로 있었다. 그런데 좀 기미가 다른 것 같아 자세히 보니 보일 듯 말 듯 파르르 경련처럼 날개를 떠는가 싶더니 다시 이번에는 눈에 보이게 온 몸을 한 번 크게 파닥였다. 그러더니 갑자기 그 앙증스런, 검은 명주실 같은 가느다란 다리로 잡고 있던 향나무 잎을 박차고 허공으로 날아올랐다. 잠자리는 곧장 푸른 노송들이 늘어선 가야산 능선 너머 하늘 저쪽으로 까마득히 치솟아 순식간에 나의 시계에서 사라져버렸다. 그것을 감정이입이라고 하는 것일까… 그때 나는 그 잠자리 아닌 내가 사지에 새 힘을 얻어 끝없이 푸른 창공으로 날아오르는 자유를 경험했다. 그리고 그것이 하찮은 미물이었다는 사실은 까마득히 잊고, 내가 한 생명을 구했다는 온몸을 타고 흐르는 전율 비슷한 희열을 느낄 수 있었다.

두 경우만 이야기했는데 내게는 이런 경험이 상당히 많다. 그리고 지금도 한가한 시간 그러한 순간들의 기억을 떠올리면 어떤 행복감 같은 것을 느낀다. 가만히 생각해 보면 그것은 단순한, 지난날의 어떤 즐거웠던 순간의 회상과는 또 다른 성질의 것인 것 같았다. 아름다운 이성과의 데이터, 재미있는 영화・연극 관람, 맛있는 음식을 먹은 기억 같은 것은 이 나이에 되돌아보면 그냥 즐거웠던 한 때로 기억 될 뿐, 거기서 이미 가버린, 죽은 시간의 의미 이상을 찾을 수 없다. 그런데 위에서 이야기한 그러한 순간들을 머리 속에 떠올릴 때는 그와는 달라서 나는 그때마다 거의 그때 그만한 길이의 행복한 시간을 한번 더 사는 경험을 하게 되는 것이다. (1999)

建築狂 「사 자한」 왕이 세상을 떠난 왕비를 그리워하여 지었다는 타지마할 앞에서 - . 불결하고 불편한, 알 수 없는 나라 印度 - 거기에 이런 보석 같은 건축물이 있었다는 것은 그 자체가 기적 같이 생각되었다. 이 나라의 뉴 델리 공항에서, 하는 짓이 그렇게 영리하고 귀여운 그 이국 소녀를 만났었다.

술 이야기

8~9년 전에 만난, 梵魚寺에서 佛法 강론을 하는 觀照라는 스님 말이, 옛날부터 큰 賢人과 큰 바보가 술을 좋아한다고(大賢好酒 大愚好酒) 했다 한다. 두 말 할 것 없이 나는 그 중 후자의 경우겠지만 술을 아주 좋아한다. 내 생에서 적잖은 시간을 그것과 같이 했고, 좋든 궂든 나에게 상당히 큰 의미를 가진 것이 술이니 그 이야기를 몇 마디 해야겠다.

幼年에 처음 맛본 술 – 알 수 없는 쓰디쓴 액체

내가 처음으로 술맛을 본 것은 열 두 살 때였던 것으로 기억된다. 당시는 6·25 전쟁이 한창일 때라, 어느 집이나 다 마찬가지였겠지만 우리 집에도 어려움이 많았다. 특히 가을걷이를 하고 나면 걱정이 더 했다. 아버지와 형님은 저녁마다 마주 앉아서 얼마 안 되는, 추수한 벼로 세금 낼 일, 서울 가서 공부하고 있는 형의 학비며 하숙비 보낼 일, 가족들 먹이고 입힐 일로 한숨을 쉬었다. 그런 이야기를 듣고 있으면, 어린 나이였지만 내 마음도 우울하기 짝이 없었다. 그런데 기이한 것이 그렇게 얼굴을 찌푸리고 한숨이 그치지 않던 분위기가 술상이 들어오고 술을 몇 잔씩 마시고 나면 한 순간에 싹 달라졌다. 언제 걱정을 했더냐는 듯이 이야기가 유쾌해지고 웃음꽃이 피는 것이었다. 그때 나는, 의심의 여지없이 저 술이라는 것이 그렇게 만드는데 저 걸 마시면 어떻게 되길래 사람들이 금방 저렇게 달라지는지가 궁금했다. 그런 호기심도 있었고 또 애들 특유의, 하면 안 된다는 것은 기어이 해 보고 싶은 불량 충동도 동하고 해서 어느 날 몰래 어른들이 남긴 술을 한 모금 마셔보았다. 그것이 소주였던 듯, 조그마한 유리컵에 담긴 그 투명한 액체는 냄새가 고약하고 지독하게 썼다. 사람들이 이 끔찍스런 것을 왜 마시는지, 더욱 그것이 어째서 사람들을 그렇게 기분 좋게 만드는지, 내 유년 시절 기억 속의 술은 아무리 생각해도 알 수 없는 「괴이한 도깨비국물」이었다.

단 맛을 알게 되고 -

내가 본격적으로 술을 마시기 시작한 것은 대학에 입학하고 나서부터였다. 친구들과 어울려 마시는 동안 어느 사이에 그 쓰디쓰던 맛은 더 없이 단 것으로 변해갔다. 그렇게 시작된 술은 신문사에 입사하고부터는 그 양이 엄청나게 늘어났다. 일이 심하게 긴장

되는 것이라 술은 매일 마시는데 당시 풍조가 그랬든지, 지금 생각해도 끔찍스러울 만큼 폭음을 했다. 그 중에서도 경찰 간부들과 마실 때가 특히 심했다. 사람들이 술자리에 좌정을 하고 나면 술잔이 아니라 술사발이 돈다. 이 술사발이라는 것이 오늘의 폭탄주는 저리 가라 할만큼 무지막지한 것이다. 커다란 사발에 양주·소주·정종·맥주를 섞어 가득 붓고 거기에 무슨 영문인지, 벌건 김치를 듬뿍 넣고는 주물럭주물럭해 가지고 한숨에 벌컥 벌컥 다 따루어 마시기다. 그것이 두세 바퀴만 돌아도 웬만한 술꾼은 손을 들고 만다. 술 약한 것이 무슨 죄도 아니고 약점도 아니고, 나는 안 되겠다 하면 그만일 텐데 그때는 또 젊은 나이에 오기가 있어 가지고 인사불성이 될 때까지 마셨다. 지금 되돌아보면 그런 세월을 14년 가량이나 보내고도 건강이 그런 대로 유지 된 것이 기적 같이 생각된다. 당시 아내는 그래도 용케 집은 안 잊고 찾아 들어온다고, 그것을 대견해 했다. 별 자랑할 것은 못 되겠지만, 그때는 통행금지가 있을 땐데 아무리 늦어도, 어떻게 해서라도 잠은 집에 들어가서 잔다는 것이 내 철칙이었다. 새벽 한시나 두 시쯤 되어 모든 교통수단이 다 끊긴 시간이면 경찰서로 찾아가 숙직하는 차를 얻어 타기도 하고 법규 위반으로 붙들려와 있는 택시를 이용하기도 했다. 한 번은 그것도 저것도 안 돼 난감해 하고 있으니 안면이 있는 한 경찰관이 이튿날 변소 오물 처 가려고 와 있던 똥차를 태워 주어 집에 들어간 적도 있다.

그렇게 마시다 보니 자고 나면 그 앞날 술자리에서 있었던 일은 깡그리 잊어버리는 일이 많았다. 그 뿐 아니라 술을 마시고 있는데 정신이 깜박깜박 가는 수도 있었다. 그리 오래 되지 않은 일이다. 40 여년 전부터 가까이 지내온 한 친구가 속상한 일이 있다고 하소연 좀 하겠다면서 밤중에 찾아왔다. 그때 마침 무슨 일에 쓸려고 맥주를 큰 병으로 한 박스를 들여놓은 것이 있어서 그것을 나누어 마시기 시작했다. 주고 받고가 되풀이되다 보니 시간은 한밤인데 그 친구는 갈 생각이 없다. 결국 그 술 한 박스, 스무 병을 다 마셔버리고 그래도 모자라 安東 소주 한 병을 가져와 그것을 마시는데 그 독한 놈 때문에 그만 의식이 반쯤 가버렸던 듯, 어느 순간, 내가 마주 앉아 대작하고 있는 이 친구가 누군지를 알 수가 없었다. 아무리 정신을 가다듬고 상대를 뚫어져라 바라보아도 누군지 도저히 생각이 안 났다. 그래도 아직 정신이 아주 가버린 것은 아닌 것이, 본인한테 당신 누구냐고 묻는 것은 실례라는 생각은 들었다. 그래서 아직도 술시중을 드느라고 자지 않고 있는 아내를 가만히 저쪽 다용도실로 불러 가지고는 지금 저기, 우리 거실에 앉아 있는 저게 누구냐고 물었다. 아내는 기가 찬다는 듯이 귀에다 대고 "아이구, 박아무개씨 아닙니까?" 하고는 무슨 이런 사람이 다 있느냐는 표정으로 나를 빤히 건너다본다.

그래도 스스로 다행으로 생각하는 것은 내가 술버릇이 그렇게 나쁘지 않다는 사실이다. 아무리 취해도 무엇 부수는 일 없고, 시비하는 일 없고, 우는 일 없고, 욕하는 일 없고, 누구와 싸우는 일 없고, 그저 아주 말이 많아지고 실없이 허허… 허허, 웃는 것이 탈이라면 탈이지 별다른 주정은 없다.

있어서 좋고 없어서 더 좋은 술친구

내가 가장 좋아하는 술은 맥주다. 그 술맛이 제일 좋다. 그러나 술 마실 때 그보다 더 중요한 것이 있으니 그것은 대작 상대다. 같이 마실 친구만 좋으면 굳이 고집하지 않고 아무 술이나 청탁 불문하고 마실 수도 있다. 가장 좋은 술친구는 역시 오랜 知己다. 그런 친구와 마주 앉아서 지난 일 회상도 하고, 세상 이야기, 인생 이야기, 예술 이야기, 학문 이야기를 하면서 도연히 취해 가면 나는 그와 함께 그대로 神仙이 되는 것이다.

그런데 유감스럽게도 내게는 친구도 적거니와 마주 앉고 싶은 술친구는 더욱 드물다. 같이 대작할 좋은 벗이 없을 경우 나는 「할 수 없지… 그럼, 아무개하고라도」 하는 식으로 누군가를 찾거나 부르지는 않는다. 나의 경우, 싫은데도 할 수 없이 마주 앉아 술을 마시게 될 때의 상대는 한시 바삐 쫓아버리고 싶은 雜鬼와 다름없다. 술 생각은 나는데 딱 마음에 드는 대작 상대가 없으면 혼자 마신다. 그런데 한 동안 혼자 술을 마실 때마다 한 가지 마음에 찜찜한 것이 있었다. 술을 습관적으로 혼자서 마시는 것은 알코올 중독의 증거라는 말을 들은 것이 생각났기 때문이었다. 그러나 이제는 그런 말에 개의하지 않는다. 독일에서 공부하고 온 어떤 사람 말을 들으니 그 나라 사람들은 매일 한 사람 당 평균 5백cc 들이 3병 이상의 맥주를 마시는데 대부분 혼자서 마신다는 것이다. 그 사람은 독일 사람들은 술은 혼자서 자기 자신과 마실 때 제 맛이 난다고 생각들을 하고 있는 것 같더라고 했다. 또 최근에 읽은 法頂 스님의 글도 그와 생각의 맥을 같이 하고 있는 것 같았다. 그는, ≪何氏語林≫에 등장하는 辭言惠란 사람은 「누구와 자리를 같이 한단 말이냐(與誰同坐)」라고 하면서 자신의 방에는 淸風明月만 드나들도록 허락하고 술은 언제나 혼자서 마셨다고 했다. 정말 모처럼 듣는, 내 마음에 쏙 드는 말이었다. 나는 혼자 술잔을 기울일 때 지난날의 나, 오늘의 나, 멀리 있는 그리운 친구, 이제는 아주 저 세상으로 가버린 친구와 만난다. 그러니까 그럴 때의 나의 대작 상대는 한 사람일 수도 있고 서넛이 술상을 둘러앉은 경우일 수도 있다. 그들은 아무리 마셔도 주정하지 않고 시비하지 않고 도란도란 나와 끝없이 情談을 나눈다. 그런데, 어느 雜人을, 무엇 때문에 그 神仙의 자리에 불러 앉힌단 말인가. (2001)

입맛이 변한 것도 있었겠지만

휴일 같은 날, 집에서 밥상을 받고 앉으면 여러 가지 상념에 잠기게 되는데 그 중 하나가 내가 나이 들어가면서 입맛이 자꾸 더 까다로워지고 있는 것이 아닌가 하는 것이다. 옛날 자랄 때 그렇게 맛있게 먹던 그 음식들을 먹어보아도 도시 그때의 그 맛이 안 났기 때문이다. 그러다 언젠가, 그런 면도 없지 않겠지만 전적으로 그렇지만은 않다는 것을 알았다.

어느 날 집에서 추어탕을 끓였는데 첫 숟가락에 그것이 참으로 오랜만에 보는, 옛날 그 맛이라는 것을 알 수 있었다. 내가 오늘 추어탕 맛은 특별한 것 같다고 했더니 집사람 말이 시골을 다녀온 이웃이 그 분들 고향의 논도랑에서 잡은 미꾸라지를 가져와 나누어주어서 끓인 것이라고 했다. 그러니까 그것으로, 양식이 아닌 자연산 미꾸라지는 몇 십 년 전의 그 맛을 그대로 가지고 있었고 내 입맛도 옛날 그대로 있었음이 확인된 것이다.

싱싱한 생선회를 먹어도 그 전 맛이 안나 못마땅해했는데 한 번은 시골 친척집에 갔다가 그 집에서 내놓는 회 한 점을 먹어보고 거기서 오래 전에 잃어버렸던 그 맛을 다시 보게 되었다. 문제는 생선의 살점에도 있었는지 모르겠지만 그보다, 초장에 있었던 것이다. 부산에서 내가 먹어온 초장은 공장에서 무슨 조미료다 향료다 하는 것을 넣어 만든 것이었는데다 거기에 설탕까지, 저으면 숟가락이 휠 만큼 많이 넣은 것이니 입맛을 버릴 수밖에 없었던 것이다. 내가 자랄 때 먹은 식초는 집에서 담근 막걸리로 일군 것이었다. 식초가 떨어져 가면 어머니는 한됫병에 시어서 못 먹게된 막걸리를 붓고 거기에 남은 식초를 조금 부은 다음 컴컴한 살강에 얹어두고는 부엌에 들어가고 나올 때마다 「니캉 살자 내캉 살자」 하면서 병을 흔들어 그 식초의 씨를 살려내, 그윽한 향취가 나는 또 한 병의 식초를 일구어냈다. 그 집의 식초가 바로 그렇게 하여 만든 것이었고 내 미각은 거기서 정확하게 오래 전의 그 맛을 기억해 낸 것이었다.

또 한 가지 음식상 앞에서 하게 되는 생각은, 봄에는 상추쌈을 먹고 가을에는 무 배추를 거두어 김치를 담아 먹으면 됐지 굳이 비닐을 씌우고 난로를 피워가면서 여름에 나는 채소, 과일을 겨울에도 먹어야 하는가 하는 것이다. 어느 선진국에서는 유전공학 덕분에 뿌리에는 감자, 줄기에는 토마토가 열리는 식물을 개발했다고 왁자하더니 아직 그런 식품이 나오지는 않고 있는 모양이다. 혹시 그렇게 해서 생산된 감자, 토마토에 인체에 유해한 독소 같은 것이 있지 않을까 두려워 그 걱정을 하고 있다고 한다. 콩 심은 데 콩 나고 팥 심은 데 팥 나는 것이 하늘의 섭리일텐데, 약은 꾀를 믿고 두려움 없이 덤비는 인간의 무엄 앞에 神이 어떤 보복을 예비하고 있는지, 두렵기는 두려운 모양이다. 養殖, 화학 조미료, 비닐하우스 재배 - 과학도 좋지만 자연을 너무 거스르는 것은 온당한 일이 아니지 않을까 하는 생각이 갈수록 더 커진다. (『慶尙日報』 1989)

風鑑

몇년 전 한 외국 잡지에서 흥미 있는 기사를 읽은 적이 있다. 그 글에 의하면 사람은 초면인 사람과 마주쳤을 때, 약 7초 안에 무의식적으로 상대를 하찮게 대할 것인가, 아니면 예의를 잃지 않고 어렵게 대할 것인가 하는 것을 결정한다고 한다. 또 그와 유관한 이야기로 「피해자 骨相」이란 말을 들은 적도 있다. 상대에게, 아무런 원한이나 이유도 없이 加害를 하고 싶은 충동을 불러일으키는 골상을 타고난 사람이 있다는 것이다. 앙드레 지드의 소설 <법황청의 지하도>의 주인공 라프까디오가 기차를 타고 가다 맞은편 자리에 앉아 있는 사내가 왠지 견딜 수 없이 혐오스러워 차창 밖으로 내던져 죽이고 있는 것도 그런 경우라 할 수 있을 것이다.

그런데 우리 동양 쪽에서는 그런 경우를 서양 사람들처럼 몇 초 동안의 결정이니, 무슨 골상이니 하지 않고 상당히 재미있게 표현하고 있다. 우리의 선인들은 이를 점잖게 「風鑑」이라고 하고 있다.

이때 「風」은 「바람 풍」자가 아니고 「모습 풍」자이고 「鑑」은 「볼 감」자다. 그 사람의 생김새를 보고 그 사람의 됨됨이를 판단한다는 말이다. 서양 사람들의 말과 같이 이 역시 직관에 의한 것으로 사람마다 누구나 다 가지고는 있겠지만 그 능력에는 큰 차이가 있다고 보아야 할 것이다. 이 風鑑力은 아무래도 세상 경륜이 많고 사람을 많이 접해 본 사람이 더 강하지 않을까 싶다.

교직에 종사하기 전에 직업상 다양한 세상 경험을 한 덕분인지 나도 어느 정도의 風鑑力은 가지고 있다고 생각한다. 그러나 간혹 어처구니없이 사람을 잘못 본 경우도 없지 않고 또 일종의 선입견이라 해야 할 이 「사람 보기」가 좋은 사람을 지레 좋지 않은 사람으로 볼 위험도 있겠다 싶어 이에 지나치게 의존하지 않으려고 스스로를 경계하고 있다.

이 이야기는 내 자랑으로 들릴까봐 (실제로 자랑 같은 데가 있고…) 꺼내기가 좀 조심스러운데, 나는 어릴 때 놀랄 만큼 자신의 風鑑力을 믿는 사람을 본 행복한 기억을 가지고 있다. 태어나서 줄곧 시골에서만 살아온 나는 아홉 살 때 아버지의 직장을 따라 慶南 鎭海로 이사를 가 그곳 국민학교에 입학하게 되었다. 학교에 들어가기 전부터 어머니는 산골에서 온 애가 영악스런 도회지 애들하고 제대로 섞여 놀 수 있을지 모르겠다고, 내가 듣는 데서도 걱정을 많이 하셨다. 어린 나이의 나는 그런 말을 들을 때마다 더럭더럭 겁이 났다. 학교에 다닌 지 사나흘 됐을 땐가 우리 반 담임, 처녀 선생님이 70명쯤으로 기억되는 우리들을 횡으로 두 줄로 세우고는 앞에서 “똑 바로 서세요. 선생님을 보세요.” 하면서 애들을 한 사람, 한 사람 살피며 왔다 갔다 하더니 갑자기 내 앞에서 딱 멈춰 섰다. 그 선생님은 나의 아래위를 잠깐 더 자세히 살펴보는 듯 하더니 “너, 이리 나와 봐.” 하고 불러냈다. 선생님은 어리둥절해 있는 나에게 이름, 나이, 아버지의 직업 같은 것을 몇 가지 묻더니 나를 도열해 있는 애들을 향해 돌려 세웠다. 그리고는 “여러분, 오늘부터 이 어린이가 우리 반 급장입니다. 선생님이 없을 때는 이 어린이 말 잘 들어야 합니다.”라고 했다. 그 한 마디의 선언으로 단번에 나의 국민학교 시절은 어깨 쫙 펴고 딩가딩가 활보하는 신나는 나날이 되어버렸다.

나는 지금도 스물을 갓 넘긴 듯한 나이의 그 여선생님의 風鑑力을 생각하면 고맙기도 하고 그보다 놀랍기 짝이 없다. 벌써 50 여 년 전 까마득한, 그립고 그리운 옛날 이야기다. (2000)

밤에 난 날짐승

큰놈이 이제 여섯 살, 제 동무들하고 논다고 일요일 종일 집에 있어도 얼굴 한 번 보려면 일부러 찾아봐야 한다. 세월 참 빠르다던 어른들의 말이 새삼 실감이 난다. 이 애가 두 살 때, 한 번 울음을 내 놓으면 쉬 멎지 않는다. 경기라던가 - 그러다가 까르르 얼굴이 새파래져서 넘어간다. 첫 애를 기르는 어미와 나는 애 못지 않게 얼굴 색이 변한다. 한 겨울 바람이 몹시 찬 밤이었다. 겨우 숨을 내쉬었다가 다시 그 짓을 하는 애를 어미 등에 업히고 한의원을 찾아갔다. 경기는 따야 한다는 원장을 나는 손을 저어 말렸다. 영산가 주산가 하는 것을 갈아 먹이고 그 놈을 이마와 콧등에 찍어 발랐다. 효험이 있은 건지 - 겨우 진정이 되었다. 애를 포대기로 둘러씌워 내가 안고 한의원을 나섰다. 바람에 전선이 윙윙 운다. 얼마 후, 헐떡거리는 내가 보기 딱했든지 어미가 애를 받아 업었다. 숨을 돌려 쉬고야 달이 유난히 밝다는 것을 알았다. 애가 그만하고 팔이 가벼워지니 마음에 여유가 생기고 옛날 일이 떠올랐다.

그 해는 절후가 빨라 추석을 앞두고 벌써 벼논이 누랬다. 그 때 서른 다섯 살이던 큰형이 며칠째 앓고 있었다. 병세는 자꾸 악화돼 가고, 사방 사 오 십리 안에는 병원도 없었다. 하루 한 번 나갔다 들어오는 털털이 버스가 유일한 교통수단. 아버지는 매일 이십리 저쪽에 있는 한의원을 걸어서 다녀오셨다. 그 날도 밤이 이슥해 약 몇 첩을 지어 들고 돌아 오셨다. 형의 용태는 조금 나아진 듯, 아버지는 그게 반가우셨던 모양이었다. 얼굴의 주름을 펴시며 지어온 약을 빨리 달이라고 어머니를 재촉하셨다. 열 두 살 짜리 개구쟁이이던 나는 약을 앉혀놓고 아버지 곁에 앉으신 어머니 무릎에 기대어 아버지의 얼굴만 올려다보고 있었다. 기분이 좋아진 아버지는 말씀하셨다.

"애가 나을 것 같애."

"제발 그래야 지만, 뭘 보고 그래요?"

어머니의 기대에 찬 급한 반문.

"징조가 좋아. 약을 지어 신전고개를 넘어오자니 벌써 달이 떴더군. 그런데 머리 위로 뭐가 지나가길레 - 보니, 무슨 날짐승이야. 밤에 나온 날짐승이라 기분이 언짢았어. 그런데 그 놈이 북쪽으로 날아가잖아. 어릴 때 밤 날짐승이 북쪽으로 날면 길조라는 이야기를 들었지."

어머니는 후 - 한숨을 내쉬었다. 겨우 그건가 - 하는 실망, 그래도 나쁜 징조보다야 낫지 - 하는 안도감이 섞였으리라. 반백머리 아버지의 발버둥도, 우리 온 가족의 기대도 저버리고 형은 몇일

안 가 세상을 떠났다. 初老에 맏아들을 잃으신 부모님의 애통은 차마 볼 수가 없었다. 낮이면 벼 걷기, 보리갈이에 몸이 지친다. 벼 한 단 묶고 괭이질 한 번 할 때마다 잃어버린 아들 생각을 하셨으리라. 지친 몸으로 누웠어도 마찬가지-. 밤늦도록 숙제를 하고 잠든 내가 한잠 자고 깨어도, 다시 잠들었다 눈을 떠보아도 두 분은 울고 계셨다.

애를 다시 받아 안았다. 달은 여전히 밝다. 한 마리 날짐승의 나는 방향에 아들의 회복을 걸었던 아버지의 마음이 새삼 가슴을 쳐왔다. 나는 달빛 아래 애를 안고 가는 우리 내외가 새끼를 기르는 두 마리의 짐승이라는 것을 알았다. (1975)

아들의 친구가 가르쳐준 入學試驗 정답

큰애가 대학입학 학력고사를 치던 날 이른 아침이었다. 온 가족이 잔뜩 긴장해 있는데 누군가가 현관 벨을 눌렀다. 문을 열어보니 큰애보다 한 살이 많아 큰애가 형이라고 부르면서 친구로 사귀어온, 이웃 아파트에 사는 대학생이었다. 기어이 집에는 들어오지 않고 문밖에서 잠깐만 만나고 가겠다 기에 우리 애를 내보냈더니 뭐라고 몇 마디를 주고받고는 바로 가버렸다. 전날 밤에 엿을 사와서 시험 잘 치라고 격려를 하고 갔는데 무슨 일로 이 이른 아침에 또 왔던가가 궁금해서 집사람에게 알아보라고 했다. 잠시 후 애 어미가 웃으며 그 애가 왔던 용건을 말해주었다. 그 애는 우리 애에게 아무래도 정답이 어느 것인지 모르겠거든 3번을 택하라고, 그 말을 하려고 왔더란다. 당시 시험은 문제가 四肢選多型의 객관식이었는데 3번이 정답일 확률이 가장 높다는 이야기인 모양이었다. 그것이 자신의 경험에선지 누구한테서 들은 정보인지 모르겠지만, 그 애는 전날 우리 집에 왔을 때 그 말을 해주는 것을 잊어버리고 가 잠을 설치며 그 밤을 새고는 그것이 무슨 엄청난 일이라도 되는 것이라고 생각했던지 전화로도 하지 않고 새벽 같이 달려와서 그 말을 하고 갔던 것이다.

우리 애는 그 애의 말을 안 따랐든지, 그 애가 시키는 대로 했는데도 별 효험이 없었든지 그 해 시험에 떨어지고 말았다. 그러나 그 애를 비롯한 친구들과는 언제나 잘 지내고 있다. 나는 우리 애의 앞날을 별로 걱정하지 않는다. 세상은 사람과 사람이 사는 곳인데 애가 다른 사람과 그런 사귐을 한다면 어렵잖게 살게 되리라고 믿기 때문이다. (1998)

이상한 경험

나는 신앙심 같은 것을 가지고 있지 않다. 신앙이란 맹목적이라 할만큼 무조건 믿고 보아야 하는 것일텐데 나는 그것이 안 된다. 따지고 따져 논리적으로 맞지 않는 것은 아예 들으려고도, 믿으려고도 않으니 신심을 가질래 야 가질 수가 없는 것이다. 그런데 나이 들어가면서 몇 차례 이상한 경험을 한 후로는 神이 있고 없고와는 상관없이 세상에는 과학, 합리로 해석할 수 없는 일도 있는 것 같다는 생각을 하게 되었다. 우선 다음에 말하는 나의, 이상한 경험 몇 가지를 한 번 들어보기 바란다.

4~5년 전 西面의 어느 출판기념회 자리에서 대학 시절의 친구 한 사람을 5~6년만에 만나게 되었다. 반갑게 인사를 하고는 내가 "오늘 자네 만나려고 그랬나, 어제 갑자기 옛날 松亭 해수욕장에서 자네가 사고를 당할 번 한 일이 생각나더니…."라고 했다. 1962년인가, 20대 초반이던 우리는 그 해수욕장으로 물놀이를 갔었는데 그 친구가 수영 중에 힘이 빠져 거의 죽게 되었는데 마침 밀려

온 강한 파도에 떠밀려나와 기적 같이 목숨을 건진 일이 있었다. 그 앞날, 그 아득히 먼 옛날 일이 갑자기 나의 눈앞에 생생하게 되살아나면서 당시와 같은 당황과 공포로 온 몸이 땀에 젖었던 것이다. 내 말을 듣더니 그 친구, 대뜸 그게 몇 시쯤이었느냐고 물었다. 아마 오후 다섯 시쯤이었던 것 같다고 했더니 그는 "이상하네, 시간까지 꼭 같으니…." 하면서 고개를 갸우뚱거렸다. 그 친구는 같은 날, 같은 시간에 공중목욕탕에서 목욕을 하고 있었는데 온탕에서 냉탕으로 들어가는 순간 갑자기 그 생각이 나면서 온 몸에 소름이 돋아 탕에서 나와버렸다는 것이다. 이상하지 않은가? 까마득히 잊고 있던 삼십수년 전의 일이 두 사람에게 꼭 같은 시간에 되살아나 둘 다 소스라치게 놀랐다니 말이야.

또 이런 일도 있었다. 5년 전 서울에 갔을 때 마침 시간이 한가해 내가 어려울 때 많은 도움을 준 적이 있는 前 부산시장 崔錫元이란 분에게 안부라도 물으려고 전화를 걸었는데 통화 중이라 끊었다가 잠시 후 다시 걸었다. 이번에는, 전화를 받길레 안녕하시냐고 인사를 했더니 그 분은 첫 마디에, "지금, 서울 와 있다면서요." 한다. 어떻게 아셨느냐고 했더니 하도 오래 소식이 없어 방금 학교로 전화를 했더니 서울 가고 자리에 없다고 하더란다. 처음 내가 전화를 걸었을 때 통화중 신호가 울린 것은 그 분이 나를 찾는 전화를 하고 있었기 때문인 모양이었다. 몇 년 동안 서로 연락 없이 지내다 꼭 같은 순간에, 그 분은 나를 찾고 나는 그 분을 찾고 있었으니, 아무리 생각해도 이상하단 말이야. 그것을 텔레파시라고 하나, 아무래도 거기에는 두 사람 사이에 무슨 交感 같은 것이 있었다고 보아야 하지 않을까.

한 가지 경우만 더 이야기해야겠다. 나의 여섯 번 째 책「한국 예술가소설론고」를 출판할 때 일인데, 1천 4백 매 가량의 원고를 완성한 것이 1997년 10월 경 - 이미 이때 IMF 징후가 나타나기 시작했든지, 출판사 두 세 군데에 문의해 보았더니 경기가 나빠 책 내기가 어렵다고 - 좀 있다 다시 연락하자는 대답들이다. 완곡하면서도 분명한 거절이다. 여기서 눈치 없이 다음에 언제요? 하고 매달리면 사람 우습게 된다. 그래서 나는, 이 원고는 하필 이럴 때 태어나 가지고… 글도 제 운이 있는가 보다 하고 단념해버렸다. 곧 이어 IMF 소동이 벌어지고, 그래서 책 출판은 아예 꿈도 꾸기 어렵게 되어버렸다. 그러고 있는데 1998년 가을, 한 출판사에서 필요한 책 있거든 사라는 뜻으로 책 목록을 우송해 왔다. 그것을 받는 순간, 갑자기 반발심 비슷한 것이 일어났다. 그래서 어느 월요일, "이 카탈로그에 내가 살 책은 없다. 그건 그렇고 당신들, 이런 책 한 번 내 보지 않겠느냐?" 하는 마음으로, 원고내용·목차·저자 소개 등을 그 회사로 우편으로 띄워보냈다. 장난 비슷이 한 일이라 무슨 좋은 반응이 오리라고는 별로 기대하지 않았다. 그 週 토요일 오후 집에서 혼자 이 생각, 저 생각하고 있는데 갑자기 까닭 없이 왈칵 화가 치밀어 올랐다. 아무 이유 없이 내가 왜 이러나 싶어 가만히 내 마음을 살펴보니 그 출판사 일이 떠올랐다. 일이 되자면 금요일 아니면 토요일 오전까지는 연락이 와야 하는데

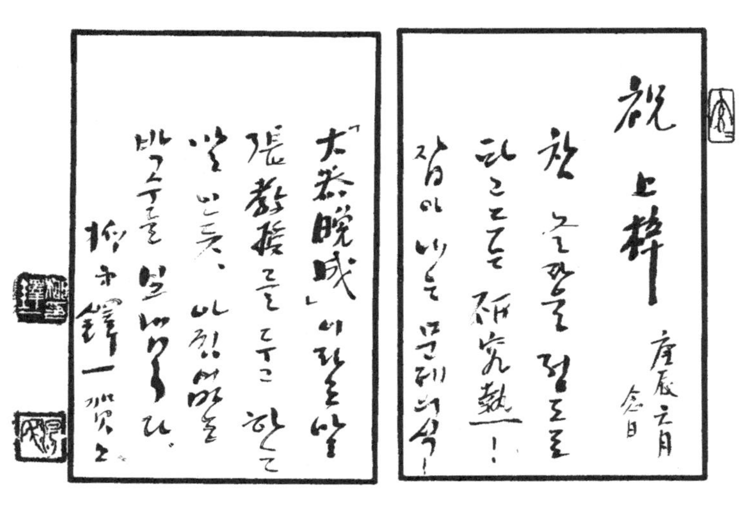

그 때 출판한 「한국예술가소설론고」에 부산대학의 류탁일 교수가 축하 휘호를 보내주었다.

그 때가 토요일 오후 다섯 시 무렵, 출판사 사람들이 모두 퇴근했을 시간이라 다 틀린 것 같았다. 화는 그 때문에 난 것이 분명한 것 같았는데 좀체 가라앉지를 않았다. 나중에는 "출판, 출판 하지만 이런 원고도 책으로 만들지 않겠다면서 출판은 무슨 출판을 한단 말이냐?" 허공을 향해 정신나간 사람처럼 소리를 질러댔다. 그 때 갑자기 전화벨이 울렸다. 지금도 그렇지만 그 때도 종일 가야 내한테 오는 전화는 거의 없고 전화가 왔다하면 그것은 대부분 집 사람을 찾는 것이었다. 그런데도 나는 마치 신들린 사람처럼, 아무 근거도 없이 그것을 출판사에서 걸어온 것이라고 단정하고는 "그래, 연락 해 와야지." 하면서 수화기를 들었다. 그런데 놀라워라,

"여기 서울인데요 -" 출판사에서 온 전화가 아닌가. 그 목소리는 내 원고의 출판 여부를 놓고 논의 끝에 방금 출판하기로 최종 결론이 나서 전화를 한다는 것이다. 이런 말 들으면 웃는 사람이 많겠지만, 나는 내가 까닭 없이 화가 난 것은 그때, 나의 念力이 그 회의장에 가서 출판을 하자는 쪽에 서서 싸우고 있었기 때문이라는 생각을 지울 수 없다. 巫俗에 관한 깊은 전문 지식을 가진 鄭尙朴 박사는 내 얼굴을 요모조모 살펴보고는 「상당한 神氣」가 있다고 한 적이 있는데 내가 보아도 내게는 분명히 무슨 降神巫 같은 데가 있는 것 같다. (2001)

지워버린 전화번호

객적은 말이지만 집사람은 나와 결혼을 한 후 얼마 안 가 나의 의외의 면모에 거듭 놀라고 실망스러워했는데 거기에는 말이 너무 없다, 입맛이 까다롭다는 것 등 이유가 많았다. 그 중에서도 아내의 놀라움과 실망 제1호는 공업고등학교를 나왔다는 사람이 나사 하나 조일 줄도, 못 하나 제대로 칠 줄도 모른다는 것이었다. 끊어진 전기 휴즈 이을 줄도 모르고 형광등 초크 갈아 끼울 줄도 몰라 불이 나가면 캄캄한 암굴 같은 방에 그대로 앉았으니 그런 말을 들을 만도 했다. 그러나 그 문제는 내가 공업계고등학교를 가고 싶어서 간 것이 아니고 집안 형편이 어려워 장학제도가 있는 학교를 찾아가다 보니 그런 학교를 나오게 된 것이니 그렇게 알라고 해서 납득을 받았다.

다음이 사교성의 문제인데, 아내에 의하면 나의 경우 그것이 적은 것이 아니라 아예 없다는 것이다. 아내가 나와 처음 만났을 때 나의 직업은 사람과의 접촉이 상당히 많은 것이었다. 그때 자기는 내가, 직업이 그러니 언제나 적극적으로 친교를 하는 그런 사람인 줄 알았는데 그것이 아니더란 것이다. 내가 생각해도 아내의 말은 맞다. 남이 부러워할 만큼 서로를 아끼고 위해 주는 친구가 있기는 하지만 그 수가 너무 적은 것도 문제인데, 그 위에 좀체 새로 사람을 사귀려 들지 않으니 그런 말이 나온 것이다. 이 문제에 대해서는 나도 달리 변명할 말이 없어서, '타고난 성격인 걸 어떻게 하나….' 내 대꾸는 항상 이 것 뿐이다.

그러한 내 성격을 단적으로 드러내 보여주는 것이 지니고 다니는 전화번호 수첩의 얄팍한 두께다. 어떤 사람은 악수 한 번만 해도, 명함 한 장만 교환해도 바로 수첩에 주소와 전화번호를 적고 혼사 때 청첩장 보내고 喪事 때 부고 띄우고 한다지만 나의 경우는 친인척이나 특별한 교분이 있는 사람이 아니면 그러지 않는다. 그러니 자연 수첩에 올라 있는 사람은 얼마 되지 않아 두께가 얇을 수밖에 없다.

그런데 근년 들어 그 전화번호 수첩을 연초에 새 것으로 바꾸는 일이 많았다. 올해에도 바꾸어야 하나 하는 마음으로 지난 해 수첩을 이리저리 넘겨보다가 지난해는 그래도 다행한 한 해였구나 하는 생각을 했다. 묵은 수첩을 안 바꾸고 그냥 쓸 수 있을 것 같았기 때문이었다.

내가 새해에 전화번호 수첩을 새 것으로 바꾸면서 처음으로 착잡한 심정이 된 것은 내 나이 쉰 하나가 되던 해였다. 그해 정초 우연히 수첩을 꺼내 보니 전화번호와 이름을 지우고 긋고 한 것이 너무 많아 그러잖아도 老眼이 되어 약해진 시력으로 얼른 읽기가 어려울 정도가 되어 있었다. 그 중에는 번호가 바뀌어 고쳐 쓴 경우가 많았는데 그것은 사회가 복잡해지고 있는데다 본래 사람살이란 것이 유동성을 띤 것이라 그렇게 된 것이니 별로 심각하게 생각할 것이 못 되었다. 내가 충격을 받은 것은 그 사람이 세상을 떠나버려 전화번호를 지운 것이 의외로 많았기 때문이었다. 그 해의 수첩은 한 2년 된 것이었는데 거기에 전화번호가 기재되어 있던, 스무 두 살에 청상이 되어 시부모를 모시고 두 딸을 키우면서 47년을 고생고생하며 수절해 살아온 큰 누님이 세상을 떠났고, 내가 실직을 해 절망감에 빠져 있을 때 따뜻한 위로와 격려를 해 주던 이웃 친구가 세상을 등졌다. 또 늦게야 알게 되었지만 자기보다 한참이나 젊은 내게 각별한 정을 주던, 유행가 <엽전 열 닷 냥> <앵두나무 우물가>의 작사가 千峰 선생이 이 해에 타계했고…. 그 밖에 또 누구누구 해서 내 곁을 떠난 사람이 놀랄 만큼 많았다. 그래서 수첩을 새 것으로 바꾸었는데 심리적으로 가까운 사람을 잃었다는 상실감도 작용했겠지만 수첩은 전에 없이 더 얄팍해져버린 것 같았다.

최근 들어 직장 동료들끼리 앉으면 요즘 왠지 죽는 사람이 부쩍 많아졌다고 우울한 낯빛을 하는 사람이 많다. 한 때 나도 그런 생각을 한 적이 있는데 곰곰이 생각하니 그게 그렇게 생각할 문제가 아닌 것 같았다. 전에도 사람은 태어나고 자라고 죽어 갔지만 50 중반이라는 우리들의 나이가 죽는 사람만 자꾸 늘어가는 것처럼 느껴지게 하고 있는 것이다. 10~20대 때는 우리 친구들이 그 또래였으니 사람은 모두 한창 자라고 있는 것 같았고 30~40대 때는 온 세상 사람들이 다 장년이 되어 가는 것 같았는데 이제 우리가 노년으로 접어드니 자꾸 죽어가기만 하는 것처럼 느껴지는 것이다. 사람은 자연의 순환처럼 나서 자라고 늙고 다시 처음 온 곳으로 돌아가고 또 다시 나고, 자라기를 되풀이하고 있는 것이다. 우리는 우리의 나이가 이제 그, 처음에 왔던 곳으로 돌아가는 사이클 근처에 와 있다는 것을 잊고 있었던 것이다.

그렇더라도 지난 한 해 많지 않은 나의 知人들이 무고했다니 다행스럽게 생각된다. 마음대로 된다면 지금의 수첩을 한 20년쯤 그대로 쓸 수 있었으면 좋겠다. (1995)

天上의 맛이 있는 곳

결코 자랑할 것은 못 되겠지만 나는 여러 가지 의미에서 상당히 까다로운 사람인 것 같다. 우선 사람 사귐에서부터 그러해서 너도 좋다, 너도 좋다 하고 두루 사귀지를 못 한다. 이모저모를 오래 두고 보아서 '저 사람은 내 친구다' 싶으면 그 때부터는 모든 마음의 벽을 헐어버리고 외곬으로 빠져든다. 그러다 보니 가까이 지내는 사람이 극히 적다. 의복의 경우도 같아서 아무거나 입으려 하지 않는다. 양복의 천은 반드시 단색 무지여야 하며 지나치게 유행을 타는 것도 너무 고풍스러운 것도 싫어한다.

그런 성미 중에서도 입맛이 특히 별나다. 前 대통령 朴 아무개가 말년에 개비름나물이 먹고 싶다고 해서 그의 고향 善山 군수가 구해 바쳤다더니 나한테도 그 비슷한 데가 있다. 왜식집에 가게 되면 한 접시에 몇 만원이나 하는 그 귀한 광어회에는 젓가락도 안 가고 딸림안주 중에서 배추뿌리 몇 조각을 집어 꼭꼭 씹고 앉았기 일쑤다. 비빔밥은 음식 개개의 맛을 볼 수 없어 특히 싫어하는데 학교 식당 같은 데서 일률로 그것이 나오면 할 수 없이 그냥 먹기는 하되 비비지 않고 비비라고 내 주는 나물을 반찬으로 밥과 따로 먹는다.

음식 솜씨도 신통찮은 집사람은 나와 결혼을 한 후 한 동안 내 반찬 때문에 맨날 울상이었다. 돼지고기 찌개를 해 보아도 가만히 그냥 나오고 도미 찜을 해 내 놓아도 멀거니 쳐다만 본다. 이제 20년 가까이 같이 살다보니 내가 그런 대로 즐겨 먹는 몇 안 되는 음식을 훵 - 외고 있다. 싱싱한 고등어가 나면 사와서 구워 등 쪽은 자기와 애들이 먹고 배 있는 부분만 떼어 내게 준다. 시장을 지나치다가도 코발트빛이 날 정도로 싱싱한 갈치가 보이면 아무리 비싼 값을 불러도 두말 않고 사와 호박을 썰어 넣고 지져 준다. 그 밖에 고향 밭둑에서 많이 나는 돈냉이 김치, 고들빼기 김치 같은 것을 즐겨 먹는다.

반찬 뿐 아니라 나는 일반적으로 입이 짧아 안 먹는 것이 많다. 거기다 술맛을 알고부터는 세끼 밥과 더러 마시는 술 외에는 떡을 보아도, 과자나 과일을 보아도 좀체 입이 당기지 않는다.

그런데 간혹 산에 오르기 시작하고부터 내가 그렇게 입맛이 까다로운 사람이 아니라는 새로운 사실 하나를 발견했다. 몇 연 전 초여름 희방사를 거쳐 소백산 비로봉에 올랐을 때다. 땀이 온 몸을 적시고 입에서는 불내가 난다. 아침 먹은 지 얼마 되지도 않았건만 벌써 허기가 느껴진다. 산에 오를 땐 반드시 입다실 것을 준비해야 한다던 경험 많은 사람들의 말을 예사로 들은 것이 새삼 후회스럽다. 그 때 곁에 앉은 한 중년 부인이 등산가방을 뒤적거리더니 오이 하나를 꺼낸다. 나도 모르게 입 속에 군침이 돈다. 나는 애써 고개를 충주호 쪽으로 돌려 눈 아래에 펼쳐진 먼 경치를 보았다. 그러나 타는 갈증은 여전하다. 그런데 "저… 이거 좀…." 하면서 그 부인이 금방 깎은 오이를 내민다. 나는 "아니, 이거 미안해서…." 어정쩡한 소리를 하면서 받았다. 그것을 한 입 베어먹었을 때 그 싱그러운 향기는 말로 표현하기 어려운 것이었다. 그것은 천상의 향취, 바로 그것이었다.

왜 오이만 그랬겠는가. 운문산을 올라 다시 거기서 동쪽 능선으로 바꾸어 타고 가지산 정상에 올라섰을 때 먼저 와서 쉬고 있던 한 아가씨가 "아저씨, 이거 한 쪽…." 하면서 건네주어 먹은 사과에서도 이 세상의 것이 아닌 것 같은 단맛을 볼 수 있었다.

내가 평소에 거의 입을 대지 않는 것이 과자류다. 그런데 산에서는 그것도 아니었다. 월악산 정상 암봉 아래서 허기져 앉아 있을 때 한 낯선 산우가 말없이 내밀어 받아먹은 초콜릿은 더 할 수 없이 달았다.

그러니까 내 입이 게으른 게 아니었던 것이다. 탓을 하자면 산 아래 속세에서의 나는 입이 아니라 몸이 게을러 음식 맛을 모를 정도로 운동 부족이었고 그보다 더욱 배가 덜 고팠던 것이다. 그런데 산을 내려오면 나는 다시 일상의 나태한 도시인으로 돌아오고 만다. 산에서의 맛이 생각나 오이를 먹어 보아도 그 맛은 아예 안 나고 초콜릿이랑 비스켓 같은 것은 쳐다보기도 싫어진다. 그러니 할 수 없다. 시간이 허용하는 대로 내 건강을 위해, 그 天上의 음식 맛을 보기 위해서라도 산으로 갈 수밖에 - . (1987)

등산은 나의 가장 큰 취미이자 생의 위안이었다.
孤山 尹善道가 / 월출산 높더니마는 미운 것이 안개로다 / 라고 노래한 그 月出山에서. 바위 너머로 훤히 동이 트는 것이 보이지요? 1988년에 찍은 것인데, 나는 이런, 높은 곳을 지향하고 도전하는 모습의 내가 참 좋다.

가을 산자락 風媒花 앞에 서서

내게 있어서 산은 사계절 언제나 좋다. 산은, 여기 저기 새싹이 그 연두색의 여린 머리를 아직도 얼음이 덜 풀린 땅을 헤집고 내미는 봄은 말할 것 없고 푸른 물이 뚝뚝 듣는 것 같은 녹음이 우거지고 계곡을 타고 맑은 물이 기세 좋게 아래로 내닫는 여름은 여름대로, 머리에 눈을 인 채, 오-옥, 오-옥 몰아치는 寒風을 눈 하나 깜짝하지 않고 바로 맞아선 兀然한 모습의 겨울은 또 그대로 좋다. 산은 철마다 제각각의 멋이 있고 아름다움이 있고 정감이 있다.

나는 그 계절들 중에서 유독 혼자 가을 산에 들었을 때 거기서 살아 있는 것들의 인연의 기이함, 신비감 같은 것을 느끼게 된다. 특히 늦가을 산록의 억새밭에 들어서면 나는 그런 면에서 어떤 감격 비슷한 것을 경험하게 된다. 남도지방의 억새는 역시 시월 하순이 제철이다. 이 계절의 맑은 날 오후 햇빛을 마주하고 서서 역광으로 억새가 밀생한 언덕을 바라보면 그 일렁이는 백색의 물결은 충분히 한국 특유의, 한 계절의 완상거리가 될만하다. 마침 그 때 우리가 선 맞은편에서 바람이라도 불어올라치면 저쪽에서 눈부신 은백색 파도가 장쾌한 리듬을 타고 그침없이 달려와, 숨이 막혀 서 있는 우리를 덮치고는 산록을 휩쓸고 지나가는 것을 볼 수 있는데 이는 실로 장관이라 하지 않을 수 없다.

그런데 다 아는 사실이겠지만 여기서, 이 세상의 것이라고 믿기 어려울 정도의 이 아름다운 순백의 잔치를 연출하는 것들은 이 식물의 꽃이 아니다. 억새의 꽃은 5월에 피는데 칙칙한 담록색으로 꽃이라는 이름이 민망할 정도로, 아무리 보아도 고운 데라고는 찾기 어려운 것이다. 그 꽃이 정받이한 끝에 맺은 열매가 흰 깃을 머리에 이고 있는 것이 우리가 흔히 「억새꽃」이라고 부르는 그 은색 파도를 이루는 것이다.

식물은 제 철이 되면 모두들 제 나름의 짝짓기를 한다. 제 몸을 이리 저리 옮겨 다니지 못하는 이들은 어쩔 수 없이 거기에 남의 손을 빌린다. 그 전형적인 것이 蟲媒花다. 이들은 발정기가 되면 찬란한 색, 묘한 생김새의 꽃을 피워 온갖 교태를 부리고 그것으로도 모자라 다시 천리, 만리까지 간다는 말이 이름으로 붙을 정도로(千里香・萬里香) 강한 향기로 곤충을 유혹한다. 앙큼하다고 할까, 얌체라고 할까, 그들은 그렇게 하여 청한 그 손님들이 돌아갈 때 그 다리에, 날개에 슬쩍 자신의 精을 묻혀 보낸다. 꿀에 취한 그 손님들은 이쁘고 향기로운 주인의 그런 점잖치 못한 짓을 아는지 모르는지 그 비릿한 것을 묻힌 몸으로 또 다른 꽃에 가 앉고, 그리하여 교배가 되어 꽃들의 번식이 이루어진다.

보잘것없는 제 외모며 자신이 아무런 맛도, 향기도 가진 것이 없다는 것을 스스로 미리 다 알고 체념한 것일까, 처음부터 안색으로, 체취로 누구를 꾀고 부르고 환심을 사는 따위의 구차한 짓이 싫어 그렇게 태어난 것일까, 퉁명스럽고 냉담하기 그지없는 風媒花란 식물은 벌이니 나비니 하는 호사가들은 아예 이쪽에서 거들떠보지도 않는다. 그래서 전형적인 風媒花, 억새와 그들, 蜂蝶간에는 내왕도 거래도 없다. 그 대신 억새는 그 자손 번식이란 필생의 대사를 이 우주의 숨결, 바람에 의탁한다. 그들은, 어딘가에서의 찬 기운과 따스한 기운이 만나 일어난 한 줄기 바람, 강을 건너고 들을 가로지르고 산을 넘어 온 그 생면부지의 異邦의 과객에게 흔연히 제 자손번식의 일을 맡겨버리는 것이다. 사람의 눈으로 보면 부모로서 그렇게 무심할 수가 없고 그렇게 태평할 수가 없다. 그런데도 그렇게 바람결에 띄워 버려진 수술은 그 바람에 실려 이리저리 떠돌다, 흐르다 어느 메에선가, 누군가가 점지해 준 제 짝을 만나 열매를 맺는다. 그리고는 그 열매가 알이 차면 그 어미가 달아준 깃을 달고 다시 한 번 바람을 따라 나서서 나르고, 흐르고, 떠돌다 바람이 내려주는 곳에 자신의 한살이의 닻을 내린다. 그는 그곳이 어느 허물어진 石城 아래 건, 묵혀 버려진 火田터 건 상관하는 법 없이 거기에 뿌리를 내리고 거기서 그 겸허한 삶을 시작하는 것이다.

그, 억새밭에 서 있으면 중간에 중매가 든다, 연애를 한다 하지

모처럼 졸업생들이 찾아와 함께 금정산에 올랐다. 이 사진을 찍은 것은 9월 12일로 좀 일찍어서 그렇지, 시월 하순이면 동문에서 북문으로 가는 이 山麓의 風媒花 – 억새도 흔히 보기 어려운 장관을 이룬다. 앞에 선 두 사람은 어디 다른 데서 한 번 소개를 한 것 같고, 뒤에 내 곁에 선 모델은 91학번 우경숙.

만 사람과 사람의 인연이라는 것, 특히 부부의 연도 이 야생초의 그것과 뭐 별다를 것 없는 것이 아닐까 하는 생각이 든다. 나와 내 집사람의 만남만 생각해도 그렇다. 나의 先代는 慶北 仁同에 살았던 모양인데 살길을 찾다 그리 되었겠지만 1백 50여 년 전 그곳을 떠나 洛東江 하류로, 하류로 내려온 끝에 내 대에 와서 釜山에 안착을 했다. 아내는 또 본래 그 부모가 金海에 살다 일제 시대에 살길을 찾아 滿洲로 이민을 갔던 모양이다. 해방이 되자 내외가 고국으로 돌아갈까 말까 하다 결국 돌아와 부산에서 살게 되었고 그래서 나와 만나게 되었다 한다. 척박한 삶의 조건에 부대끼며 살길을 찾아 강을 따라 내려온 것, 일제의 착취에 시달리다 못해 間島로 흘러갔다가 조국이 광복을 맞자 다시 돌아온 것, 이런 時流는 억새로 보면 바람과 다를 것이 없지 않겠나 싶다. 그리고 우리 딴엔 서로가 서로의 마음에 들어 배우자로 선택했다고 하고 있지만 아득한 옛날 우리의 조상 때부터 우리가 만나기까지의 곡절들을 생각하면 그것은 아무래도 그 기이한 인연의 극히 사소한 한 부분에 불과한 것이 아닐까 한다.

佛家에서는 지나다 옷깃만 스쳐도, 한 나무 그늘에 같이 햇빛을 피하기만 해도 인연이라 하여 사람과 사람 관계의 그 강한 輪廻性을 강조하고 있고 또 어떤 시인은 그것을 「갈밭을 건너는 바람」이라 하여 덧없는 것이라 하고 있지만 생각하면 할수록 因緣이란 어떻게 보면 우연 같기도 하고 또 어찌 보면 필연 같기도 한 알 수 없는 것인 것 같다.

그래, 억새밭에 서서 억새의 일, 인간의 일을 생각하면 하늘 하는 일이 갈수록 신묘하기만 해 새삼 숙연해지기까지 한다. (1999)

돌탑을 쌓던 사람

여느 일요일이면 거의 빠짐없이 그러하듯 그날도 새벽에 금정산에 올랐다가 점심때 조금 못 되어 산에서 내려오다 산자락에서 한 남자가 힘들여 무슨 일을 하고 있는 것을 발견했다. 가까이 가서 보니 쉰 살 이쪽 저쪽으로 보이는 그 사람은 개울가에 있는 꽤 무거워 보이는 돌을 들어 옮기고 있었다. 그가 그 돌덩이를 개울 곁 언덕바지로 들고 가는 것을 보고 나는 비로소 그가 무엇을 하고 있는지 알 수 있었다. 그곳에는 이미 상당히 많은 돌들이 쌓여 있었다. 그는 돌탑을 만들고 있었던 것이다.

주변에 있는 돌들을 되는대로 줏어다 쌓아 끝이 뾰죽한 원추형의 탑을 모으는 것은 세계 어디서나 볼 수 있다고 한다. 영어권의 사람들은 이를 아일랜드 말로 케른(cairn)이라고 하는 모양인데 그들은 그것이 등산로를 알리거나 자신이 그 산꼭대기에 오른 것을 기념하기 위해서 만든 돌무덤이라고 하고 있다.

나는, 그런 뜻을 지닌 것도 없지는 않겠지만 우리 나라에 있는 것은 그와는 다른 의미를 가진 것이 더 많다고 생각한다. 나의 어린 시절 기억으로는 이러한 돌무더기는 동네 입구 또는 당산 곁에 많았던 것 같다. 사람들은 그 앞을 지나갈 때면 그 꼭대기에 작은 돌멩이 하나를 조심스레 얹고 가기도 하고 가만히 묵념을 하고 가기도 했다. 그냥 지나치는 사람도 있었지만 그런 사람의 경우에도 무심한 것 같지만 그 앞에서는 옷깃을 여미는 것 같은 조심, 경건함을 보였다. 사람들은 그것이 그냥 無情한 돌무더기 아닌, 거기에 그들의 마을, 그들의 집, 그들의 가족을 지켜주는 靈이 깃들어 있는 것으로 생각하는 것 같았다. 그 앞을 지나갈 때의 사람들의 마음이 그럴진대 그것을 쌓을 때의 정성은 두 말할 것도 없을 것이다. 사람들은 돌멩이 하나 하나를 쌓으면서 자신에게 가장 소중한 사람의 건강을 빌고 행복을 빌었을 것이다.

누군가의 비원이 모은 金井山麓의 돌탑.

그러니까 서양 사람들 흉보려고 하는 말이 아니라 우리의 것은 그 사람들의, 무슨 길 표시나, 나 여기까지 올라왔노라고 돌덩이 몇 개를 포개 놓는 일과는 그 정성에서 벌써 다른 것이다. 우리의 것은 그 이름이 케른일 수 없음은 물론이고 돌무덤이라고 하는 것은 더욱 외람스럽다. 내게 거기에 딱 맞는 이름을 지을 재주는 없고, 그러니까 우선 그냥 돌탑쯤으로 불러 두기로 하겠다.

어쩌다 이야기가 좀 옆길로 벗어난 것 같은데, 처음의 그, 돌탑 쌓던 사람에게로 돌아가자. 자세히 보니 그 사람의 얼굴과 옷은 땀에 젖어 있었고, 돌을 들어 옮기느라 두 손이 벌겋게 되어 있었다. 나는 마침 내 배낭에 끼지 않은 면장갑 한 켤레가 들어 있다는 생각을 떠올리고는 그것을 꺼내어 새 것은 아니지만 빨아서 깨끗한 것이니까 끼라고 했다. 그는 받지 않으려고 했다. 나는 그가 별것이 아니라도 남의 물건을 받는 것이 염치없다 싶어 사양하는 줄 알고 다시 한 번 괜찮으니 받으라고 했다. 그러자 그는 이번에는 정색을 하고 거절했다. 불쾌한 안색이나 어조는 아니었지만 장갑을 받지 않겠다는 것은 그의 눈빛이나 목소리에 분명하게 나타나 있었다. 그 순간 나는 그의 주변을 한 번 둘러보고 내가 미처 그 사람의 뜻을 헤아리지 못했었구나 하는 것을 깨달았다. 보니 그는 삽도 곡괭이도 가지고 있지 않았다. 그는 어떤 도구의 힘도 빌리지 않고 자신의 맨몸으로 그 일을 하고자 했고 또 그렇게 하고 있었던 것이다. 자신의 손이 터지는 것쯤 아무 것도 아니라고 생각할 만큼 정성을 쏟은 그의 간절한 기원은 무엇이었을까. 자식의 일이었을까, 아내의 일이었을까, 아니면 이미 이 세상을 떠난 어떤 소중한 사람의 일이었을까, 알 수도 없고 물을 수도 없었다. 나는 그가 받기를 단호히 거절한 그 물건을 주머니에 넣고 발길을 옮겨 산을 내려왔다.

그 다음 일요일, 하산 길에 보니 거기에 아담한 돌탑 하나가 서 있었다. 나는 그 앞에 서서, 아무 말 없이 돌을 들어 옮기던 그 사람의 땀에 젖은 얼굴을 떠올렸다. 그리고 이름도 성도, 어디에 사는 사람인지도 모르지만 그 정성이 하도 아름다워 그의 소원이 이루어졌기를 진심으로 바랐다. (2001)

다람쥐의 健忘症

들이나 산, 자연 속에 섰을 때 나는 내 몸 속에 덕지져 끼어 있던 객기, 자만 같은 것이 제물에 빠져 나가버리고 내가 저 티끌 세상에서의 나와 판이하게 다르게 겸허해지는 것을 발견하게 된다. 그것은 내가 거기서 동식물들이 살아가는 것을 보고 이 우주에 어떤 초월적인 존재가 있음을 느끼게 되기 때문이 아닌가 한다. 특히 식물과 동물들의 강한 생명력과 자기의 種을 퍼뜨리려는 의지, 새끼에 대한 숙연해질 정도로 무서운 모성애를 보고 있으면 한 그루 나무나, 하다 못해 한 포기의 잡초, 또 한 마리의 곤충까지도 그것을 함부로 無情, 무심한 미물로 보아서는 안 되겠다는 생각을 하게 된다.

산불에 화상을 입고, 그러고도 살아남은 소나무를 보면 그 나무가 스스로 자기의 상처를 치료하고 있음을 알 수 있다. 나무가 불에 타 한 쪽 껍질이 벗겨지면 그 나무는 상처의 가장자리에서 끊임없이 진액을 내 결국은 상처 난 부분을 덮어 감싸 새로운 껍질을 만들어 뿌리로부터의 영양과 수분이 이를 통해 가지들의 끝에까지 올라가 다시 왕성한 생명력을 되찾게 하고 있다.

곤충들도 사람 못지 않은 꾀를 써 제 몸을 지키고 있었다. 나는 시골에서 자라던 소년시절, 가을이면 메뚜기·여치를 자주 잡았다. 그놈들을 잡아 소금을 조금 넣고 볶아 놓으면 맛이 아주 좋았기 때문이다. 그런데 그 중에서 유독 여치의 숫놈이 잡기가 아주 어려웠다. 몸이 암놈의 5분의 1이나 될까, 그 바싹 마른 조그만 놈은 내가 잡으려고 가까이 가면 어떻게 눈치를 챘는지 잽싸게 하늘로 날아올라 가버렸다. 그러면 나는 '너깟 놈을 못 잡을까….' 하고 따라가는데 제 놈도 힘이 지치기 마련이라 얼마만큼을 날고는 풀밭에 내려앉는다. 그런데 금방 그, 내려앉은 곳으로 달려 가보면 번번이 어디로 갔는지 없다. 땅 밑으로 꺼진 것도 아닐텐데 귀신이 곡할 노릇이다. 나는 소년 시절 이런, 도무지 알 수 없는 황당한 경험을 상당히 많이 했다. 그러다 50을 넘긴 나이에 풀밭을 거닐다가 우연히 그놈이 어떻게, 어디로 감쪽같이 사라지는지를 알게 되었다. 그놈이 저만치 날고 있을 때는 그 배경이 푸른 하늘이라 녹색 몸을 한 그놈이 또렷하게 잘 보인다. 그러다가 내려앉을 때, 풀밭 위 내 키보다 낮은 높이에 이르면 배경이 그놈의 몸 색깔과 같은 풀밭이 된다. 그 놈의 몸 색깔과 풀밭의 색깔이 같아지는 순간 나는 더 이상 그놈을 가려 볼 수 없게 된다. 그래서 그때까지의 놈의 비행 궤적을 따라 놈이 내려앉았을 지점에 가서 그 놈을 찾는다. 그런데 그 놈은 풀밭과 자기 몸의 색깔이 같아지는 바로 그 순간, 왼쪽, 또는 오른쪽으로 거의 45도 이상 급히 방향을 꺾어버리고 있었다. 그러니까 그곳은 그때까지 날아가던 비행궤적을 연장하여 이쯤에 앉았으리라고 생각한 곳과는 3~4 미터 이상 멀어져 있었던 것이다. 결국 나는 엉뚱한 곳에 가서 찾았으니 그 놈이 보일 이가 없었던 것이다. 그 조그만 놈이 어디에서 그런 꾀를 내어 사람을 그렇게 감쪽같이 속이고 제 몸을 보존하는지 신기한 일이 아닐 수 없었다.

동식물이 자기 종족을 보존하려는 노력은 더욱 강해서 눈물겨운 데가 있다. 얼마 전 텔레비전 뉴스에 나온 한 어미 고양이의 새끼 사랑 이야기 같은 것이 그 좋은 예가 될 것 같다. 미국 어느 곳에서 있은 일인데, 한 마리의 어미 고양이가 그 안에 아직 걷지 못하는 어린 새끼들을 기르고 있는 건물에 불이 났다. 어미 고양이는 그 불타고 있는 집에 들어가 네 마리의 새끼를 한 마리, 한 마리, 다 물어 내 살린 것이다. 텔레비전 화면에 나온 어미 고양이는 붕대를 감은 앞발을 달달달 떨고 있었다. 불길 속을 몇 차례나 들어갔다 나오는 바람에 다리에 화상을 입었던 것이다. 몸에 털이 난 동물은 불을 겁내 본능적으로 그 근처에도 가지 않으려 하는 법인데 그 놈은 제 몸이 불타는데도 기어이 새끼들을 다 물어 내 구한 것이다. 자식을 학대하고, 버리는 어미 아비 이야기가 끊이지 않는 것이 인간 세상이라는 것을 생각하니 그 고양이의 자식 사랑이 더욱 가상스럽기만 했다.

내게는 위와 같은 동물의 모성애와 관련된, 어린 시절의 잊혀지지 않는 경험이 있다. 주로 봄 철, 보리밭에서였는데 손만 뻗으면 잡힐만한, 바로 한 발 앞에 노고지리란 놈이 어정거리고 있는 경우가 많았다. 그래, 그 놈을 잡으려고 다가가면 쪼르르 달아나 아슬아슬하게 놓치고 만다. 그런데 왠지 그 놈은 멀리 달아나지 않고 여전히 바로 코앞에 있다. 그래, 다시 잡으려 하면 또 간발의 차이로 손을 벗어나고 만다. 이러기를 몇 번, 처음의 위치에서 상당히 먼 거리까지 따라가면 이번에는 포르르 하늘 저 높이 날아올라 어디론가 까마득히 사라져버린다. 그러한 경험은 시골을 떠나오면서 아득한 기억 저 편으로 잊혀져버렸다. 그런데 어느 날 우연히 텔레비전을 보다가 어린 시절, 나와 노고지리와의 그 술래잡기 게임이 어떤 성격의 것이었던가를 알게 되었다. 그 프로그램에 나온 한 조류학자에 의하면 노고지리가 잡힐 듯, 잡힐 듯 하면서 달아난 것은 나와 무슨 장난을 치자고 그런 것이 아니고 그 근처에서 알을 품고 있었거나 거기에 어린 새끼를 기르고 있는 둥지가 있었기 때문이라는 것이었다. 그러니까 당시 노고지리는 엄청나게 큰 동물(「나」)이 둥지에 접근하니까 알 또는 새끼의 안전에 위험을 느껴 잡힐 듯, 잡힐 듯 하며 나를 둥지에서 먼 곳으로 유인해 낸 것이었다. 그, 새 박사의 노고지리 이야기는 계속됐다. 그 놈은 만약 상대가 그런 유인에 끌려오지 않으면 한 쪽 날개를 질질 끌면서 거의 다 죽어 가는 시늉을 한다는 것이다. 그것을 학술용어로 擬傷(다친 척 한다는 말)이라고 한다는데, 그러는 것을 보고는 안 따라가는 동물이 없다는 것이다. 참 맹랑한 놈이 아닌가. 그 이야기를 듣고 있으면서 나는 사람이 스스로 자기들이 만물의 靈長이니 뭐니 하면서 잘난 척 해서는 안될 것 아닌가 하는 생각을 했다.

움직이지도 않고 아무런 표정도 없이 그저 무심하기만 한 것 같은 식물들에게서도 유심히 보면 동물들 못지 않은 자식 사랑의 마음을 읽을 수 있다. 봄이면 화려한 자태로 들을 수놓는 민들레는 그 자식, 씨가 여물면 머리에 깃털을 달아 바람에 날려보낸다. 자식의 장래를 위한 배려다. 씨앗이 어미가 있는 근처에 떨어지면 그 어미에 치어 제대로 자라지 못 할 것을 우려해 더 비옥한 땅에 뿌리 내려 찬란한 생을 살라고 기원하면서 자식을 멀리 멀리 떠나보내는 것이다. 그러니까 민들레 홀씨 한 알이 호르르 - 바람을 타고 하늘로 날아오르는 것은 어미 민들레와 그 자식의 아름답고도 슬프고 애처로운, 다시는 만나지 못 할 이별인 것이다.

하다보니 글이 좀 길어진 것 같은데 - 그래도 도토리 나무 이야기 한 가지만 더 하자. 도토리 열매를 보면 거의 완전 원형에 가깝게 동그랗다. 내 생각에는 이것도 어미 도토리 나무의 자식 장래 생각의 결과인 것 같다. 도토리 열매가 그 어미 나무 부근에서 싹을 터서는 제대로 자라기가 힘들 것이다. 땅에는 이미 어미 나무의 뿌리가 넓게, 깊게 뻗어 있어 부근의 수분이며 양분을 다 걷어 가고 있을 것이고 하늘은 그 나무의 樹冠이 가려 햇빛 한 올 제대로 얻어 쬘 수 없을 것이기 때문이다. 그래, 어미 나무는 새끼의 모양을 둥글게 만들어 그것이 다 여물어 어느 날 툭 땅바닥에 떨어지면 떼굴떼굴 굴러 될 수 있는 대로 어미에게서 멀리 떨어져 가게 한 것이다. 그렇게 동그랗게 생겨 놓으니 그 열매는 바람이 세차게 불면 그 힘에 굴러가고 비가 내려 빗물이 땅바닥을 훑어 내려가면 또 거기에 얹혀 더 멀리 갈 것이다. 어미 나무의 자식에 대한 장래 배려는 거기서 멈추지 않는다. 나무는 도토리의 果肉에 고소한 맛을 담아 주고 있는데 여기에도 그 열매가 멀리 가 제 삶의 터를 찾게 하려는 뜻이 담겨 있다. 도토리에 그런 맛이 있기 때문에 짐승들이 그것을 먹이로 삼는다. 그리고 그 덕분에 도토리는 어미 나무에서 멀리 떨어진 곳에 옮겨져 싹을 틔워 자랄 수가 있다. 얼핏 이해가 안 되는 말 같지만 그렇지 않다. 도토리와 다람쥐의 관계를 들어보면 이 말을 쉽게 수긍할 수 있을 것이다. 다람쥐는 해마다 가을이면 다음 일년의 양식으로 삼으려고 열심히 도토리를 주어서 이곳 저곳 제 나름으로 은밀한 곳에 숨겨 둔다. 그런데 이 놈의 기억력이라는 것이 형편없어서 제가 숨긴 것 중 3할밖에 찾아 먹지 못 한다. 그러다 보니 나머지 7할은 어미 나무에서 멀리 떨어진, 다람쥐가 숨겨둔 그곳에서 싹이 터 각각 한 그루의 도토리 나무로 자라게 되는 것이다. 참, 어미 도토리 나무의 종족 번식의 지혜랄까, 조물주의 하는 일이 생각하면 할수록 오묘하기 그지없다.

자, 일이 이런데 사람이, 더구나 내 같은 우둔한 사람이 어찌 조금이라도 잘난 척 할 수가 있겠는가. (2001)

체 게바라의 오토바이

벌써 20 여년이 되어가나… 나는 매주 일요일이면 불가피한 사정이 없는 한 산에 오른다. 멀리 가려니 여러 가지로 번거롭고 찻길도 막히고 해서 주로 집에서 걸어서 한 20분 거리에 있는 金井山에 올라간다. 산은 오를 때는 힘들지만 그 정상에 서면 올라가느라고 흘린 땀에 온갖 잡념이 다 빠져나가 그런지 정신이 한결 맑아지는 것이, 기분이 아주 좋다. 그리고 하산길 - 사방 조망하며 물소리, 바람소리, 새소리 들으면서 내려오노라면 몸과 마음이 가볍기 그지없다.

그런데 두어 달 전부터 그 즐겁던 하산길이 말할 수 없이 우울한 것이 되어버렸다. 내가 늘 내려오는 산길이 호국산가 하는 절로 올라가는 도로와 만나는 곳에 어느 날 검은 색 승용차 한 대가 세워져 있었다. 처음에는 예사로 보았는데 그 차가 몇 주 째 그 자리에 그대로 있어 좀 개운찮은 느낌에 가까이 가서 살펴보았더니 앞 뒤 번호판이 떨어져나가고 없다. 의심의 여지없이 누군가가 내다버린 차였다. 나로서는 참으로 이해가 안 되는 일이었다. 아무리 쇳덩이라 지만 한 동안 제 몸을 맡겨 그 신세를 진 물건을 어떻게 그렇게 버릴 수 있을까. 내가 그 말을 하니까 한 친구가 돈 때문에 그렇게 버리는 것일 거라고 했다. 폐차를 하려면 그 비용이 5만원인가 들고 또 그 차에 나온 세금도 말끔히 다 내야 하기 때문에 그렇게 내다 버리면 그런 돈 지출을 안 해도 된다는 계산일 것이라는 것이다. 동기야 무엇이었거나 괘씸하기 짝이 없는 일이 아닐 수 없었다.

사람 마음은 다 같아서 언제부터인가 오가는 사람들의, 차를 버린 사람에 대한 분노가 그 차체에 나타나기 시작했다. 어느 날 보니 보니트에 등산화 자국이 어지럽게 나 있었다. 화가 난 등산객들이 차 주인에게 하고 싶은 발길질을 그 차에다 한 것이다. 그것을 시작으로 그 차에 대한 무작스런 私刑이 계속해서 가해졌다. 몇일 전에는 보니, 차 유리창이 모두 박살이 나 있고 차의 철판도 곳곳이 돌에 찍혀 흉물스럽게 찌그러져 있었다. 누군가 한 사람은 화가 아주 많이 났든지 한 아름이나 되는 돌로 차를 내리쳐 그것이 차 안 운전석에 들어가 있었다. 이제 그 차는 만신창이, 해골보다 더 흉칙스런 몰골이 되어 있다.

나는 못볼 것을 본 것처럼 황망히 그 자리를 떠나 다시, 내려오는 오솔길로 접어들면서 최근 「체 게바라 평전」이란 책에서 읽은, 그 차의 주인과는 너무 다른 심성을 가졌던 한 大人의 行狀을 생각했다. 그는 아르헨틴 출신으로 풀 네임이 에르네스토 체 게바라다. 의사이자 시인이요 遊擊戰의 천재인 그는 피델 카스트로와 함께 쿠바 혁명에 성공한 영웅이다. 혁명에 성공한 후 그는 쿠바 국립은행장, 재무장관의 자리에 앉았지만 얼마안가 모든 것이 다 덧없다면서 훌훌 털고 나왔다. 그는 그 길로 미국 자본주의자들에 의해 착취당하고 있는 볼리비아를 해방시키고자 게릴라전을 벌이다가 정부군과의 교전에서 총상을 입은 채 붙들려 마흔이 안 된 나이로 죽음을 당한다. 산골 초등학교로 끌려가 거기서 조금도 품위를 잃지 않고 의연하게 최후를 맞는 그의 모습은 바로 한 편의 비장하고 아름다운 서사시였다. 그의 인간 사랑, 이웃 사랑은 내게는 살아 있는 神의 그것으로 보였다. 그런데 가만히 생각해 보니 그가 사랑한 것은 단지 인간만이 아니라 그가 살다 간 이 세상 전체였다는 것을 알 수 있었다.

그는 의과대학에 다니던 20대 초반의 나이에 친구 한 사람과 함께, 사람들이 어떻게 살고 있는지 보려고 오토바이로 북남미 일대를 종횡으로 누비고 다녔다. 그런데 아르헨틴에서 출발한 「포데로사('힘'이란 뜻)」란 이름의 이 5백cc짜리 중고 오토바이가 칠레에 이르자 워낙 멀고 험한 길을 달린 바람에 아무리 손을 보아도 더 이상 어쩔 수 없게 망가져 버렸다. 게바라는 하는 수 없이 이를 버리는데, 그는 「가슴이 저며오는 아픔」을 느끼며 오토바이의 동체에 흰 천을 씌워 고철상에 넘긴다. 거기에는 마치 사랑하는 사람과 영결하는 눈물 젖은 장례의식을 연상하게 하는 데가 있었다. 그와 같이 그는 한 동안 자신의 몸을 의지했던 쇳덩이에게까지 피

붙이에게와 같은 애정을 느꼈던 사람이었으니 그와 같은, 이웃을 위해 제 몸을 죽음의 제단에 바치는 희생을, 사랑을 할 수 있었지 않았나 한다.

게바라의 오토바이 이야기는 내게, 아까 그 차의 주인이 차를 그렇게 버렸다면 차에게 뿐 아니라 제 이웃, 제 가족에게도 그 비슷한 몹쓸 짓을 하고 있지 않을까 하는 생각이 들게 해 마음이 한층 더 어두웠다. (2001)

五官을 멎게 하는 숨막히는 壯觀
- 이과수 觀瀑記

나는 이번 여름 여러 가지 어려운 여건 속에서 상당히 무리를 해서 남미 5개국 여행을 다녀왔다. 이 여행 중에서 내가 가장 큰 기대를 가지고 있은 것은 이과수(Iguacu) 폭포를 보는 것이었다. 현지 시간 7월 7일 오전, 이과수 시가에서 40분을 이동하여 문제의 폭포를 찾았다.

이 폭포의 이름은 인디오들의 말로 「물」이란 뜻의 「이구(Igu)」와 장대한 것에 대한 경탄의 뜻인 「아수(Acu)」가 합쳐져 만들어진 것이라 한다. 이 폭포는 벌써 그 규모부터가 엄청나다. 10 리가 넘는 폭의 큰 강이 갑작스런 단애를 만나 그대로 곤두박질쳐 대소 3백여 개의 폭포를 이루고 있는 것이 이과수다. 정확하게 말해, 폭 5킬로미터, 최고 높이 1백 미터를 넘어 폭 1.2킬로미터, 최고 낙차 50미터로, 오랜 세월 세계 최대란 허명을 누리고 있던 나이아가라와는 그 규모에서 아예 비교가 안 된다. 전 미국 대통령 레이건의 부인 낸시는 이 폭포 앞에서 자신도 모르게 "아, 초라한 나이아가라! (Oh, poor Niagara!)"라고 탄식했다던가 - . 무엇이나 세계 최고를 고집하던 미국 사람들로서도 이 폭포 앞에서는 주눅이 들 수밖에 없었던 모양이다.

우리 일행은 모두 그 폭포 앞에서 그때까지 자기가 본 가장 큰 폭포들을 머리에 떠올리고 있는 것 같았다. 나는, 그 폭포 앞에 서는 순간, 늘 대단하게 생각해온 제주도 정방폭포와 경남 함양군 안의의 용추폭포는 물론 저 뉴질랜드 밀포드 사운드의 폭포가 갑자기 내 머리 속에서 가느다란 물줄기로 변해버리는 것을 느꼈다. 금강산 구룡폭포 본 것을 몇 번이나 자랑한 적이 있는 일행 중 한 친구는 계속해서 "야, 야 - !" 탄성을 지르고 있는 것이 모르기는 해도 이제 앞으로는 그 산에 가서 본 폭포 이야기는 더 이상 할 것 같지 않아 보였다.

누군가가 이 폭포를 색과 음의 일대 심포니라고 했다는데 과연 그랬다. 물이 떨어지면서 내는 우르릉거리는 소리가 귀가 멍하게 하는데 눈앞에는 푸른 하늘, 울창한 녹색 숲, 그 속을 흐르는 푸른 강물, 그리고 거기에 폭포의 물기둥, 부서져 나르는 포말이 눈이 부신 흰빛을 섞는다. 여기에 또 한 가지 색, 아니 휘황찬란한 색들이 그 아름다움에 가세하고 있다. 무지개다. 폭포 아래에 가설한 판자 다리를 걸어가면 여기서, 저기서, 또 여기서 일찍이 한 번도 보지 못한 현란한 칠색 무지개를 보게 된다.

이 쪽에서 보니 사람들이 그 무지개 속으로 들어가고 또 거기서 나오고 있다. 물안개, 물보라가 사람들을 에워싸 옷도 머리도, 얼굴도 온통 물에 젖건만 폭포 아래 무지개 속을 오가는 사람들은 그런 것에는 조금도 개의하지 않았다. 그들은 먹고 마시고 배설하고 성내고 다투고…… 그리고 늙고 앓고 죽는 이 사바 세상의 사람들이 아니었다. 그들은 조금 전까지는 어쨌는지 모르지만 지금, 이 순간만은 그런 티끌세상의 인간들이 아닌 것 같았다. 가만히 보니 그 속에서 그들은 누구 가릴 것 없이 모두 신선이었다. 신선들이었다.

문명 세계의 인간으로 이 폭포를 제일 먼저 발견한 사람은 한, 서양의 성직자(聖職者)였다 한다. 어느 날 알젠틴과 브라질 국경지대의 숲 속을 헤매고 있던 그는 엄청나게 큰 소리에 놀라 그 소리가 나는 곳을 찾아갔다가 이 놀라운 광경을 보았다 한다. 그가 처음 이 폭포 앞에 섰을 때의 감상이 어떠했던가를 나는 모른다. 그러나 미리, 여기에 그런 곳이 있다는 말을 듣고 거기에 대한 글을 읽고 사진을 보고 찾아온 내가, 그러고도 이렇게 놀라는 것을 보면 그는 틀림없이 크게 놀랐을 것이다. 어쩌면 그는 그 순간 "아, 내 기도가 영험하여 내 마침내 하느님의 인도로 천국에 당도했구나 - ." 하지는 않았을까. 그만큼 이과수 폭포는 이 세상의 한 자락이 아닌 별천지였다.

그런데, 우리가 그렇게 넋을 놓고 있는데도 안내인은 「악마의 목구멍」을 볼 때까지는 아직 이과수에 대하여 말해서도 안 되고 감탄해서도 안 된다고 한다. 우리는 다시 차를 타고 길을 외돌아 한참을 간 다음 2~3분 동안 10인승의 보트를 타고 이 폭포가 떨어지는 강 한 가운데에 도착하여 그「목구멍」앞, 가교(架橋)에 섰다. 그제야 우리는 조금 전에 한 안내인의 말이 미리 무엇을 좀 안다고 으스대느라고 한 말이 아니었고 조금도 과장된 것도 아니었다는 것을 알았다. 저쪽 상류에서 이제까지 아무 일도 없었으며, 지금도 아무 일 없으며, 앞으로도 아무 일 없을 것처럼 담담히, 유유히 흘러 내려온 강이 갑자기 천길 절벽을 만나 통째로 곤두박질치는 그곳이 곧 내가 지금 서 있는「악마의 목구멍」이다. 이 이름

이과수 폭포의 무지개 앞에 선 필자 내외.

도 이 지역에 살던 인디오들이 지었다 한다. 지난 날 카누를 타고 가던, 또는 헤엄을 치고 있던 인디오들은 어느 순간 갑자기 거꾸로 처박히면서 어딘가로 빨려 들어가 영원히 이 세상에서 사라지곤 했다. 그들은 그 아가리를 볼 수 있었다. 그러나 그것을 보는 순간 그의 이승은 그것으로 끝났다. 그는 거기에 빨려 들어가는 그 극히 짧은 순간, "아, 악마다!" 하고 경악하게 되는데 미처 무슨 말 한 마디가 나오기 전에 그는 그 악마에게 삼켜진 바 되어 있은 것이다.

문명인들이 다리를 얽어 악마의 입, 바로 그 앞에까지 길을 내어놓은 덕분에 참으로 다행하게도 나는 그 「악마의 목구멍」을 보고도 명을 부지할 수 있었다. 악마의 목구멍 - 거기서는 엄청난 수량(水量)의 강 하나가 문득 수직으로 낙하하고 있었다. 물의 벽, 물의 기둥, 한 세계가 거기서 곤두박질치고 있었다. 주저앉고 있었다. 내려앉고 있었다. 그 아래에는 무엇이 있는지, 그곳이 어떻게 된 세상인지 도무지 알 수가 없었다. 위에서는 끊임없이, 끝없이 강이 쏟아져 내려앉고, 그 아래에서는 자욱한 안개가 한없이 솟아오르고 있다. 그리고 그 위로 다시 물이 떨어져 아래로부터의 그 치솟아 오르는 기운을 누르고, 그러면서 둘이 어우러져 아득하고 희뿌연 어지러움, 어지러움이 되어 끝없이 소용돌이친다. 그 것은 대 혼돈, 일대 카오스다. 그 소용돌이는 모든 것을 삼켜 무(無)로 사라지게 하고 있었다. 그러니 그 혼돈 속에는 칠흑 같은 어둠과 죽음만이 가득한 것 같았다. 그러면서도 한 편, 역설적으로 그곳에는 인간의 모든 고통이, 번뇌가 일시에 사라져버리는 평안이 있을 것 같기도 했다. 거기에는 우리가 어디에서도 구할 수 없는 완전한 망각, 시간마저 멎어버린 모든 것으로부터의 해방이 있을 것 같았다. 만약 그렇다면 이곳이야말로 내가 60평생 그렇게 헤매어도 끝내 이 세상 어디에서도 찾을 수 없었던 그, 피안의 세계가 아니겠는가. 악마의 목구멍 - 그러고 보면 그 이름이 잘 된 것인지, 잘못 지어진 것인지도 모를 일인 것 같다. 나로서는 그 혼돈이 정말 악마의 입인지, 나락(奈落)의 입구인지, 어쩌면 천국으로 가는 길인지 알 수 없었기 때문이었다.

얼마 동안을 그러고 서 있다 보니 나는 거기서 더 이상 아무 생각도 할 수 없게 되고 말았다. 너무 깊고 어지럽고 너무 낯선 의외의 세계 앞에서 나의 뇌 세포는 감당할 수 없는 전율로 움직임을 멈추어버린 것 같았다. 처음에 지축을 울리는 듯 하던 그 굉음도 더 이상 들리지 않았다. 소리가 너무 커 이미 인간의 가청(可聽) 주파수를 넘어버린 것인지, 나의 오관이 이 자연의 장대함 앞에서 마비가 되어 버렸는지 나는 그것마저 알 수가 없었다. 지구 반대편 저쪽에서 온 한 왜소한 이방인은 그저 물안개에 젖어 언제까지나 그 혼돈 앞에 석상처럼 망연히 서서 끝없이 혼돈하고 있을 뿐이었다. (『국제신문』 2001)

悲願의 그 要塞는 어디에도 없고
- 마츄피츄 紀行

7월 10일 상오 황금의 나라, 옛 잉카의 수도 쿠즈코를 찾았다. 내가 알고 있는, 해발 3천 4백 미터에 위치한 이 도시를 수도로 한 제국, 잉카의 흥망 이야기는 그들과 아무 관계없는 사람들까지 비분을 금하지 못 하게 하는 것이다. 14세기 중반까지만 해도 잉카는 이곳, 쿠즈코를 중심으로 에콰도르 · 볼리비아 · 칠레 · 아르헨틴에 이르는, 남북 5천 킬로미터에 걸친 대 제국이었다. 그 나라에 1532년 스페인의 프란시스코 피사로가 군대를 이끌고 쳐들어왔다. 거느린 병력이 1백 67명밖에 안 된 피사로는, 비록 원시적인 무기밖에 가지고 있지 않았지만 잉카의 군세가 만만치 않은 것을 보고는 먼저 서로 대화를 하자고 제의했다. 이에 잉카군이 경계를 풀고 스페인 군 앞에 모이자 피사로는 갑자기 총포를 쏘아 그들을 죽이고 그들의 황제 아타와르파를 생포했다. 스페인 군에 사로잡

힌 아타와르파는 자신을 살려주면 그를 유폐하고 있는 그 방에 가득 찰 만큼 많은 황금을 주겠다고 했다. 홍정은 이루어졌다. 피사로는 황제가, 약속한대로 엄청난 양의 금을 바치자 일단 그를 석방했다. 그러나 그는 이듬해, 아타와르파를 치안을 문란하게 했다는 죄를 씌워 붙들어가 살해해버렸다. 그것이 태양신의 나라, 제국 잉카의 최후다.

생각하면 1492년 10월 12일 콜럼부스가 서인도제도의, 사방 30리 남짓한 작은 섬, 산 살바돌에 표착한 것은 아메리카 원주민들에게는 더 할 수 없는 재앙이었다. 미국인들의, 소위 서부 개척이란 이름의, 잔인하기 이를 데 없는 인디언 사냥은 이미 우리가 잘 아는 일이고 쿠바에서 들으니 16세기 중반 스페인인들이 이 섬나라의 원주민 타이노족 10 여만 명을 청소하듯이 죽여 없앴다고 한다. 그 뿐인가. 브라질에서는 그 땅을 정복한 포르투칼인들이 그곳에 살던 4백만 명의 원주민 인디오를 죽였다고 한다. 유럽의 백인들은 또 멕시코에서 수많은 원주민들을 죽여 없애고 찬란한 고대 문명의 도시 아즈텍을 폐허로 만들었다. 그러니까 그들은 16세기에 시작하여 수 세기에 걸쳐 남북 아메리카 두 대륙에서 잔혹한 인간 도살과 야만적인 문화 유린을 자행해 온 것이다. 과연, 인간이 인간을 이렇게 해도 되는 것인가. 그러고도 그들은 그 죄 없는 사람들의 피로 씻은 그 땅에 가는 곳마다 성당을, 교회를 짓고 사랑과 희생, 인도(人道)를 이야기하고 있으니 세상이 이래도 되는 것인가.

쿠즈코에서는 돌로 쌓은 잉카인들의 신전을, 그 윗몸채를 들어내고 그 위에 성당을 지어 깔아뭉개는 등, 스페인인들의 잉카 문명 말살을 곳곳에서 볼 수 있었다. 그것은 이미 예상하고 갔던 것이지만 그런 현장을 볼 때마다 마음이 말 할 수 없이 아팠다.

이제 페루에서의 나의 남은 하나의 기대는 마츄피츄를 보는 것이었다. 이 기적의 공중 도시는 이미 사진에서 많이 보았지만 거기서 내 눈으로 꼭 확인해 보고 싶은 것이 있었으니, 그것은 혹시 그곳이 비르카밤바는 아닌가, 그럴 가능성은 전혀 없는가 하는 것이었다. 옛 기록에 의하면 스페인의, 야만적인 군대에 제국을 잃은 잉카인들은 끝까지 그들에 맞서 싸우기 위해 높은 산꼭대기에 돌을 쌓아 난공불락의 요새를 만들었다고 하는데 그 이름이 비르카밤바다. 1911년 미국인 사학자 하이람 빙검도 바로 그 비르카밤바를 찾으러 다니다 마츄피츄를 발견했다 한다. 현재까지 알려진 바로는 그곳이 비르카밤바가 아니라고 한다. 그러나 나는, 그런 일에 아무런 전문지식도 없으면서 그것을 내 눈으로 한 번 확인해 보고 싶었던 것이다. 어쩌면 나는 잉카인들의 한을 옮겨 받아 그곳이 바로 그 비르카밤바이기를 바라고 있었는지 몰랐다.

적도의 태양이 힘을 잃고 서쪽 하늘로 기울어 갈 무렵 우리는 버스로, 천년의 고도 쿠즈코를 뒤로하고 마츄피츄를 향해 출발했다. 밤하늘 별이 은가루를 뿌려 놓은 것 같은 우루밤바 강가의 방갈로에서 하룻밤을 잔 우리는 이튿날 다시 그 강을 따라 한 시간 가량을 더 달려 푸엔테 루이나스 역에 도착했다. 거기서 단칸, 관광열차로 바꾸어 탔다. 차만 바뀌었을 뿐, 우리는 여전히 그 강을 따라 계곡 속을 달렸다. 그러나 경치는 어제와 많이 다르다. 이름도 아름다운 베로니카를 비롯한, 5천 미터 급의 안데스 고봉들이 곳곳에서 희다 못해 푸른빛이 도는 눈을 인, 보석보다 아름다운 자태를 자랑하고 있다. 기차는 산모롱이를 만날 때마다 바앙 - 바앙 - 기적을 울리며 달린다. 그때마다 우리는 우리가 무슨 아름다운 엽서 속에 있는 것 같은 착각에 빠지곤 했다. 그렇게, 경치가 아름다웠다. 장난감 같은 기차는 1시간 반 가량을 더 달려 기랴밤바 역에 닿았다. 거기서 다시 버스로 옮겨 타고 수직으로 하늘을 찌를 듯이 치솟은 산을 이리 꼬불 저리 꼬불 열 아홉 구비를 돈 다음 비로소 우리는 「늙은 봉우리」란 뜻의 그, 마츄피츄에 도착했다.

해발 2천 2백 80미터에 있는, 이 산상의 도시는 궁전과 주거, 군막사로 이루어져 있다고 한다. 5백년 가까운 세월 잠자고 있었다는, 돌로 정교하고 튼튼하게 쌓은 이 도시는 사진에서 보아온 대로 신기한 구경거리가 분명했다. 그러나 식량의 자급 및 비축 능력이 보잘것없고 남쪽, 도시 뒤편이 완전 무방비 상태로 노출되어 있는 것 등을 볼 때 아무리 생각해도 그곳은 무슨 종교적인 의미가 있는 곳인지는 몰라도 적을 맞아 싸우거나 장기간 농성을 할 수 있는 요새는 아니었다. 내게는, 비르카밤바 - 그것은 그들의 제국을 짓밟고, 동족을 학살하고, 문화를 모욕하고, 황금을 강탈해 간 백색의, 야비하고 흉포한 외적에 대한 잉카인들의 복수의 비원이 만들어낸 이야기일 뿐, 이 세상 어디에도 없는 것이 아닌가 하는 생각이 들었다. 아니, 한편으로 곰곰이 생각해 보니 그것이 어디에도 없다고 해서도 안 될 것 같았다. 그들의 치욕을 씻어줄 잉카 전사(戰士)들이 칼을 갈고 있는 그, 누구도, 무엇으로도 깨뜨릴 수 없는 철옹(鐵瓮)의 요새, 비르카밤바는 잉카인 한 사람, 한 사람의 가슴속에 숨겨져 있다고 할 수 있겠기 때문이었다.

무지개를 쫓다가 끝내 그것을 잡지 못 하고 가시에 할퀴어 지친 몸으로 돌아온 소년처럼 나는 울적한 마음으로 그날 하오 다시, 그 비운의 옛 왕도 쿠즈코로 돌아 왔다. 차에서 내리자 꾀죄죄한 모습의 어린애들이 쪼르르 달려와 돈을 달라고 조른다. 그런 일은 이 나라에 와서 여러 번 겪은 것이라 못 본척하고 있는데 여섯 살쯤 된 딸애가 제 동생으로 보이는 젖먹이를 업고 와서는 손을 내민다. 차마, 이 애마저 외면할 수가 없어 1달러 짜리 한 장을 그녀의 까맣고 조그마한 손에 쥐어 주었다. 그랬더니 그 부근에 있던 애들이 일시에 나를 에워싸고 자기도 달라고 아우성이다. 주기 시작하면 끝이 없다. 내, 집에서 나올 때 가지고 온 돈도 얼마 안 되고 - 그러니 어쩌랴. 지난 날 한 대륙을 호령하며 은성하던 대 제국 잉카의 이, 가난을 내가 어쩌랴. 내가 무슨 정치력, 외교력이 있어 원주민 출신이라는 그들의 새 대통령 톨레도를 밀어주랴, 과오를 저지르고 달아났다는 후지모리를 붙들어다주랴, 스페인 더러 지난 날 너희 조상들의 악행을 사죄하고 그 때 빼앗아 간 황금을 되돌려 주라고 하랴.

나는 황망히 다시 버스에 올라 차 문을 닫아버릴 수밖에 없었다. 이래저래, 유년 시절 이래 오랜 세월 내 머리 속에 자리잡고 있던 찬란한 고대문명의 나라 페루는, 잉카는 끝까지 나를 우울하게 만들었다. (『국제신문』 2001)

인디오 처녀의 슬픔, 분노
- 아마존 探勝記

남미 여행이 막바지로 접어든 7월 중순 어느 날 현지의 안내인은 지금부터 아마존의 비경을 보게 될 것이라고 우리들의 호기심을 부추겼다. 아마존 강은 그 3분의 2가 브라질, 3분의 1이 페루령을 흐르고 있는데 우리가 탐승하기로 한 것은 페루 령의, 그 북쪽 흐름이었다. 사람들은 전인미답의 원시림과 원주민이 사는 모습을 볼 수 있는 것은 물론이고 운이 좋으면 멧돼지 한 마리를 통째로 삼킨다는 구렁이 아나콘다도 볼 수 있을지 모른다고 기대에 부풀어 있었다.

그리하여 우리는 이른 아침, 페루 이퀴토스 시의 엘 도라도 호텔을 나서 15인승 배를 타고 아마존 강을 거슬러 올라가기 시작했다. 숲이 짙게 우거져 가는 강 양안의 경치는 갈수록 점점 볼만한 것이 되어 갔다. 한참을 그렇게 가다 안내인은 이제 곧 야누아 토착 원주민 마을을 방문해 거기서 인디오들이 사는 모습과 그들의 춤을 구경하게 될 것이라고 했다. 그는 춤이 끝나고 나면 그들이 손수 만든 민예품을 사라고 하는데 그것은 사도 되고 안 사도 되니까 조금도 마음에 부담을 느낄 필요가 없다고 했다.

뱃머리에까지 마중 나온 한 늙은 족장의 안내를 받아 우리가 간 곳은 지붕을 사탕수수 잎 같은 것으로 덮은, 네 개의 기둥을 한 원추형의 원시적인 구조물이었다. 직경이 15미터 가량 되는 넓이의 바닥은 흙을 평평하게 골라 단단하게 다진 것이었는데 깨끗이 쓸고 물을 뿌려 놓았었다. 금방 20여명의 원주민 남녀가 모였다.

인류학자들은 미주(美洲)의 인디언들이 아득한 옛날 그곳으로 흘러간 몽골인이라고 하는 모양인데 문외한인 내 눈으로 보아도 그 학설은 믿을만한 것인 것 같았다. 그들의 몸에도 우리와 같은 몽고반(蒙古斑)이 있다는데 굳이 그런 것까지 확인할 필요 없이 외관만 보아도 그들은 우리와 같은 피를 나누고 있음이 분명했다. 적도 부근의 강렬한 태양에 피부가 암갈색으로 그을려 있을 뿐, 그들의 생김새는 한 눈에 우리와 꼭 같다는 것을 알 수 있었다.

곧 춤이 시작되었다. 남자 10명, 여자 12명이 둘러서서 추는 원무(圓舞)다. 거기에는 나이 많이 든 사람도 있고 한창 젊은 남녀도 있고, 애기를 안은 아낙네에 어린애들도 있었다. 아주 어린것들은 발가벗었고 성인 남녀는 모두 무슨 식물에서 얻은 섬유로 짠, 단순한 기하학적 무늬가 있는 하의 하나만을 입고 있었다. 여자들은 듬성듬성 짠 천으로 가슴을 느슨하게 가렸는데 춤을 출 때 그것이 이리저리 흔들려 그 때 마다 검고 길게 늘어진 유방이 그대로 밖으로 드러나곤 했다. "에헤에 - 바나아 - " 맨발로 땅을 구르며 빙글빙글 도는 그들의 군무(群舞)는 갈수록 점점 더 속도가 빨라졌다.

그때, 그들에게서 나는 야위고 남루한, 어린 시절의 나와 내 가족을 보았다. 거기서 춤추고 있는 어린애들은 바로 헐벗고 배고프던, 대 여섯 살 무렵의 나였다. 그리고 드러나는 여인의 젖가슴은, 타작마당에, 모심기 논두렁에 점심을 이고 왔을 때 삼베 적삼 아래로 드러나던, 우리들 아홉 남매를 키우느라 힘없이 늘어져 있던 새까만, 내 어머니의 젖, 그것이었다. 그 순간 문득 나는 내가 지금 여기서 무엇을 하고 있는가 하는 의문에 사로잡혔다. 그들이 우리 앞에서 보여주고 있는 것은 그들 본래의 삶의 모습도, 무슨 민속예술도 아니었다. 그것은 지난날 이 대륙의 주인이었으나 이제 문명인들에게 삶의 터전을 빼앗긴 원주민들이 푼돈 몇 닢을 바라고 하는, 가련한 어릿광대 노릇이었다. 생각이 거기에 미치자 내게는 그들의 춤과 노래가 조금도 즐겁지도, 재미있지도, 신기하지도 않았다. 그 대신 까닭을 알 수 없는 슬픔이 내 몸 저 밑바닥 어디에서 치밀어 올라 왔다.

그러다가 나는 끝내 보지 않아야 좋았을 것을 보고 말았다. 춤을 추고 있는 원주민들 속에는 열 여섯, 아니면 열 일곱쯤 되어 보이는 한 처녀가 있었다. 그 나이의 아가씨면 어떤 인종이나 꽃으로 피게 된다. 그런데 누구 없이 고울 나이의 처녀치고도 그녀는 뛰어나게 아름다웠다. 얼굴에 원주민 표를 하느라 야릇한 칠을 하고, 우리 눈으로 볼 때는 넝마나 다를 것 없는 것으로 아랫도리만 가리고 있었지만 그녀의 눈부신 아름다움은 그런 것을 모두 비집고 밖으로 드러나고 있었다. 그런데, 그때까지 내가 그녀를 너무 무심히 보았던 모양이었다. 그녀는 춤을 추고 있지 않았다. 우쭐우쭐 몸짓은 따라 하고 있었지만, 그것은 자신에게 가해지는 고통스런 고문에 몸을 움칫대고 있는 것에 불과했다. 유심히 보니 그녀는 차림새부터가 벌써 같이 춤추고 있는 다른 여인들과 달랐다. 그녀의 브레지어는 몸을 움직일 때마다 젖가슴이 들락거리는, 눈가림으로 하고 있는 그런 것이 아니었다. 그녀는 짙은 색깔의 천으로 만든 브레지어로 가슴을 단단히 싸매고 있었다.

그녀에게는 또 하나 다른 사람과 다른 데가 있었다. 그녀는 노래하고 있지 않았다. 그녀는 마지못해 몸만 우쭐대고 있었을 뿐 얇고 조그마한 입술은 갓 잡은 조개처럼 꼭 다물고 있었다.

그리고 그녀의 눈, 그녀의 눈은 그 예쁜 얼굴을 슬프기 짝이 없는 것으로 만들고 있었다. 그녀의 표정은 말할 수 없이 곤혹스런 것이었는데 그것은 수치와 분노와 고통이 뒤섞인 그런 것이었다. 그리고 그 분노는 처음에는 그녀를 그 치욕의 자리에 강제로 끌고 나온 그녀의 동족 어른들에 대한 것이었겠지만 이제는 그녀 앞에 앉아 있는, 그녀를 모욕하고 있는 야비한 구경꾼, 나에게 향하고 있는 것 같았다. 나는 통나무로 만든, 그 슬픈 연희의 객석에 더 이상 앉아 있을 수가 없었다.

춤은 내가 밖으로 나와 열대림 그늘에 한참이나 서서 기다린 다음에야 끝났다. 그리고 우리는 타고 간 배를 돌려 우리들의 숙소로 돌아가는 물길에 올랐다. 우리 일행은 그들에게 몇 달러씩을 주고 산 조잡한 구슬 팔찌며 깃털 부채 같은 것을 들고 그 인디오 마을과 인디오 사람들, 그리고 그 처녀에 대해 이야기하고 있었다. 그 이야기를 듣고 있는 나의 마음은 말할 수 없이 울적했다. 자꾸 그녀의 눈에 가득하던 그 슬픔이 내 것으로 전해져 오면서 갈 때 본 그 찬란하던 구름과 하늘과 물과 숲의 빛이 일시에 그녀의 눈물 빛, 울음 빛으로 변해 코끝이 찡 - 해 옴을 어쩔 수 없었다.

나는 그 날 오후의 두 번째 원주민 마을 방문에도, 이튿날의 핏싱 투어니 정글 트래킹이니 하는 일정에도 따라 나서지 않았다. 나는 혼자 롯지에 처져 홀짝홀짝 맥주를 마시면서 내내, 산다는 일의 슬픔에 대해 끝도 없는 생각만 되풀이하고 있었다.

그 날로 우리들의 남미 여행은 끝났다. (『국제신문』 2001)

두 팔을 벌리고 있는 어린이 뒤에 선 아가씨가, 문명인의 구경거리가 되는 것을 그렇게 슬퍼하던 그 처녀다.

教 職

樹林에서의 활쏘기

선생과 弓師

선생은 언행에 조심이 많이 되는 직업인 것 같다. 얼마 전 한 졸업생이 보내온 편지를 읽다가도 그런 생각을 했다. 그 젊은이는 그 편지에서 7년 전 교외의 어느 산으로 야유회를 갔을 때 내가 찔레 순을 꺾어 먹는 것을 보았는데 그 모습이 아주 소탈하게 보여 지금도 잊지 않고 있다고 했다. 그 글을 읽으니까 나도 그 일이 기억났다. 학생들이 자기들끼리 노는 동안 그 근처 산언덕을 거닐다가 한창 물오른 찔레나무를 보고, 그 순을 꺾어 먹던 어린 시절에의 향수가 되살아나 그들이 안 보는 사이에 몰래 그 그립고 싱그러운 맛을 한 번 보자 한 것인데, 그것을 그 학생이 보았던 모양이다. 내 딴에 은밀히 한다고 한 일이 그의 눈에 띄었다면 그런 별 흉 될 것 없는 일 말고도 그들에게 보여서는 안 될, 그래서는 난처할 일도 그들에게 들킬 수 있지 않겠나 하는 생각이 들었다. 그리고 그 보다, 어줍잖은 언행도 그것이 선생이 한 것이므로 학생 쪽에서는 의외의 의미 부여를 하는 경우도 있구나 싶어 언제나 내 자신을 잘 여며야겠다고 생각했다.

나는 레마르크의 장편 <서부전선 이상 없다>를 읽고 거기에 나오는 독일의 한 고등학교 3 학년 담임선생에 대해 깊이 생각한 적이 있다. 그는 매 시간 자기의 감정을 열정적으로 털어놓으면서 자기 반 학생들을 전쟁에 뛰어들라고 설득한다. 열 여덟 살 난, 같은 반의 7명의 학생들은 그가 「선생이었기 때문에」, 마음 깊은 곳에서 믿고 있었기 때문에 전선으로 달려간다. 그들은 그것이 무엇을 위한 싸움인지도 모른 채 생지옥 전장에서 유산탄에 맞고, 독개스에 질식되고, 탱크에 깔려 끝내 모두가 죽고 만다. 그 선생은 자신의 감정적 사치를 위해 꽃 같이 피어나는 젊은이들을 그렇게 참혹하게 죽게 하고 있는 것이다.

그러니까 선생이란 사람은 배우는 사람들이 자신을 실제 있는 그대로보다 더 훌륭한 사람으로, 진실만을 말하는 사람으로 알고 있다고 생각하고 그 사람들 앞에 서는 것이 반드시 가져야 할 자세가 아닌가 한다.

그런데 그와는 반대로, 주로 수강하는 학생이 많은 경우가 그런데, 이쪽에서는 나름으로 열성을 가지고 가르치고 있는데 학생들 쪽은 제대로 집중을 하지 않고 분위기가 어수선할 때가 있다. 선생도 사람이라 그럴 때면 맥이 풀리는 것이, 대강대강 해서 시간만 떼우고 지나가 버리고 싶은 생각이 난다. 나는 그럴 때마다 언젠가 한 동료로부터 들은 이야기를 떠올린다. 그 사람은 선생의 강의를 숲 속에서의 활쏘기와 같은 것이라고 했다. 나무가 빽빽이 선 숲 속에서 활을 쏘면 굳이 어느 나무를 겨냥하지 않아도 화살은 그 많은 나무들 중 어느 한 그루에 맞게 된다는 것이다. 곧 이쪽에서 내 말이 누구에게 얼마만한 무게로 받아들여지는가를 생각할 것 없이 그저 정심 성의로 제 가르칠 바만 가르치면 교실에 앉아 있는, 덤덤히 섰는 나무들처럼 무심한 것 같은 다수 중 누군가에게 그 말의 화살은 가서 꽂히게 마련이라는 것이다.

그러고 보면 선생은 발라야 하고 열성이 있어야 하고 감정도 함부로 가져서는 안 되니… 남 가르친다는 것은 제대로 하려면 참 어려운 일인 것 같다. (『港都日報』 1989)

혀 짧은 훈장의 가르침

프랑스와 영미 사람들이 쓰는 말에 「노블레스 오블리즈(nobless oblige)」라는 것이 있다. 고귀한 신분의 사람은 그 신분 때문에 일반 시민은 지지 않아도 될 도덕상의 의무를 져야 한다는 뜻이다. 이런 전통은 철저해서 80년대 초 포클랜드 전쟁이 발발했을 때 엘리자베스 영국 여왕의 둘째 아들은 자원하여 참전해 목숨을 걸고 싸웠다. 6·25사변 때 미국의 벤프리트 장군은 자신은 물론 그 아들까지 데리고 이 자유를 지키기 위한 싸움에 뛰어들었다. 그, 그의 아들은 전투기를 몰고 출전했다가 실종되었는데 어디선가 죽은 것으로 보고 있다.

그들의 세계에서는 소위 지도자라는 사람에게 그러한 모범적인 면모, 도덕성이 결여되어 있다는 사실이 드러나면 그 사람의 公人으로서의 생명은 끝나고 만다. 政敵의 선거운동을 도청한 미국의 닉슨이 스물 몇 살 젊은 기자의, 그와 같은 사실의 폭로로 대통령직에서 내쫓기는 신세가 된 것은 널리 알려져 있는 일이다. 또 미국의 정치가 에드워드 케네디의 경우도 좋은 예가 된다. 그는 정치인으로서의 능력은 그의 형 존 F 케네디 대통령보다 나았다는 것이 중론이었다. 어느 날 그가 몰고 가던 차가 개울에 추락했다. 그는 차에서 빠져 나와 목숨을 구했으나 같이 타고 있던 그의 여비서 코페크니 양은 차에서 탈출하지 못해 죽고 말았다. 그 사건으로 그의 정치생명은 사실상 끝나고 말았다. 자신을 보필하던 한 사람의 연약한 여성을 내버려두고 제 목숨만 건진 사람이 수억 미국인을 어떻게 보호한단 말이냐 하는 불신은 그가 가진 어떠한 능력도 소용없는 것이 되게 한 것이다. 비단 서양 사람들만 그런 것도 아니다. 중국의 지도자 毛澤東도 6·25사변 당시 주변의 만류에도 불구하고 그의 아들을 이 전쟁에 내보냈는데 그 젊은이는 결국 유엔군의 폭격에 목숨을 잃었다.

그런데 우리의 사정은 그와 너무 다른 것 같다. 아무 이름 없고 힘없는 시민들은 법 하나 어기지 않고 좌우 살펴가면서 조심조심 살아가는데 높은 신분의 사람들이 어처구니없는 일들을 저지르는 경우가 너무 많다. 이러고는 이 국가 사회가 제대로 굴러갈 수가 없다.

옛날 어떤 훈장이 아이들에게 「바람 풍(風)」자를 가르치면서 혀가 짧아 「바담 풍」이라고 했다 한다. 아이들이 따라서 「바담 풍」이라고 하자 훈장은 나는 「바담 풍」이라고 해도 너희들은 「바람 풍」이라고 읽으라고 되풀이 가르쳤으나 끝내 허사였다 한다. 스스로 모범을 보이지 않고는 누구도 남을 가르칠 수도, 지도할 수도 없다는 교훈이다. 오늘 날 우리 사회의 총체적 위기는 바로 사회 지도층이라는 사람들의 도덕성 결여에 그 근본 원인이 있지 않나 한다. (1991)

섬마을 선생

60년이 넘는 내 생애 중 20 중반까지는 학교 다니고 세상 살 준비하느라 보냈고 나머지 40년 가까운 세월을 세상살이를 한 셈이다. 그 동안 나는 20년쯤을 교직에 종사했다. 물론 대학 선생 생활이 18년 반으로 가장 길지만 나의 교직 이력은 초 중 고등학교 교사에 대학 입시학원 강사에 이르기까지 상당히 다양한 것이다. 대학 선생이 되기까지의 이야기는 다른 자리에서 몇 번 단편적으로 하고 있으니 여기서는 그 이전의 선생 경력에 대해 몇 마디 할까 한다.

내가 제일 처음 경험한 교단은 중학교 국어 강사로 선 것이었다. 1964년 대학 4학년 2학기 때, 졸업을 앞두고 취직 걱정은 태산인데 집에서 더 이상 하숙비를 보내 줄 형편도 못 되어 나는 사정이 아주 어렵게 되어 있었다. 그 때 마침 慶南 居昌郡 加祚面 加祚中學校 음악 교사로 있던 어떤 사람이 그 학교에 국어 강사 자리가 있는데 가 보겠느냐고 했다. 그래서 교생실습 겸 그 산촌 학교에서 6개월 남짓 풋내기 국어 선생을 한 것이 내 교직 생활의 출발이었다. 그러나 그 학교에 정식으로 국어 교사가 부임해 오는 바람에 나의 첫 선생 생활은 6개월로 끝나버렸다.

다음에는 모교 은사의 소개로 慶南 統營高等學校에서 역시 한 학기 동안 국어 강사를 했다. 임시 강사란 떠내기 생활 - 사람살이가 이렇게 불안정해서는 안 되겠다 싶어 그 학교에 있으면서 국민학교 교사 채용 시험에 응시했다. 그리하여 가게 된 곳이 慶南 統營郡 龍南面의 한 외딴 섬에 있는 於義國民學校 교사 자리였다. 교장선생 한 분과 나, 단 둘이서 격년제로 모집한 20여명의 학생을 두 반으로 나누어 가르쳐야 했다. 이 학교에도 역시 한 학기, 6개월밖에 근무하지 않았지만 스물 여섯이란 한창 젊은 나이였고, 처음으로 맡은, 임시 강사 아닌 교사 자리라 애착도 그만큼 강했었다. 그래서 대학에 오기 이전의 나의 교직 생활 중에서 내게 가장 강한 인상을 심어준 것이 이 때의 섬마을 선생 반 년 세월이다. 그 학교는 於義島란, 고기잡이를 해 살고 있는 주민 50 여명의, 걸어서 반 시간이면 한 바퀴를 돌 수 있는 조그만 섬에 있었다. 내가 그 섬에 부임하게 된 것부터가 재미있는 에피소드가 될 수 있을 것 같다. 교사 채용 시험 합격 통지를 받은 얼마 후 統營교육청으로부터 부임 준비를 하고 출두하라는 연락을 받고 갔더니 교육청 직원이 반색을 했다. 애숭이 선생 후보는 고참 사무직원의 환대에 영문을 몰라 어리둥절했는데 뒤에 알고 보니 거기에는 그럴만한 이유가 있었다. 나는 채용 지원 서류를 쓸 때 희망지난에 가고 싶은 곳을 統營郡, 그 중에서도 「섬」이라고 기재를 했었다. 그 때만 해도 문학소년적인 감상 같은 것이 있어서 눈앞에 푸른 파도가 일렁이는 섬마을에서 천진한 어린이들을 가르치는 것이 더없이 보람있고 아름다울 것 같아서였다. 그런데 알고보니 於義島란 섬은 하루 한 번 육지로 내왕하는 배편이 있기는 해도 걸핏하면 그것마저 끊겨버리는 낙도라 교사들이 모두 가기를 꺼리는 곳이었다. 그래서 교사 발령을 할 때마다 모두가 기를 쓰고 안 가겠다고 하는 그 유형지와 다름없는 외딴섬에 자청해서 가겠다고 나선 얼빽이 청년이 있었으니 그 분들이 반가워, 고마워했을 수밖에 없었던 것이다.

어쨌거나 그 섬은 나에게 낙원이었다. 내 반 애들과 나의 관계는 이미 사제 사이를 넘어 있었다. 아침에 등교를 해서 수업하고 학교가 파하면 일단 각각 집으로 돌아간다. 잠시 후 나와 애들은 학교 앞 갯가에서, 나의 자췻집에서 다시 만난다. 계집애들은 간혹 저들 손으로 소라며 고동을 잡아와 삶아 그것을 둘러앉아 먹었다. 사내애들은 한가한 시간 내 낚시 친구가 되어 주었다. 열 두어 살 어린것들이 어른들의 뱃노래까지 흉내내 가면서 기가 막히게 배를 잘 저어 나는 그들이 젓는 배를 타고 도다리 가자미 같은 고기를 낚았다.

나는 애들 몰래 지푸라기로 그들의 신발 크기를 재어 두었다가 첫 월급을 받은 주말 객선 편으로 馬山에 나가 애들 수대로 신발을 샀다. 물의, 그 나이 애들은 모양 좋고 발 편한 멋진 운동화를 신고 있을 땐데 그 애들은 시꺼먼 재생 고무신을 신고 있어 늘 그 것이 보기 안쓰러웠기 때문이었다. 馬山에서 열 몇 켤레나 되는 신발을 마대에 넣어 메고 그 섬 쪽으로 가는 배를 탔는데 공교롭게도 선실에서 한 달 전까지 몸 붙이고 있었던 統營高等學校 교장 선생을 만났다. 서로 반갑게 인사를 했는데 그 분은 새삼 내 행색을 자세히 보더니 '장사하느냐'고 물었다. 그는 아마 내가 고등학교 임시 강사로 나오다 그것도 여의찮아 그만두고 馬山 같은 도시에 나가 무슨 물건을 떼어다 섬사람들에게 팔아 살아가고 있는 것으로 보는 것 같았다. 나는 뭐라고 어정쩡한 대답을 하고 그 자리를 피했는데 그 분이 만약 그 마대 안의 내용물을 보았다면 '아, 이 젊은 사람이 결국 고무신 나까마(중간 소매상) 신세가 되어버렸구나' 하고 더욱 처량하게 생각했을 것 같았다. 그러나 나는 배가 내가 내릴 섬에 닿자 뱃간에서의 그런 좀 쑥스러운 조우 같은 것은 벌써 까마득히 잊어버리고 있었다. 그 날 애들이 내가 사다 준 흰 고무신을 신고 팔짝팔짝 뛰면서 좋아하던 모습을 나는 지금도 잊을 수 없다.

당시 나는 때때로 무슨 별다른 인생이 있겠나, 이곳에서 이 애들과 이렇게 한 세상 살다 가는 것도 좋지 않겠나 하는 생각을 했다. 그러나 그 해 겨울 방학, 釜山에 나온 나는 금방 그런 생각을 버리게 되었다. 光復洞·南浦洞의 휘황한 불빛 속에 서니 그 모든 것이 내 것도 아닌데도 괜히 들떠서 황홀해 가지고는 이 문명세계야말로 내가 살 곳 같은 생각이 들었다. 한 때 그렇게 큰 포부를 가졌던 내가 불과 여 나문 명의 낙도 애들을 앞에 놓고 꿈을 펼치면 어떻게 펼친단 말인가, 거기는 더 이상 내가 머물 곳이 아니다, 나와야 한다, 나는 조바심이 났다. 그리고 발버둥쳤다. 그리하여 이듬해 봄, 소원대로 대도시에 직장을 잡고 그 섬과는 아주 결별을 하고 말았다.

이 나이가 되어 되돌아보니 내 생애 중 그 섬에서 보낸 반년은 어느 시절과 비교해도 참으로 행복했던 날들이었던 것 같다. 거기서 옮겨 앉은 직장이, 그 시절과는 너무 대조적으로 거칠고 살벌한 데여서 그랬는지, 나는 상당히 오랫동안 그 섬과 그 섬마을 학교 애들을 잊지 못했다. 그리워했다. (2001)

꿈도 바뀌고 얼굴도 바뀌고

스물 여덟 살 때의 나. 어떤 사건 현장 야간취재를 나갔을 때 동료 카메라맨이 찍은 사진인데, 긴장감이 도는 게 상당히 수월찮은 인상이지요? 오른 쪽의, 대학선생이 되고 난 뒤의 사진과 대조해 보면 직업이 사람 얼굴을 얼마나 크게 변하게 하는가를 알 수 있을 것입니다.

오래 전 어떤 신문에 재미있는 해외 토픽 한 토막이 실려 있었다. 영국 어디선가의 일인데, 한 나이 든 형사가 도망치는 범법자를 뒤따라 달려가 붙잡았는데 그, 붙들린 사람의 신원을 확인해 보니 올림픽 단거리 금메달리스트더라는 것이다. 경찰관의 직업의식이 달리기와는 별 인연도 없는 한 중년 사내로 하여금 달아나는, 세계에서 제일 빠른 사내를 따라가 붙잡게 한 것이다. 그 기사가 아니라도 나는 직업이란 참 무서운 것이라는 생각을 할 때가 많다. 나는, 무엇보다 직업은 여러 면에서 사람을 바꾸어 놓는다는 것을 직접 경험했다.

희한한 것이, 직업에 따라 나날의 일상은 물론 밤에 꾸는 꿈마저 달라졌다. 나는 대학을 졸업한 후 신문사 입사시험을 쳐 소년시절부터의 꿈이던 記者가 되었다. 20대 중반의 한창 나이라고 그랬든지, 회사에서는 나에게 사건 현장 취재를 자주 시켰다. 그때는 그런 일에 호기심도 있었고 또 그 것이 바로 나의 밥벌이였는데다 기질 상 남한테 지고는 못산다는 성미라 밤잠까지 설쳐가면서 그 일을 열심히 했다. 그렇게 몇 년이 지나고 보니 원하지도 않았는데 나는 나도 모르게 「사건 전문」, 그것도 「강력사건 전문기자」가 되어 있었다. 그 후로는 살인 · 강도 · 강간 · 방화와 같은 끔찍스런 범죄 현장 아니면 배 침몰 · 열차 탈선 · 버스 추락 같은 참혹한 사고 현장이 나의 주된 일터가 되어버렸다. 당시에는 꿈을 꾸면 거기서 보는 것도 주로, 비명과 신음소리가 어지럽고 서로 쫓고 쫓기고 죽고 죽이는 살벌한 현장이었다.

그러다 마흔을 갓 넘어선 나이에 그 회사를 그만두게 되었다. 그 후에 들어선 것이 지금의 이, 선생 직업이다. 대학 교단에 선

처음 얼마 동안의 행복감은 말로 표현하기 어려울 정도였다. 세상에, 달라도 이렇게 다른 세계가 있었다니…. 매일 눈뜨고 출근하면 보기만 해도 믿음직한 청년들, 꽃 같은 처녀들 속에 둘러싸여 사니 낙원이 따로 있을 것 같지 않았다. 그런 나날을 살아가던 어느 날 나는 문득 나의 꿈이 지난 날 신문사에 있을 때하고 판이하게 달라져 있다는 것을 알고 놀라지 않을 수 없었다. 선생이 되고 나서 꾼 꿈에는 더 이상 지난날과 같은 그, 죽었느니 살았느니 하는 이야기도 없었고 소방차 소리도, 구급차 소리도, 사람 신경이 바짝바짝 곤두서게 하는 사이렌이며 호루라기 소리도 들리지 않았다. 나른한 봄밤 꿈에도, 비 내리는 가을밤 꿈에도 나는 거의 언제나 학생들을 마주하고 있거나 書架 앞에서 책을 뽑았다, 꽂았다 하고 있었다. 그러니 학교로 온 후의 나는 낮은 낮대로, 밤은 밤대로 낙원을 逍遙하고 있는 셈이다.

밤낮의 생활이 그렇게 바뀌니 어느 새 나의 모습도 바뀐 모양이었다. 하루는 제일제당 부근에서 택시를 세워 타고 伽倻 쪽으로 가자고 했더니 운전사가 힐끗 내 얼굴을 한 번 돌아보더니 "東義大學 가십니까?"라고 했다. 그래서 어떻게 아느냐고 물었더니 "그냥 그렇게 보이네요." 한다. 그 때는 그래도 내가 가자고 한 곳과 학교가 있는 곳이 일치하니까 그렇게 보였을 수 있었겠지만 그 후 어느 날 시청 부근에서의 경우는 그것도 아닌데 기가 막히게 내 직업을 알아 맞추는 운전사가 있었다. 내가 손님을 기다리고 있는 택시 한 대에 타려고 하니까 그 차의 운전사가 나를 한 번 빤히 바라보더니 혼잣말로 "오늘 오후에는 대학교수 한 분을 모시는구나…."라고 했다. 책이나 가방 같은, 선생으로 보일만한 물건을 든 것도 아닌데 - . 그래, 이상해서 나를 아느냐고 물었더니 그는 모른다고 하면서 "내, 택시 운전 15년째 하는데요, 다 - 냄새가 납니다."라고 했다. 20년 가까운, 선생이란 내 직업이 나도 모르게 내 얼굴을 그렇게 바꾸어 놓았던가 보았다. 그 일로 해서, 나는 그 날은 물론 몇 일을 기분이 좋았다. (2000)

후반생에 내가 逍遙한 至樂의 꽃밭

우리 대학 캠퍼스, 참 축복 받은 땅이지. 흙이, 물이 쇨쇨 잘 빠지는 砂質이라 어디서나, 어떤 식물이나 쑥쑥 잘 자란다. 유심히 보면 곳곳에 기화요초가 참 많다. 초봄, 매화가 피고 나면 잇달아 개나리, 진달래, 목련, 벚꽃 그리고 철쭉이 울긋불긋 온 교정을 뒤덮는다. 모든 꽃이 다 곱지만 이 계절에 학교를 가장 화려하게 장식하는 것은 아무래도 목련과 벚꽃이 아닌가 한다. 목련은 20여 만평이나 되는 校地 곳곳에 자라고 있는데, 특히 생활과학대학 앞뜰의 꽃이 볼만하다. 이른 해에는 3월 하순부터 피기 시작하여 4월초까지 너댓 그루의 목련나무가 일제히 티 하나 없는 순백의 꽃을 받혀 들고 서 있는 광경은 도저히 이 세상의 것이라고 믿을 수 없는, 현란한 觀燈儀式을 보는 것 같다. 그리고 그에 이어 피는 벚꽃, 어느 새 나무들의 나이가 스무 살이 넘어 가지가 크게 벌어 4월 첫 주 무렵이면 온 학교가 그 꽃에 묻혀버린다. 그럴 때, 벚꽃잎이 우 - 함성을 지르듯이 떨어져 바람에 날릴 때면 나는 그 나

무 아래에 서서,

못 견디게 서러운 몸짓을 하며
붉은 꽃잎은 떨어져 내려
펄, 펄, 펄,
펄, 펄, 펄,
떨어져 내려

신라 가시내의 숨결과 같은
신라 가시내의 머리털 같은
풀밭에 바람 속에 떨어져 내려
올해도 내 앞에 흩날리는데
부르르 떨며 흩날리는데

라고 한, 시인 徐廷柱의 絶唱 <新綠>을 읊기도 한다.

4월 말이면 본관 앞과 자연대 앞에 선, 키가 성큼하게 큰 오동나무에 신선하기 이를 데 없는 부드러운 쪽빛 꽃이 핀다. 이 꽃은 제 자태를 다 보여주고는 5월 초순, 후두둑 후두둑 떨어지는데 그 모습도 참 슬프고 아름다운 것이다. 이 무렵이면 또 도서관 서쪽 맞은편과 2인문대학 앞 언덕에는 아카시아 꽃이 흐드러지게 피어 그 향기가 사람의 머리가 어질어질하게 한다. 어느 해든가, 그 꽃잎이 눈처럼 흩날리고 있을 때 뻐꾸기 한 마리가 날아와 그 옆 나

왼쪽의 사진은 내가 근무하고 있는 학교에서 찍은 것인데 얼핏 보면 '東義大學, 어디에 이런 데가 있었나' 싶을 것이다. 그러나 자세히 보면 이곳이 중앙도서관 남쪽 뜰이라는 것을 알 수 있다. 나는 해마다 3월 중순이면 이곳을 찾아와 한참씩이 매화 향기에 취해 있다 간다. 그때마다 사람의 행복이란 이런 순간을 즐기는 것 이상 뭐, 별 것이겠느냐 하는 생각을 한다.

무 가지에 앉아 캠퍼스가 쩡쩡 울리게 울고 있는 것을 보았다. 나는 유년 시절 해마다 보리가 필 무렵이면 그 새의 울음을 참 많이 들었는데, 그러면서도 한 번도 그 놈을 보지 못했다. 그런데 놀랍게도 그 날, 이 대도시에서 그렇게 오랜 세월 동안 푸른 숲 베일 저쪽에 깃들어 한 번도 제 모습을 드러내지 않던 그 놈을 처음으로 보게 되었다. 그 청아하고 큰 소리의 울림 바람에 나는 그 새가 상당히 큰 몸집을 하고 있는 줄 알았는데 - 아니었다. 내 주먹만할까, 그렇게 자그마해. 그 작은 체구로 그런 크고 아름다운 노래를 하다니 - 정말 믿어지지가 안았다.

여름, 효민원 뜰에 저만큼 높다랗게 고목을 감고 올라가 꽃을 피우는 능소화는 어찌나 화려한지 눈이 아릴 정도다. 또 초가을이면 商大 앞뜰에는 보라색 향유가 기가 막히게 아름다운 군락을 이룬다. 체육관에서 기숙사로 올라가는 길 왼쪽 언덕에는 여름이면 붉은 싸리꽃, 가을이면 우리가 흔히 들국화라고 부르는 쑥부쟁이 꽃이 곱다.

수덕전 대강당 입구 오른쪽에 장하게 자라 초여름이면 붉은 색과 흰색이 어우러진 환상 같은 꽃을 피우는 자귀나무는 우리 국문과의 김 모 선생이 1985년 씨를 뿌려 싹을 틔워 심은 것인데 본인이 그 일을 한 번도 입밖에 낸 적이 없어 그 내력을 아는 사람은 아마 내 밖에 없을 것이다.

인문대학장실 남쪽 산비탈에는 4월이면 남색 도라지꽃과 노란 원추리가 다투어 핀다. 또 정심정 폭포 남쪽 언덕바지는 이른봄이면 보라색 제비꽃이 무리 지어 피어 눈부신 꽃 카펫을 깔아 놓은 것 같다. 테니스장 위, 慧眼池 아래쪽 끝자락에는 키가 제법 큰 진달래 나무가 있어 해마다 분홍색 꽃을 환하게 피운다. 그런데 우연히 알게 된 일이지만, 바로 그 옆 바위틈에는 줄무늬 다람쥐 내외가 살고 있다.

나는 한 번 떠나면 뒤돌아보지 않는 사람이라 다시는 오지 않을 건데, 학교 퇴직하고 나면 이 낙원 그리워서 어떻게 살지…… 그 생각하면 벌써부터 눈물이 나려한다. (1994)

總長車 번호판과 가르치는 사람의 권위

부산의 한 종합대학 총장 승용차의 번호판은 수 십년째 1111번을 달고 있다. 번호가 이렇게 된 데에는 숨겨진 사연이 있다. 아마 1963년이었던 것 같다. 그해 어느 날 그 대학 총장실에 학교 진입로 포장 일을 의논하기 위해 당시의 부산 시장이 찾아왔다. 중요한 이야기가 대강 끝나고 차(茶)를 들다가 시장이 갑자기 생각이 난 듯 이번에 관용차 번호가 바뀌었으니 M총장도 좋은 번호 하나 골라 달도록 하라고 했다. 그 말에 총장 옆에 배석하고 있던 법대 학장 J교수가 나서서 "아, 그야 고르고 뭐고… 1번을 해야죠."라고 했다. 당시는 관용차 번호를 「부산관 1」「부산관 2」… 이런 식으로 매겨 나갈 때다. 시장은 "어쩌죠, 그건 내가 달아 버렸는데…." 하면서 머쓱한 표정이 됐다. 그러자 쌍방 누구도 입을 열지 않아 좌석은 갑자기 무겁고 냉랭한 분위기가 되어버렸다. 학생신분으로 우연히 그 자리에 참석했던 나는 한판의 박진감 넘치는 승부를 보는 것 같은 긴장을 느꼈다. 종합대학 총장이라면 장관급인데 부산

시장은 차관급에 불과하다는, 어디서 들은 말이 생각났던 것이다. 거기다 당시 그 대학 총장은 오랜 경륜의, 나이 든 학자인데 비해 시장은 영관계급의 군인 출신으로 아직 새파랗게 젊은 사람이었다. 총장은 여전히 마치 아무 소리도 못들은 것처럼 표정 하나 없이 덤덤하게 앉아 있었다. J교수가 한 동안의 침묵을 깨고 입을 열어 표가 나게 단호한 목소리로 "그럼, 1 네 개를 주세요."라고 했다. 그러자 시장은 "그렇게 하세요. 그럼…." 하고 어색한 목소리로 동의를 했다. 나는 그 순간 거기서 학자의 오기, 권위를 보는 것 같아 박수라도 치고 싶은 심정이 되었었다.

요즘 교직자의 권위를 둘러싸고 이런 저런 말썽이 생기는 일이 간혹 있다. 권위주의는 일종의 허세요 위압이니까 문제겠지만 가르치는 사람에게는 반드시 권위가 있어야 한다. 물론 교수건, 교사건 사람 가르치는 직에 있는 사람은 그 권위를 본인이 지켜야 한다. 지난 날 우리 주변에서는 교수가 제자로부터 주먹질을 당한 일도 있었고 제자가 강제로 교수의 머리를 깎아버린 일도 있었다. 사건의 경위를 잘 알 수도 없고 또 무슨 특수한 사정이 있어서 그런 어이없는 일이 벌어졌는지 모르겠지만 일이 그 지경에까지 갔다면 그런 일을 당한 교수란 사람들에게도 문제가 적잖이 있었다고 보아야 하지 않겠나 한다. 학생이 교수를 상대로 그런 폭행, 폭거를 할 수 있었다면 그 사람은 이미 그 학생에게 스승으로서의 권위를 잃고 있었다고 보아야 할 것이다. 권위를 잃은 교수에게 존경심이란 가지기 어려운 것이다. 선생이란 사람의 인품이 그런

지경에까지 가버리고 나면 그 다음에는 못 일어날 일이 없다는 것이 내 생각이다.

나 자신 교직에 종사하고 있는 사람으로서 스스로 나서서 말하기는 쑥스럽지만 가르치는 사람의 권위는 그 국가, 사회도 지켜주어야 하지 않을까 생각한다. 선생이 촌지를 받아서는 안 되고 그러한 금품이 학생들의 가르침에 차별을 주는 일로 나타나서는 안 될 것이다. 그런데도 그런 불미스런 일이 있으니 그것이 말썽이 되는 것은 틀림없는 일일 것이다. 그러나 나는 그 문제를 그렇게까지 심각하게 생각하지는 않는다. 어느 사회에나 못난 짓을 하는, 보리밭의 깜부기 같은 사람은 얼마간 섞여 있기 마련이다. 내가 보기로는 돈봉투로 교육을 망치는 사람은 전체 교육종사자 중 극소수라고 생각한다. 그리고 그런 돈이 집 사고 땅 사는 치부를 할 만한 액수도 아니라고 생각한다. 전직 대통령이란 사람은 수 천억의 돈을 사과 상자에 넣어 트럭으로 운반해다 썼다는 것이 드러나 있고 그들 뿐 아니라 정치인들이 연루된 비리 사건이 터질 때마다 몇 십 억 원의 돈이 오고 간 것이 예사로 드러나는 세상에서 선생들의 촌지 봉투를 가지고 이렇게 크게 문제를 삼고 스승의 날을 선생이 돈을 받을 수 없는 방학 중의 날로 옮기겠다느니 하는 모욕적인 소리까지 한다는 것은 나로서는 이해가 가지 않는다. 이렇게 불신을 받고, 선생에게 무슨 권위가 생기며 그런 선생이 하는 교육은 또 뭐가 제대로 되겠는가. 그러다 보니 선생이 벌을 준다고 어린 제자들이 경찰에 신고를 하고 신고를 받고 출동한 경찰관이란 사람들은 또 교무실에 들러 「애들이 왜들 저러느냐」고 말 한마디 묻지 않고 그 선생을 바로 「잡아」 가고 하는 것이 아니겠는가. 이야말로 빈대 잡으려다 초가 삼간 태우는 격의 교육시책이 아닐까 한다.

교육이 제대로 되지 않고 나라의 장래란 생각할 수도 없다. 우리 모두 이쯤에서 이 문제를 두고 각각 깊은 자기 반성을 해야 하지 않을까 한다. 그리고 그런 생각을 하다보면 문득 40년 가까운 세월 전, 무례 오만한 일개 무관 출신의 젊은 守令을 향해 「1」 네 개를 내라고 하던 J교수의 모습이 새삼스럽게 머리 속에 떠오른다. (『韓國日報』 1998)

행복한 책읽기

소년 시절 내게 좋은 책은 한 번 그것을 펼치면 밥 먹을 것, 잠 잘 것도 잊고 주위 한 번 돌아보지 않고 단숨에 읽어 내려가게 되는 그런 것이었다. 내가 읽은 그런 소설들은 이제 보니 대부분 행동소설이라는 것이었다. 동양의 것으로는 羅貫中의 『三國志』, 서양 것으로는 스티븐슨의 『보물섬』이 지금까지 가장 강한 인상으로 남아 있는 그런 유의 소설이다. 그와 같은 즐거운 速讀은 나이 들어 어려운 책과의 씨름으로 접어들면서 거의 결별하다시피 하게 되었다. 특히 소설론 공부에 뛰어들고부터는 아름다운 소설 작품을 단숨에 읽고 벅찬 감동에 가슴을 울렁거리던 경험은 아주 하기 힘들어져버렸다. 지난 날 그렇게 재미있게 읽었던 소설들도 그에 대한 논문을 쓰려고 손에 잡게 되면 한 순간에 골치 아픈 일거리로 둔갑을 해버리고 만다. 적어도 네 번은 되풀이 읽으면서 문장을 뜯어보고 이면을 들여다보고 작가의 생을 추적해 보고 작가나 등장인물의 어두운 심리 밑바닥을 훑어보고 해야 하는데, 이러다 보면 그 일이란 것도 여간 고달픈 것이 아니게 된다. 그래서 자연 독서의 즐거움은 소설 아닌 다른 글에서 찾게 되었는데 언제부터인가 가장 행복한 책읽기는 그것을 읽는 데 시간이 오래 걸리는 것이라는 사실을 발견했다.

나에게, 좋은 시는 예나 지금이나 그것을 읽는 데는 시간이 얼마 걸리지 않지만 음미하는 데는 상당한 시간이 필요하다. 이 겨레가 異民族의 노예가 되어 어둠과 고통에 신음하고 있을 때 언젠가 광명의 그 날은 오고야 말 것이라고 노래한 李陸史의 <曠野>, 많은 세월이 흘러 이제 노인이 되어 종로 네거리에 나갔다가 거기에 재잘대며 오고 있는 열 아홉, 스무 살 아가씨들을 보고 젊은 날 죽어 상여를 타고 가 차디찬 땅에 묻혀버린, 사랑하던 처녀를 생각하는 徐廷柱의 <復活>, 애기를 잃은 아버지가 깊은 밤, 바람 부는 어두운 허공에서 그 어린것의 환영(幻影)을 보고 상심하는 金光均의 노래 <은수저> 같은 시는 그래서 모두 몇 줄 안 되는 소품들이지만 읽고 나서 그 웅혼한, 또는 애틋하거나 청신한 맛을 즐기는 데는 꽤 긴 시간이 소요된다. 그리고 그 노래가 실린 책을 덮고 난 후에 그것이 남긴 아름다운 여운이 지속되는 시간까지를 헤아리면 그 시의 글자 한자, 한자에 얼마가 먹혔는가를 알아 볼 생각이 들 정도로 독서 시간은 상당히 긴 것이 될 것이다.

위인들의 전기를 읽을 때면 항상 좀 과장되어 있는 것은 아닐까, 지나치게 완전인을 만들어 놓은 것은 아닐까 하는 생각이 들지만 그 분들의 생애에서 인간적인 진실을 대했을 때, 나는 거기서 책을 덮고 한 동안 가만히 눈을 감고 있을 때가 있다. 그 천재성이 이미 드러난 처녀 마리(훗날 라듐을 발견한 대 물리학자 퀴리 부인)가 자신의 대학 진학을 뒤로 미루고 가정교사를 해서 돈을 모아 신통한 머리도 아닌 언니부터 대학에 보낸 이야기, 미국 대통령 링컨과 그 계모의 서로에 대한 존경과 사랑 이야기를 읽었을 때가 그런 경우다.

《論語》를 읽다가도 몇 번인가 책을 덮고 깊은 생각에 잠긴 적이 있다. 孔子가, 그가 가장 사랑한 제자 顔淵이 죽었을 때 그 아버지가 그에게 성대한 장례를 치러 달라고 하자 잘나나 못나나 사람에게는 제 자식이 귀한 법이다, 내 아들이 죽었을 때도 못 해준 일을 해 줄 수 없다고 하고 있는 모습, 아버지가 도둑질을 했을 때는 그것을 덮어주는 것이 올곧은 사람이 할 도리라고 한 말들도 나를 그 구절들에 한참 동안 묶어두었었다.

그 밖에도 우리에게 사고의 낡은 틀을 깨고 새롭게 눈뜨게 하는 글들도 그것을 읽는 데보다 그 의미를 되새기는 데 시간이 더 많이 소요되었다. 나는 지금까지 공해 이야기만 나오면 「자연의 보복」이 뒤따를 것이라느니 그것을 두려워해야 한다는 말들에 너무 익숙해져 있었다. 그런데 어느 날 한 과학자의 책을 펼쳐보고 자연은 보복하는 것이 아니라 다만 조정(調整)할 뿐이라는 말을 듣게 되었다. 그 글은 우리들이 자연을 훼손하고, 그것을 정복하느니 어쩌느니 하는 말이 얼마나 불경스런 것이며, 그 위에 적반하장격으로, 또 지레 자연을 인간세상에서 흔히 보는 바와 같이, 잔혹한 보복을 하는 것으로 몰아붙이는 일 또한 얼마나 잘못된 것인가를 생각하게 했다.

또 무심히 살아가고 있는 나에게 시간이란 모든 것을 파괴하지만 한편으로 인간의 상처를 아물게 해주고 분별력을 가지게 하는 미덕을 가졌다고 한, 어느 철인(哲人)의 말도 나로 하여금 한 동안 고개를 끄덕이며 생각에 잠기게 했다.

한숨에 주욱 읽어 내려가는 글읽기에서 얻는 즐거움이 캔에 든 청량음료 맛과 같이, 자극적이며 순간적이라면 읽다가 눈을 감고 생각에 잠기게 하는 글은 잘 끓인 茶 맛이라고 한다면 가까운 비유가 될지 모르겠다.

이제 이 글도 이쯤에서 끝내고, 여기 젊은 독자들을 위해 내가 읽은 좋은 글, 좋은 책 이름을 되는대로 적어 본다. 柳成龍의 ≪懲毖錄≫, 李舜臣의 ≪亂中日記≫, 司馬遷의 ≪史記≫ 중 「列傳」, 一然의 ≪三國遺事≫, 金九의 ≪白凡逸志≫. (2000)

섭섭하기 연습

학생들을 가르치는 일을 업으로 하고부터 해마다 졸업식 날에는 섭섭하다 할까 허전하다 할까 야릇한 마음이 되는 것을 경험하게 된다. 4년이란 짧지 않은 세월 동안 거의 매일 눈앞에 왔다갔다하던 학생들이 아주 곁을 떠나는 날이니까 딸자식 시집보내는 부모의 마음 그대로는 아니더라도 서운한 마음이 되지 않을 수 없는 것은 당연한 일이다.

그 위에 더욱 섭섭한 마음이 들게 하는 것은 그 졸업생들 중에는 나에게 유달리 정을 주어오던 사람도 더러 있고 이쪽에서도 아주 학교를 떠나는 날 학사모 쓴 모습이라도 한 번 보고 싶은 사람도 있는데 기껏 몇 명만이 휭 다녀갈 뿐 대부분이 얼굴 한 번 안 비치고 그대로 가버린다는 사실이다. 선생들 마음은 너나 없이 같아서 혹 찾아왔다가 못 만나고 가는 사람이 있을까 하여 졸업식 날에는 만사 접어두고 학교에 나와 연구실을 지키고 앉았는데 말이다.

식이 끝나면 졸업생과 가족들이 한꺼번에 식장에서 쏟아져 나와 여기저기서 사진을 찍느라고 법석을 떨다보니 그 북새통에 누구를 찾아보고 어쩌고 할 경황이 없는 것 같았다. 그러다 오후가 되면 그 많던 사람은 썰물처럼, 거짓말 같이 사라져버리고 교정에는 휴지조각만 어지럽게 날라 다니고 있을 뿐이다. 그런 날 퇴근시간이면 집으로 돌아오는 차 속에서 여러 가지 생각을 하게 된다. 대단한 것 같아도 사람과 사람의 인연이란 것도 별 것이 아닌게 아닌가 하는 마음도 든다.

그러다 문득 나는 내가 졸업할 때 어떻게 했던가를 되돌아보고 스스로 놀라지 않을 수 없었다. 나의 대학 졸업식 때는 가족도 오지 않았고 특별히 바쁜 일이 있은 것도 아니었는데, 그리고 지금의 나에 비하면 그때 나의 선생님들은 나에게 훨씬 더 짙은 애정을 베풀어 주셨는데도 한 분도 찾아 뵙지 않고 그대로 교문을 나서고 말았던 것이다.

지난 날 어른들이 나이 들면 만사가 섭섭하게 된다고 하던 말이 떠올랐다. 나이를 먹는다는 것은 섭섭하게 되어 가는 것이고 여태 부모를, 스승을, 어른들을 섭섭하게 했던 내가 이제 노년에 접어들게 되니 그 섭섭한 자리에 서게 된 것 같았다. 섭섭함은 나이가 들어갈수록 더해질 것이 분명하다. 이제부터라도 서서히 섭섭함에 익숙해지는 연습이라도 해야 할까보다. (『韓國日報』 1991)

綠色 병풍 앞에 선 師弟

1993년 5월 어느 날, 나의 두 번째 책 교정을 보아 준 학생들과의 기념촬영. 이 사람들은 저들대로 할 일도 많고 볼일도 많았을 건데 기꺼이 그 성가신 일을 보아주었다. 나는 본래 옷맵시가 흐

트러진다고 윗옷 주머니에는 아무 것도 안 넣는데 이 사진에서는 점퍼의 왼쪽 안주머니가 불룩하게 좀 쳐져 있지요? 왜 그런지 말해 줄까요? 그 날 이 학생들에게 내 고마운 마음의 표시로 한턱내려고 돈을 좀 넣어와 지갑이 들어서 그래요. 그래 내가 맛있는 것 사줄 테니 모두들 원산면옥으로 가자고 했더니 자기들끼리 쑤군쑤군 하더니 “고마, 안창에 가입시더 -”라고 했다. 말은 “그래? 그것도 좋지.”라고 했지만 (광복동 같은 번화가 산책도 하고 전국에 소문난 그 냉면이랑 쇠고기 수육이랑 사 주려고 했더니… 산골 학교 애들은 할 수 없어. 무드라고는 하나도 없잖아.) 속으로 그러고는 이 친구들 말대로 안창마을에 가서 닭백숙인가를 먹었지. 그런대로 맛은 있었고, 덕분에 나는 돈을 훨씬 덜 써도 되었었지.

그 때 낸 책이 『韓國의 同伴者小說』 - . 출판사 사장은 처음부터 돈벌이가 되는 책이 아니란 것을 알고 내 주었지만 역시 별로 많이 팔리지는 않은 모양이야. 그 출판사가 바로 해리포트 시리즈로 몇 십억을 벌었다느니 몇 백억을 벌었다느니 하는 「文學手帖社」야.

참, 사진에 나온 사람들 소개를 해 주어야겠군. 제일 왼쪽이 김연의, 교양국어 수업시간에 커피를 뽑아다 주기도 하고 - 내게 특별히 인정스럽게 군 학생인데 왠지 3년 넘게 소식이 없어. 다음은 開城中學校 김민혜 선생님 - 안치환의 <내가 만일> 같은 정감 있는 노래를 잘 부르고 누구하고나 잘 지내는데 여우를 아주 싫어한다. 다음은 專業主婦 장은숙 - 한 번은 종이도 없이 사인해 달라고 부득부득 졸라 내가 애를 먹은 적이 있지. 한 사람 건너서 윤혜경 - 졸업하고는 곧 취직을 했다는 소식은 들었는데… 야무져서 잘 살고 있을 거야. 다음은 언제나 말이 없는 전수미 - 맨 오른쪽은 東義中學校 김도희 선생님 - 모든 사람이 다 좋아한다고들 하는데 막상 본인은 아직 아무도 진정으로 좋아하고 있지 않다고 한다. 내리막길에 겁이 많은 것으로 알려져 있다. (2000)

膳物

우리 조상 전래의 미풍양속 중 하나가 고마운 사람에게 선물을 보내는 것이 아닌가 한다. 단, 그 선물은 평소에 고맙게 해 주었던 분의 생일 같은 때에 조기 한 손을 보낸다거나 여름이 오면 부채를 만들어 주는 등 마음의 표시로, 받는 사람이 부담을 느끼지 않을 선에서 했다. 그것을 받는 사람은 또 그 물건의 값의 고하는 아예 생각 밖이고 보낸 사람의 마음이 고마워 그러한 선물을 더 없이 귀하게 여겼던 것 같다.

세상이 이해득실에 얽히고 섥히다 보니 그러한 선물의 의미도 많이 변색해버린 것 같다. 값비싼 물건이 오가고 그것이 뇌물의 성질을 띠게 된 것은 어제오늘의 일이 아니고, 그래서 한 때는 상품권을 발행해서는 안 된다는 법까지 나왔었다.

보내는 물건의 값이 어느 정도를 넘어버리면 그때는 벌써 그것은 선물이 아니다. 그것은 그 물건으로 상대를 옭아매려는 의도를 가진 것이 되고 연말에 보내는 것일 경우 더욱 나쁜 것은 그것이

밝아오는 새해에까지 상대에게 짐을 지우려 하고 있기 때문이다.

순수한 마음이 담긴 선물 이야기로 돌아가자. 필자는 학생을 가르치는 직업에 종사하고 있다 보니 비교적 다른 사람보다 선물 받을 기회가 많은 사람이다. 재학생들의 경우는 스승의 날 같은 때 양말이나 손수건 같은 것을 가지고 오는 것이 대부분이고 때로는 캔 커피 하나 또는 밀감 두어 개를 손에 쥐고 오기도 한다. 졸업생의 경우는 제법 취직을 했다고 술병을 들고 오기도 하고 - . 당자에게는 퍽 미안한 이야기지만 그런 선물들은 진심으로 고맙게 받는 것이 사실이지만 누가 무엇을 가지고 왔던가는 얼마 안 가 잊어버리게 된다. 그러나 그렇지 않은 경우도 있다. 가지고 온 물건에 그 사람의 깊은 성의가 비쳐 있을 때가 그렇다. 내가 받은 선물 중에는, 자신이 직접 거둔 농산물을 보내온 사람, 가만히 보니 매고 있는 것이 너무 낡았더라 면서 허리띠를 사온 경우도 있었고 내가 즐겨 입는 양복의 색깔까지 헤아려 넥타이를 사온 경우도 있었는데 그럴 때면 그 사람이 나를 진심으로 생각한 것 같아 한결 더 감사한 마음이 되곤 했었다.

몇 연 전 연말에 한 졸업생이 보내온 물건 같은 것은 그 중에서도 잊혀지지 않는다. 무엇인지 가벼운 물건이다… 하면서 우송돼 온 소포의 포장을 뜯고 보니 거기에 전혀 의외의 물건이 들어 있었다. 그 졸업생 처녀애는 새해 하루하루가 건강하기를 바란다면서 이듬해 열 두 달의 달력을 그려서 보내왔던 것이다. 달력은 3백 65개가 넘는 칸을 그리고 달, 날, 요일을 기입하고 빈칸에는 꽃, 과일, 눈사람 같은 그 계절을 상징하는 그림을 그려 넣어 만든 것이었다. 나는 지금도 그 달력을 생각하면 선생 노릇 제대로 해야겠다는 다짐을 하게 된다.

내가 아는 분이 들려 준 선물 이야기도 한 번 들을만한 것이 아닌가 한다. 그 사람은 삼 형제였는데 그들이 장성하여 成家를 하자 어느 날 그 어머니가 아들 내외를 모두 불러 앉히더란다. 그리고는 자신은 이제 늙어 소용이 없게 되었다면서 보석함을 가져와 그 속에 든 패물들을 삼 등분하여 나누어주었다. 그런데 그 어머니는 그 속에 들어 있던 채색된 조개껍질을 자신에게 주더란다. 그는 까맣게 잊고 있었는데 그것은 그가 중학교에 다닐 때 수학여행을 갔다가 잡비를 아껴 사서 그 어머니에게 드렸던 선물이었던 것이다. 어머니는 어린 아들이 먹고 싶은 것 안 먹고 돈을 아껴 사 가지고 온 조개껍질이 어떤 보물보다 귀하게 생각되어 십 수년을 보석함에 넣어 간수하고 있었던 것이다.

내 이웃에 사는 한 부인이 받은 선물 이야기도 한 때 나를 상당히 감동시킨 것이다. 그녀는 그 해 12월 하순 정말 산타클로스가 있는 줄 알고 있는, 초등학교 저학년에 다니는 딸애에게 크리스마스 선물을 사 주려고 너는 착하게 자랐으니 밤중에 산타할아버지가 원하는 선물을 갖다 줄 것이라고 하면서 무엇을 주면 좋겠느냐고 물었다고 한다. 그러자 그 애는 「허리 낫는 약」을 주었으면 좋겠다고 하더란다. 그 부인은 당시 腰痛으로 고생을 하고 있었는데 그 애는 어린 나이에도 그것이 늘 마음 아팠던 모양이었다. 그 부인은 딸애에게 선물을 사 주려다가 이 세상에 다시없는 그 애의 귀한 선물을 받고 목이 메었다 한다.

이제 한 해가 저문다. 올해에는 지난 날 나에게 고맙게 해 주었던 사람에게 선물을 해야겠다. 곰곰이 잘 생각해서 상대가 부담스러워하지 않으면서 나의 감사하는 마음을 느낄 수 있는 것으로-.

(『釜山每日』 1996)

젊은이들과의 우리 江山 유람

나는 1984년부터 97년까지 두 차례에 걸쳐 7년 반 동안 우리 학교 교육방송국 主幹 일을 보았다. 처음으로 맡은 보직이라 사명감도 컸고 무엇보다 학생들이 모두 내 자식 같이 사랑스러워 힘든 줄 모르고 즐겁게 그 일을 했다. 학생들의 열성이 대단했고 그때 마침 사무처 쪽에 그 일을 잘 아는 사람이 있어 도와주는 바람에 방송국은 금방 어제가 다르게 발전을 했다. 본관 한 귀퉁이에서 지금의 자리로 옮아오면서 시설이 크게 확충되어 당시로서는, 견학을 오는 학교들이 있을 정도로 인근에서 제일 앞선 방송국이 되었다. 학생들의 방송 실력도 전국 수준으로 향상되었다. MBC · KBS 같은 상업 방송국에서의, 전국 대학 방송 콘테스트에서 몇 차례나 입상을 하고 그 중 한 번은 정상을 차지하기도 했다. 1980년대는 나라나, 학교나, 방송국이 다 어려울 때였다. 나라 일이 잘못 되어 있다보니 데모가 쉴 날이 없었고 어느 곳이나 내부 갈등에 시달렸다. 특히 저, 1989년 5월 3일 사태 때는 많은 학생들이

옥고를 치르는 등 불행한 일이 있었다. 그래도 그때 방송국 학생들이 한 사람도 희생이 되지 않은 것은 지금 생각해도 하늘이 도와 준 것 같다.

그때는 고충도 많았다. 제일 괴로운 것이 학생들이 동기끼리, 선후배끼리 티격태격 싸우는 것이었다. 하는 일이 복잡하고 또 조금이라도 손발이 안 맞으면 안 되는 것이니까 그랬던 모양이지 - . 다행히 그것도 얼마 안 가서 조용해졌다. 문제는 그 밖에도 많았다. 어느 핸가에는 한 상급 남학생이 수습국원 軍紀를 잡는다고 한 일이 시끄러워졌다. 의욕이 넘쳐 후배 기합을 준 것까지는 좋은데, 고마 대강 할 일이지 지가 무슨 論山訓練所 교관이라고 1학년 여학생을 「엎드려뻗쳐」를 시켰으니 문제가 될 밖에. 그 학생 아버지가 학교에 항의를 하고 그 바람에 열을 잔뜩 받은 당시 학생처장 申 某 선생은 내 집에 전화를 걸어 가지고는 "아, 도대체 학생 지도를 어떻게 하셨길레…" 고래고래 고함을 지르고 - 그래, 할 수 있나, "예, 일이 좀 잘 못 된 것 같습니다." 했더니 그 말에 더 화가 났든지, "좀이 아니지요, 좀이…" 한참을 더 하고야 겨우 끊었다.

방송국 주간 때의 일 중 가장 기억에 강하게 남는 것은 해 마다 여름에 한 번, 겨울에 한 번 두 차례씩 한 연수 여행이다. 青松 周王山 · 鷄龍山 · 扶餘 落花岩 · 智異山 · 海印寺 · 馬耳山 · 雪嶽山 · 表忠寺 · 茂州 九千洞 · 鬱珍 佛影溪谷 · 聞慶 새재… 참 많이도 다녔다. 그때나 지금이나 학교에서 주는 돈은 쥐꼬리만해서 밥은 그

서투른 학생들 솜씨로 지어먹고 노선 버스, 삼등열차를 이리 저리 옮겨 타고 다니느라 고생이 많았지만 이제 와 생각하니 그, 함께 한 고생 때문에 더 정이 든 것 같다. 많은 학생들과 다니다 보니 해프닝도 많았고 쇼도 많았다. 海印寺 쪽으로 갔을 때지 - 차를 놓쳐 늦게 온 학생들이 우리들이 묵고 있는 숙소를 못 찾아 파출소에 방송을 부탁한 바람에 온 伽倻山 계곡에 우리 학교 이름이 쩡쩡 울린 일도 있고, 잘 나가다가 누군가가 무엇에 삐어져 가지고 중도에 돌아가 버리는 사고도 예사로 있었다. 어느 해던가, 한 여학생이 처음 하는 술을 권하는 대로 마셔 취해 가지고는 무슨 설움에 받쳤든지 한 밤중에 放聲大哭을 하는 바람에 아주 난처하게 된 적도 있었다. 우선 몸이 상해서는 안 될텐데 하는 걱정이 되었고 다음으로는 저러고는 내일 아침에 무안해서 어쩔 줄 몰라 하는 것을 보기도 그렇겠다 싶어서였다. 그러나 천만에, 그것

1980년대 중반, 학생들과의 여행 중 聞慶 새재에서 - .

은 두 가지다 杞憂였다. 그 애는 한창 젊은 나이라 한잠 자고 나더니 펄펄 생기가 나고 「無顔」문제도 괜한 걱정이었다. 이튿날 아침, 자기가 울었다는 사실은 물론 술을 마셨다는 것까지 깨끗이 잊어버리고 사방을 헤집고 다니면서 하하, 호호 웃고 떠들고 있었으니 말이다. 그 밖에도 많다. 雪嶽山에 갔을 때지, 누군가가 장기자랑한다고 외발로 서서 설치다가 넘어져 여관집 유리를 깨어 물어주는 일이 없나, 周王山에 갔을 때였지 - 한 여학생이 재래식 변소에 빠져 가지고 야단을 하고….

당시에는 출발에서부터 돌아올 때까지 늘 걱정이었고 때로는 피곤하고 짜증스럽기도 했는데 이제 와서 되돌아보니 그 모든 일이 선남선녀들과 꽃구름을 타고 다닌 것처럼 그립고 아름답기만 하다. (2001)

가장 진실한 글

문장론에 「他人 指向의 글」 또는 「선생에게 보이려고 쓴 글」이란 말이 있다. 한마디로 자기 진심을 쓰지 않은 불성실한 글을 말한다. 벽지 초등학교 어린이들에게 자기 주변을 소재로 글을 지어보라고 해보면 의외로 도시보다 자신이 사는 시골이 좋다고 쓰는 애가 많다. 대체로 시골은 공기가 맑고 인심도 후해 좋은데 도시는 공해가 심하고 사람들도 인심이 야박해서 싫다는 것이 그러한 글들의 요지다. 그러나 그것은 대부분 그 어린이들의 진심이 아니다. 당연히 그들은 도시에서 살면서 기차나 지하철도 타보고 싶고 영화도 보고 싶고 전자오락도 하고 싶다. 한마디로 도시를 무한히 동경하고 있으면서도 그 글을 선생님이 읽을 것이라는 것을 의식하고 있기 때문에 글에서는 엉뚱하게 도시가 「싫다」고, 마음에 없는 말을 하고 있는 것이다.

이런 글이 좋은 글이 될 수 없다는 것은 당연한 이치다. 반대로 다른 사람을 의식하지 않고 쓴 글에 뜻밖에도 名文이 많고 아이러니컬하게도 그러한 글이 읽는 사람을 감동시킨다.

학자들은 가장 성실한 글은 절연장과 유서라고 말한다. 둘 다 다시는 뒤돌아 볼 필요가 없어진 사람이 쓰는 글이니 거기에 남을 의식하고 헛말을 할 까닭이 없기 때문이다.

내게는 젊은 시절, 직장의 일로 유서를 읽을 기회가 자주 있었다. 그 중에서 지금도 잊혀지지 않는 것은 아직 못다 핀 꽃들이 세상을 등지면서 남긴, 애처로운 글들로 티 하나 섞이지 않은 순수한 마음 그대로를 보여주는 것이었다.

그 중 한 경우는 유서라기보다 한 바닥의 일기로, 자신을 끔찍이 사랑하던 아버지가 세상을 떠나버린 그 해 추석날, 남들은 다 즐겁다는 그 명절이 그 아버지에 대한 견딜 수 없는 그리움과 슬픔을 안겨주어 스스로 목숨을 끊은 한 여중생이 쓴 것이었다.

죽기 전날까지의 일기는 전형적인 깔끔한 성격의 여학생의 그것으로, 작고 예쁘장한 글씨가 표준말로 정서법에 맞게, 정연하게 쓰여 있었다. 사람들은 자신의 일기는 누구에게도 보이려 하지 않지만 그런 글도 가상의 독자를 염두에 두고 쓴다고 한다. 그 독자가 자신이 믿는 神이든, 다음에 읽을 자기 자신이든 간에…. 그래서 사람들은 일기를 쓸 때도 글씨를 곱게 쓰려 하고 잘못 된 것은 고치고 모자라는 것은 채우고 한다는 것이다. 그러다 보니 거기에는 엄밀하게 보면 얼마간의 꾸밈, 가식이 있기 마련이다. 그 때까지의 그 애의 일기도 그렇게 쓰여 있었다.

그런데 일기가 유서의 성격을 띠면서 글은 갑자기 그 전의 것과 판이하게 달라져 있었다. 고르지 않은, 큰 글씨가 어지럽게 날려 쓰여 있었는데 그것은 이미 고운 글씨도, 맞춤법도, 표준말도 개의하지 않고 있었다. 「내만 보면 웃던 아버지, 내만 보면 뭐 사주꼬, 뭐 먹을래 하던 아버지, 아버지 오데 갔소. 오늘은 추석 명절이요. 아버지요, 아버지요, 오데 갔소, 와 죽었소.」 글씨는 곳곳이 물기에 번져 있었는데 그것은 그 애가 그 글을 쓰면서 울어 눈물이 떨어져 그렇게 된 것 같았다.

다른 한 장은 아주 짤막한 유서로, 그래서 더욱 나의 마음을 아프게 하는 것이었다. 부산시 해운대구 반송동에 살던 열다섯 살에서 여덟 살 사이의 세 자매가 자살을 했다. 부모를 여의고 친척에 얹혀 눈치밥을 먹고 살게 된 것을 슬퍼해 큰애가 하느님과 부모가 있는 곳으로 가자고 동생들을 꾀어 함께 죽은 것이다. 그들은 각각 한 장씩의 유서를 남겼는데 초등학교 3학년쯤으로 기억되는 둘째 애의 글이 사람의 마음을 울리는 것이었다.

「언니가 엄마 아빠 있는 세상으로 가자고 해서 간다. 한복이 아깝다. 보조가방이 아깝다.」 이것이 全文이었다. 한 소녀가 가난 속에서 어렵게 얻은 고운 옷 한 벌과 예쁜 가방 한 개를 얼마나 아끼고 소중해 했던가가, 각박하고 고달팠지만 그래도 인생을 얼마나 사랑했던가가 눈에 선했다. 나는 지금도 그 글을 생각하면 목이 메인다. (『釜山日報』 1986)

내가 즐겨 읊는 노래

지금까지 내가 읽은 시에는 참으로 주옥같은 것이 많았다. 때때로 그 중 한 편을 읊으면 어느 정도의 시름은 잠시 잊게 되는 수가 있다. 연 전 내가 몸이 좀 아파 누웠을 때 일인데, 상당히 활동적인 사람이 가만히 자리 보전을 하고 있자니 시간 보내기가 여간 짐스런 것이 아니었다. 그래서 이런 저런 책을 펴 보았는데 어느 것도 글이 눈에 들어오지 않고 짜증만 더해 금방 덮어버리고 말았다. 그때 단 한 가지 名詩選 한 권이 나를 괴로움과 권태에서 조금이나마 벗어나게 해 주는 것을 경험했다. 그래, 그 이후에는 더욱 시라는 것이 참 좋은 것이구나 하는 생각을 하고 있다. 이제 내가 애송하는 노래 몇 편을 소개해 볼까 한다.

이 세상 최고의 詩

다음은 지난 날 내가 잠깐씩 뵌 적이 있는 훌륭한 분들이 이 세상에서 추리고 추린 다음 한 수만 택한다면 이 시 밖에 없다고 의견 일치를 보았다는 絶唱이다. 그 분들이란 나의 은사 樂山 金廷漢 선생, 내가 실직을 하고 어려운 처지에 있을 때 도움의 손을 주신 적이 있는 向波 李周洪 선생, 그리고 탐방 기사 쓸 일로 만나 뵌 적이 있는 書藝의 大家 菁南 吳濟峰 선생이다. 내가 직접 본 것은 아니고 이 세 분이 어느 날 술상을 앞에 두고 사람 사는 이야기, 문학 이야기를 주고받다가 이 세상에서 제일 좋은 시 한 수를 택하라면 누구의 어느 노래가 되겠는가를 두고 의견을 교환한 적이 있다 한다. 그 분들은 우리 나라 고금의 뛰어난 시인들로부터 唐宋八大家의 작품에 이르기까지 명시들을 종횡으로 누비더니 결국 이 詩, 崔致遠의 <秋夜雨中>을 덮을 것이 없다는 것으로 결론을 맺더라고 한다. 아는 분이 많겠지만 여기 한 번 옮겨 본다.

秋風惟苦吟
世路少知音
窓外三更雨
燈前萬里心

이것이 그 전문인데, 음미할수록 참 좋은 시라는 것을 느끼게 된다. 아직 젊은 사람들은 잘 모를는지 모르겠지만 세상은 정말 괴롭고 외로운 곳이라는 것을 살아가면 갈수록 실감하게 된다. 오죽하면 어느 석학은 "어릴 때 죽은 아이는 행복하다. 삶의 가파름을 몰라도 되었으니까."라고까지 했겠는가. 거기다 정말 내 마음을 알아주는 친구는 어느 날 허망하게 세상을 떠나버리기도 하고 친구라고 생각했던 사람이 어이없게도 등을 돌리기도 하고 - . 이런 저런 삶의 辛酸을 경험한 사람은 이 시가 더욱 가슴을 처 옴을 알 수 있다.

그런데, 문제는 이 시를 한글로 옮겨 읽기가 쉽지 않다는 것이다. 아무리 번역을 잘 한다고 해도 원문 그대로의 맛, 멋은 살리기가 어렵기 때문이다. 본래 문학, 특히 시의 경우 어떤 언어를 다른 언어로 옮긴다는 것은 불가능하다는 말도 있다. 예를 들면 박목월의 <나그네>에 나오는 한 구절, '길은 외줄기 남도 삼 백 리'에서 「삼 백 리」를 영어로 옮긴다고 해 보자. 그러면 '길은 외줄기 남도 1백 20 킬로미터'로 밖에 번역할 수 없을 것이다. 그래버리면 이미 이 시는 노래도 무엇도 아니게 되어버리게 된다. <秋夜雨中>도 그러해서, 지금까지 한학에 상당한 조예가 있다는 분들이 번역한 것을 더러 읽어보았지만 내 마음에 드는 것은 하나도 없었다. 그래서 내대로 한번씩 번역을 한다고 해 보았지만 불만스럽기는 언제나 마찬가지였다. 그래도 무리해서 여기 한 번 옮겨 본다.

> 가을 바람에 나오느니 쓰디쓴 노래 뿐
> 이 세상에 진정한 벗 참 없어라
> 창밖에는 한밤 비 내리는데
> 등불 앞 내 마음 둘 데를 몰라

역시 마땅찮아. 안 된다니까. 위의 3행은 그런 대로 그렇다 치더라도 마지막 행 「燈前萬里心」에 이르러서는 내 같이 언어에 둔감한 사람으로는 어쩔 방법이 없어. 그러니까 아무래도 원문으로 읽고 마는 것이 좋을 것 같다. 시란 본래 그런 거니까.

또 趙芝薰의 <落花>의 아래와 같은 구절도 참 좋다.

> 묻혀서 사는 이의 고운 마음을
> 아는 이 있을까 저어하노니
> 꽃이 지는 아침은 울고 싶어라

내친 김에 盧天命의 노래 <고향> 중에서 가장 아름다운 서너 행을 여기에 옮겨볼까 한다.

> 언제든 가리
> 나중엔 고향 가 살다 죽으리
> 메밀꽃이 하아얗게 피는 곳
> 나뭇짐에 함박꽃을 꺾어 오던 총각들

그 사슴 같은 여류 시인은 이 노래를 읊은 몇 년 뒤 마흔을 갓 넘긴 나이로 승천하고 말았지.

정신을 맑게 해 주는 禪詩

이번에는 朴木月이 지은 禪詩 한 수를 읊어 보기로 하겠다.

<山色>

산빛은 환히 밝아 오는데
꽤꼬리 목청은 틔어 오는데
달빛에 목선 가듯 조으는 보살
꽃 그늘 환한 물 조으는 보살

어때? 참 상큼하지 않은가. 절에서는 동이 트는 시간을 새벽 세 시로 본다. 그래서 새벽 불공도 이 시간부터 시작이 되지. 그러다 보니 날이 훤히 새고 산에서는 새들이 신나는 노래를 시작할 무렵이면 불공을 드리던 불제자는 그만 꼬박 꼬박 졸게 되지. 이 시는 바로 그 모습을 소묘한 것이다. 보살의 기원이 무엇이었던가는 알 수 없지만 그 지극한 정성이 참 아름답지 않은가.

또 한 수, 다 모르고 두 구절만 아는 노래가 있어. 지은이를 모르는데, 그래도 노래 참 좋아.

道上偶逢郎　우연히 길에서 님을 만났건만
含情不得語　가슴에 품은 정 말을 못 했네

몽매에도 그리던 그 님을 우연히 길에서 만났으니 얼마나 반가웠겠어. 그러나 가슴이 떨려서 말을 못하고, 어쩔 줄 모르고 머뭇거리고 있는데 아, 그 사람은 그런 내 마음도 모르고 야속하게도 그만 가버리고 …… 누구에게나 다 이런 경험이 한 번쯤 있겠지. 참으로 고운 풍경화가 아닌가?

우리를 어린 시절로 데려다 주는 童詩

해마다 가을이 깊어 캠퍼스의 나무 잎새들이 모두 누우래지면 나는 잃어버린 것 없이 허전하고 보낸 사람 없이 서운해 소년처럼 마음둘 데를 모르게 된다. 그럴 때면 나는 그 凋落의 계절에 어울리는 노래 한 수를 읊곤 한다. 누군가가 지은 童詩인데 그런 계절에는 어른이 읽어도 아주 좋지 않을까 한다.

<미류나무>

논둑에 사는 미류나무
이 십 년 모은 재산 까치둥지 하나
반짝이던 잎새 다 어디 가고
긴긴 겨울에 빈 하늘 뿐

깊은 가을 찬 바람에 우수수 잎이 다 지고 논둑에 썰멍하니 서 있는 미류나무를 보고 지은 노랜데, 애는 거기서 나는 앞으로 뭘

해 먹고 살꼬…… 장래에 대한 불안, 어렴풋한 두려움에 젖게 되지. 지는 또 누군가 한 사람을 만나 데리고 살아야 할테니까 걱정은 더 크겠지. 서글프면서도 또 그 나름의 아름다움이 있지 않은가?

詩 보다 더 멋진 유행가

이번에는 대중가요, 유행가 한 수를 들려줄까 한다. 소설가 李文求씨가 삼류 시인의 시 보다 훨씬 좋다고 한 적이 있고, 내 보기에도 그런, 꽤 괜찮은 노래다. (제목은 잊어버려 내가 마음대로 붙인 것이다.)

울릉도 問安

사공아 뱃사공아 울진 사람아
인사는 없다마는 말 물어 보자
울릉도 동백꽃이 피어 있더냐
정든 내 울타리에 새가 울더냐

울릉도는 뭍에서 쾌속정으로도 4시간이나 걸리는 絶海의 孤島다. 상당히 오래 전, 먹고살려고 육지로 나온 그 섬사람이 방금 울릉도에서 돌아온 울진 뱃사람을 만났던가 보지. 알다시피 울진은 울릉도와 최단 거리에 있고 그래서 그 섬으로 가는 배도 대부분이 항구에서 출발하지. 그래, 그 섬사람이 생면부지지만, 그 뱃사공을 만난 김에 동해 저쪽의, 꿈에도 그리운 고향 안부를 물었다는 것 아닌가. 참 아름답고 서정성이 넘치는 이야기지.

나는 이 노래를 들을 때마다 저 中國 盛唐의 대 시인 王維의 <雜詩> 중,

君自故鄕來
應知故鄕事
來日綺窓前
寒梅著花未
 그대 고향에서 왔다니
 그곳 일 잘 아시겠구료
 오던 날 우리 집 창 앞에
 이른 봄 매화가 피어 있던가요

라고 한 구절을 떠올린다. 고향에의 그리움을 읊은 아름다운 마음이 뭐 다른가?

그런데 이 유행가는 좋기는 한데, 내게는 조금 마음에 안 드는 데도 있어. 내, 그 섬에 가보니 그곳 사람들 대부분 경상도 사투리를 쓰던데, 그러면 이 노래도 「있더냐」 「울더냐」가 아니라 「있더나」 「울더나」가 되어야 더 정감 있게 들리지 않겠나 싶고 - 또 한 가지는 「정든 내 울타리」라 했는데 이 구절이 좀 마땅찮아. 「내

울타리」「너 울타리」 하는 것은 아무래도 좀 그렇지 않아? 그래, 내라면 이 노래를 이렇게 부르겠어.

사공아 뱃사공아 울진 사람아
인사는 없다마는 말 물어보자
울릉도 동백꽃이 피어 있더나
정든 내 집 울타리에 새가 울더나

어때? 우리 경상도 사람들한테는 이 쪽이 더 좋지 않아?

가슴에 와 닿는 箴言 한 마디 — 물소의 뿔처럼

이번에는 佛經에 나오는 잠언 몇 구절을 소개할까 한다. 불교에서는 같이 修行을 하는 사람을 求道의 벗이라 하여 道伴이라고 부른다. 수행이란 우리 같은 사람은 상상도 할 수 없는 고행인 모양이다. 내가 직접 보지는 못했는데 佛子 중에는 간혹 손가락 한 마디가 없는 사람이 있다고 한다. 번뇌를 떨쳐버리기 위해서 손가락 끝에다 기름 먹인 솜을 감고 불을 붙여 태워서 그렇단다. 그 사람들은 오직 도를 터득하기만을 생각할 뿐 고운 것, 맛있는 것, 편한 것은 원하지도 구하지도 않는단다. 때가 되면 밥을 먹는데 그것을 공양이라고 하지. 그들은 그 때마다 五觀偈란 것을 외는데 요지는 아무 한 일도 없지만 道業을 이루기 위해 육신을 지탱하는 약으로 알고 이 음식을 먹겠다는 그런 것이라 한다. 그러니까 그들의 식사는 먹는 것이 아니라 먹이는 것이다. 道에 이르려면 쓰러지지 않고 견뎌야 하니까 먹어두라고 하면서 자기가 자기에게 먹이는 것이다. 이러한 고통스런 길을 걷는 데는 좋은 친구가 있으면 좋겠지. 마치 우리가 공부할 때 같이 하는 사람이 있으면 함께 잠도 쫓고 서로 격려도 하고 자극도 주어 혼자서 하는 것 보다 훨씬 더 견디기가 쉽듯이 말이다.

그런데 이때의 道伴은 반드시 참다운 길벗이라야 된다고 한다. 그렇지 못 할 경우에는 어떻게 하느냐, 그것이 이제 소개하려는 말이다.

소리에 놀라지 않는 사자와 같이
그물에 걸리지 않는 바람과 같이
흙탕물에 더럽혀지지 않는 연꽃과 같이
물소의 뿔처럼 혼자서 가라

이것은 최초의 불경으로 알려져 있는 수타니파타에 나오는 말이다. 참다운 길벗이 아닌, 좋지 않은 사람이라면 안개비에도 옷이 젖게 되고 연기만 쐬도 냄새가 옮게 마련이니 차라리 혼자서 가라는 것이다. 반드시 불교 신도가 아니라도, 이 세상을 살아가는 데 우리에게 어떤 가르침을 주는 말 같지 않은가. (1998)

金賢姬 著書 有感

유럽에서 인쇄술이 발명되었을 때 일부 승려들이 그러한 기술이 결국 문자를 타락하게 할 것이라고 거센 반발을 보였다고 한다. 史家들은 보수적인 집단의 暗愚함을 웃어주려 할 때 흔히 이 이야기를 하곤 하는 모양이다.

그러나 요즘의 출판계 돌아가는 것을 보고 있노라면 그 승려들의 걱정이 반드시 조소받아 마땅한 어리석은 것만도 아니지 않았는가 하는 생각이 들게 된다.

어디서 나왔는지도 모를 음란, 퇴폐한 인쇄물들이 범람하고 있는 것은 우리들이 오래 전부터 우려하는 바이지만 그래도 어느 정도의 양식을 믿었던 출판사들에서 내는 책까지도 우리들에게 과연 이런 책을 꼭 내야 했는가 하는 의아심을 불러일으키는 경우가 없지 않다.

특정한 회사가 펴낸, 특정한 사람이 쓴 책을 이야기하기는 좀 민망하지만, 金賢姬라는 여자가 쓴 책, 「이제 여자가 되고 싶어요」

를 읽어보고도 나는 마음이 울적함을 금할 수 없었다. 내가 이 책을 굳이 구해 읽은 것은 이 책이 몇 십만 부가 팔렸다거나 重版을 거듭하고 있는 베스트셀러이어서가 아니었다. 내게는 그런 호기심도 없고 또 나는 그런 책을 읽고 있을 만큼 한가하지도 않다.

내가 굳이 이 책을 읽어본 것은, 전통적으로 한국에서는 면목이 없는 사람은 입을 열지 않는 법이고 이 책의 저자야말로 바로 그런 사람일텐데 대체 두 권의 두꺼운 책으로 하지 않으면 안 되었던 이야기가 무엇이었던가가 궁금해서였다.

책을 읽어보니, 내게는 그 사람이 기어이 하지 않으면 안 되었던 것 같은 이야기는 발견되지 않았다. 자신의 외가가 좋은 집안이었다느니 자신이 예뻐서 공항에서 희롱을 당했다느니 하는 이야기는 알고 싶지도, 듣고 싶지도 않았다. 이 책이 「국민의 반공의식을 일깨우는 데 도움이 되지 않았겠느냐」 하는 사람이 있을지 모르나 저쪽 체제의 허구성이나 非情性은 한국인이라면 이런 책이 아니라도 이미 잘 알고 있다.

필자는 이 책을 읽고 어떤 의분심 같은 것이 끓어오름을 금할 수 없었다. 「이제 여자가 되고 싶어요」란 말부터가 그렇다. 그 글을 쓴 사람의, 이제 한 사람의 여성으로서 행복한 삶을 살고 싶다는 욕구까지를 탓하고 싶지는 않다. 문제는 이 사람이 그 말을 공개적으로 입밖에 내기에 적합한 이가 아니라는 점이다. 金賢姬란 사람은 KAL機 폭파로 동족의 대량살해란 끔찍스런 범죄를 저지른 사람이다. 그것이 하고 싶어 한 일이 아니고 그도 한 사람의 희생자로 잔혹한 공산체제의 강요에 의해 저지르지 않을 수 없었던 일이라는 것은 이해하더라도, 그렇다고 그 죄가 없어지거나 가벼워지는 것은 절대로 아니다.

필자는 문득 <길면 3년 짧으면 1년>인가 하는, 흘러간 유행가 가사를 머리 속에 떠올렸다. 좀 더 잘 살아보려고 남편이, 타는 더위의 중동으로 떠나가는 근로자부부가 한시라도 빨리 재회하고파 하는 안타까운 마음을 노래한 것이다. 그 여자가 죽인 사람들은 대부분 그런 근로자들이었다. 그 여자는「오순도순 작은 행복을 누리며 살아가는 家長이고 싶었던」아무 죄없는 1백여 명의 근로자들을 무덤도 없이 九泉을 헤매는 원혼이 되게 한 사람이다. 그리고 그 많은 그들의 처자·부모 형제들로 하여금 한평생 피눈물을 흘리게 한 사람이다. 그런 사람이 자기는 이제 무엇이 되고 싶다는 말을 한다는 것이 가당키나 하단 말인가.

내 마음이 이럴진대 이 책 이야기를 듣는 유족들은 오죽하겠는가를 생각하면 심정은 더욱 어두워진다.

책도 좋고 출판도 좋지만 책 같지 않은 책의 해악도 한 번 심각하게 생각해야 할 때가 아닌가 한다. (『韓國日報』 1991)

記 者

가시관의 帝王

세 번의 失敗

언제부터인지 정확하게 기억할 수는 없지만 나는 상당히 어린 시절부터 자라서 記者가 되고싶다는 꿈을 가지고 있었다. 내게는 記者야말로 鬪士요 志士요 영웅이었다. 그것은 아마 大韓帝國이 망하던 날 「이 날 목놓아 우노라(是日也放聲大哭)」고 피를 토하는 논설을 쓴 張志淵 선생이나, 소련의 탱크에 조국이 유린당하던 날 마지막까지 마이크를 놓지 않고 서방 세계를 향해 구원을 호소하다 탱크 소리, 총성에 묻혀 끝내 말을 끝맺지 못 하고 말았다는 헝가리 부다페스트의 한 방송인의 행적 같은 것이 내게 상당히 큰 감동을 주었기 때문이 아니었나 한다. 어쨌든 어린 시절부터 내게, 그것은 사내가 한 번 해 볼만한, 보람있고 멋있는 일인 것 같았다. 대학에 들어가고도 그 꿈은 그대로 가지고 있어 전공인 국어국문학 공부는 대충대충 따라 가고 1학년 때부터 시사영어 같은, 신문사 입사 시험 공부만 집중적으로 했다. 1967년, 나는 스물 일곱 살 한창 좋은 나이에 釜山에 있는 국제신문사의 공채 시험에 응시하여 숙원이던 記者가 되었다.

그러나 나는 입사를 하고 나서 금방, 제대로 된 記者 되기가 그렇게 쉬운 일이 아니라는 것을 실감하게 되었다. 記者 생활 초년에 나는 실수를 되풀이했다. 내게 주어진 제일 첫 임무는 우리 신문사에, 소년원에 수감되어 있던 원생이 그 소년원의 직원에게 매를 맞아 죽었다는 진정이 들어왔는데 그것을 확인해 사실이면 「린치에 의한 致死」 사건으로 보도하라는 것이었다. 억울하게 매맞아 죽은 少年囚의 伸寃이 내게 떨어진 임무였던 셈이다. 나는 용약 그 소년원을 찾아갔다. 그런데 그곳에 가 보니, 내가 잘 못 온 것 같았다. 내가 찾아간 용건을 말하자 아주 인자하게 생긴 원장이란 분이 나를 맞아 아직 자라는 미성년자들이라 지만 이곳에 온 비행 소년들이 얼마나 다루기 어려운 애들이며, 거짓말을 잘 하며, 그 부모들 역시 상대하기 곤란한 사람이 얼마나 많은가를 차분하게 설명하고는 이번 투서도 그래서 한, 악의적인 것이라고 말했다. 그러고는 죽은 소년과 같은 방에서 생활했다는 원생 서너 명을 데려다 주면서 자신은 자리를 피해 줄 테니 당시의 상황은 물론이고 무엇이든 물어보라고 했다. 원생들은 이곳에서 폭행이란 있을 수 없으며 그 친구는 처음 들어올 때부터 몸이 몹시 아팠었다고 했다.

회사에 돌아온 나는 가보니 진정 내용이 사실과 다른 것 같더라고 했고 사안은 그것으로 끝나고 말았다. 그러나 그 날 내가 취재를 한 것이 아니라 바보짓을 했었다는 것은 이틀 후에 드러나 버렸다. 같은 진정을 받은 검찰이 현장에 나가 수사를 한 끝에 그 소년을 폭행해 죽게 한 소년원 직원을 폭행치사혐의로 구속했기 때문이다. 나는 소년원 측의, 사전에 계획된 치밀한 연막작전에 간단히 넘어가고 말았던 것이다.

그 일로 상당히 실망을 했을 텐데도 부장은 며칠 후 또 하나의 일을 맡겼다. 그런데 이 일은, 내게는 처음부터 무척 난감한 것이었다. 부장은 그 날짜 신문 사회면에 조그맣게 난, 「파라과이 이민 갔다가 알거지 돼 돌아와」라는 제목의 기사를 가리키면서 이 사람들이 왜 그렇게 되었는지 알아보고 기사를 써 보라고 했다. 좀 더 잘 살아 보려고 이역 수만 리 타국에 나갔다가 망해 가지고 돌아와 당장 내일 어떻게 살아갈지가 막막한 사람을 잡고 어쩌다가 그렇게 되었는지 알아보라니, 사람으로는 할 일이 못 되는 것 같았다. 더구나 그 사람들도 십중팔구, 「알거지가 되어서 돌아왔다」고 한 그, 사람 허파를 뒤집어 놓는 제목의 기사를 읽었을 건데 말이다. 그래도 밥벌인데 할 수 있나 - 신문에 난 주소를 들고 그 사람들을 찾아 나섰는데 행인지 불행인지 신문에 난 주소가 잘 못 된 모양, 그런 집, 그런 사람들은 아무리 헤매어도 찾을 수 없었다. 그래서, 어쨌거나 나의 두 번째 임무도 실패로 끝나고 말았다. 어떻게든 윗사람들 눈에 제대로 일할 것 같은 사람으로 비쳐야겠는데 - 나는 갈수록 마음이 초조해졌다.

그런데도 나의 실패는 계속되었다. 부장은 어느 날 오후 무슨 전화를 받더니 급하게, 東大新洞에 큰불이 난 모양이니 현장에 가서 선배, P기자의 취재를 돕도록 하라고 했다. 화재 현장 취재라 - 그쯤은 나도 잘 해낼 수 있겠지…. 나는 가벼운 마음으로 불이 난 西區 東大新洞 동신국민학교 부근으로 달려갔다. 내가 갔을 때 불은 이미 거의 다 꺼져 있었고 P기자는 뭔가 마무리 취재할 것이 있으니 나더러 이 주소로 찾아가 오늘 불로 사망한 이 사람 사진을 구해 오라고 했다. 내게는 일이 갈수록 더 어려워지는 것 같았다. 화재 취재라기에 몇 날, 몇 시 어디서 불이 나 얼마의 인명과 재산 피해가 났다는 것을 쓰면 되는 줄 알았는데, 죽은 사람 사진을 구하라니 - 혼자 중얼거리면서 九德山 자락, 그 사망자의 집을 찾아갔다. 죽은 사람의 아내로 보이는 한 젊은 여인이 젖먹이를 안고 판잣집 좁은 마루에 다리를 뻗고 앉아 소리내어 울고 있었다. 그래 나는, "저, 아주머니요… 예? 저, 사진요… 예?" 비 맞은 중 중얼거리는 것 비슷한 소리를 몇 번 내다가 '에라, 기자 노릇 못 했으면 못 했지 이 짓은 못 하겠다.' 하고 돌아서 버렸다.

내 기자 생활의 시작은 이렇게 실패의 연속이었다. 그리고 이후 나는 記者를 두고 無冠의 帝王이니 하는 것은 밖에서 본 허상이고 이 직업이야말로 荊棘의 길이라는 것을 갈수록 뼈저리게 느끼게 되었다. (2001)

宮井洞의 두 경호원

1500년대 일본 풍운의 武將 오다 노부나가의 최후를 어느 대중 소설에서 읽은 적이 있다. 그는 한 副將의 모반으로 절체절명의 궁지에 몰리게 되는데 죽음을 피할 수 없다는 것을 알게 된 그는 사후에 그의 首級이 반군의 손에 들어가 모욕을 당하지 않게 하려고 자신이 머물고 있던 숙소에 불을 지른 다음 그 속에서 자살을 해 그의 시신을 남기지 않으려 한다. 이 일에는 시간이 필요하게 되었는데 그 시간을 벌어주는 일을 그가 평소에 총애하던 경호원 모리 란마루가 맡았다. 아름다운 용모의 이 精悍한 무사는 칼에 베이고 창에 찔려 피투성이가 되어서도 主君의 방이 완전히 불길에 휩싸이게 될 때까지 기어이 적이 그 방에 접근하지 못하게 막아낸 다음 죽어간다. 그 장면은 실로 처절하기 짝이 없는 것이었다.

그러나 이 경우는 비록 그 소재가 史實이라 할지라도 그것이 소설인 이상 이야기가 작가에 의해 어느 정도 윤색, 미화되어 있다고 보아야 할 것이다. 허구의 세계에서가 아닌, 우리 눈으로 직접 본 경우에도 그에 못지 않은 비장한 장면이 있었다. 우리는 80년대의 어느 해, 당시의 미국 대통령 레이건이 한 청년으로부터 저격을 당하는 순간을 텔레비전 화면을 통해서 보았다. 대통령의 경호원들은 그 청년이 계속 총을 쏘고 있는데 대통령과 범인 사이에 뛰어들어 총탄을 맞고 쓰러지고 있었다. 아무리 평소에 훈련이 잘 되어 있었다 하더라도 참으로 놀라운 장면이 아닐 수 없었다. 누구에게나 소중한 하나 뿐인 생명인데 어떻게 그렇게 서슴없이 한 마리 부나비처럼 죽음으로 달려들 수 있는 것인지…. 새삼 그들의 책임감이 무섭게 느껴지는 순간이었다.

먼 나라 이야기만 하고 있을 것 없이 우리 나라에서도 그러한 예는 있었다. 60년대 중반까지 朴正熙 전 대통령은 부산에 오면 온천장에 있는 동래관광호텔에 묵었다. 당시 경호에 지원을 나갔던 경찰관의 이야기다. 새벽 2시쯤 되었을 때 청와대에서 내려온 한 경호관이 자기를 부르더니 대통령이 묵고 있는 방을 가리키더란다. 조금 전까지 어둠에 잠겨있던 그 방에는 어느새 불이 밝혀져 있었다. 경호관은 "잠을 못 이루셔…. 저 소리 들리죠? 저것 때문이 아닐 수도 있겠지만 막는 것이 좋겠어. 좀 다녀오시오. 이 근처 누구 집일거야." 그는 어디선가 짖고 있는 개소리를 두고 이렇게 말하더란다. 무엇 때문에 잠을 못 이루고 있는지 모르지만 자신이 모시고 있는 사람이 편안한 잠이 들게 해야겠는데 자기로서는 중천에 뜬 달을 보고 요란하게 짖고 있는 개, 그놈의 입이라도 막아보아야겠다는 뜻이더란다. 그 경찰관은 덕분에 金井山 기슭의 어느 민가에까지 달려가 개를 짓지 못하게 조처를 하고 왔지만 경호하는 사람들이 어느 정도로 신경을 많이 쓰는가를 알겠더라고 했다. 그것이 좋다거나 나쁘다는 것은 차치하고….

60년대 후반 이후 朴대통령의 부산 숙소는 당시에 새로 지은 해운대 극동호텔이 되었다. 그가 그 호텔에 묵고 있을 때 마침 어떤 사람이 아무도 없는 복도를 지나가고 있었다. 그 때 갑자기 정전이 되어 주변이 캄캄해져 버렸다. 그 순간 지척의 거리에서 착 가라앉은 목소리가 들려왔다. "움직이지 마시오. 움직이면 쏩니다." 금방 호텔의 자가발전으로 불이 들어와 그는 그곳을 지나 자기 볼일을 보았지만 분명히 아무도 보이지 않던 복도 어디에서 누가, 불이 나가는 그 순간에 그에게 그런 무시무시한 경고를 한 것인지 등골이 으스스하더란다.

朴대통령은 70년대에 조선비치호텔이 들어서고 나서는 부산에 내려오면 그곳에 머물었다. 70년대 후반 그가 이곳에서 자고 이튿날 새벽 산책을 나갔는데 그때 그를 수행했던 사람의 이야기다. 대통령 일행이 호텔 옆 동백섬의 순환도로를 걷고 있는데 쥐 한 마리가 쪼르르 차도를 건너 소나무 사이로 달려 가더란다. 그 순간 대통령이 "어, 쥐 봐라. 잡아라."고 했다. 그를 수행한 사람은 갑자기 쥐가 나타나니까 농촌 출신인 대통령이 자랄 때의 입버릇으로 무심결에 중얼거리는구나 했는데 그게 아니더란다. 대통령의 근접경호원들은 일제히 바위를 뛰어 넘고 소나무를 안고 돌고 한 바탕 법석을 떨더니 기어이 그 쥐를 잡아 오더란다. 일단 입밖에 나간 이상 대통령의 말에 헛말이란 있을 수 없고 반드시 시행해야 한다는 것이 그 사람들의 세계란 것을 본 그는 뒤에 "펄펄 살아 달아나는 들쥐를 잡더라고…." 하면서 혀를 내둘렀다.

1979년 10월26일 새벽 궁정동에서 일어난 충격적인 사건은 이미 누구나 다 잘 알고 있는 일이다. 한 나라의 대통령과 그 경호원들이 한순간에 살해된 그 끔찍스런 사건은 우리 뿐 아니라 온 세계에 던져진 하나의 쇼크였다. 나는 그 사건 중에서 각각 대통령과 중앙정보부장의 경호를 맡았던 두 경호원 사이에 있었던 죽음과 삶의 이야기를 잊을 수 없다. 정보부장의 경호원은 상사로부터 총성이 들리거든 같은 방에 있는 대통령의 경호원을 사살하라는 명령을 받았다. 그런데 그가 죽여야 하게 되어 있는 대통령의 경호원은 공교롭게도 그의 군복무 당시의 전우였다. 둘 다 뛰어난 충성심과 사격 솜씨를 가져 경호원이 되었는데 다만 그 경호해야 할 대상이 달랐고 그 때문에 이제 한쪽이 다른 한쪽을 죽이지 않으면 안되게 된 것이다. 드디어 대통령이 든 방 쪽에서 총성이 들렸다. 김재규 중앙정보부장이 차지철 경호실장을 쏜 일발이었다. 그 순간 정보부장의 경호원은 재빨리 총을 뽑아 한때의 전우, 지금은 자기가 죽여야 할 상대를 겨누었다. 그러나 그는 차마 그를 쏠 수가 없었다. 그래서 그는 총을 겨눈 채 "빼지 마라. 같이 살자!"고 절규했다. 그러나 상대는 기어이 총을 뽑으려했다. 정보부장의 경호원은 하는 수 없이 그를 쏘았다. 어떤 천재적인 소설가도 아마 이렇게 극적이고 눈물겨운 드라마를 창작하기는 어려울 것이다. 나는 그 순간을 머리 속에 그려볼 때마다 혼자 깊은 생각에 잠기곤 한다. 임무가 무엇인지, 우정이 무엇인지, 삶이 무엇인지, 죽음이 무엇인지….

총을 맞은 쪽은 그 자리에서 죽고 쏜 쪽도 얼마 후 그 뒤를 따라 형장의 이슬로 사라져갔다. 생각하면 그들을 부려 쓴 사람들에게 잘잘못이 있었으면 있었지 그 젊은이들에게 무슨 죄가 있었겠는가.

나는 하이틴 때 존 웨인이나 게리 쿠퍼 같은 히어로가 등장하는 서부활극 영화를 좋아한 적은 있지만 그 후로는 총 솜씨 같은 것, 더구나 어떤 좋은 명분을 가졌더라도 사람을 살상하는 폭력과 관련된 이야기에는 관심을 가져본 적이 없다. 그런 내가 새삼 별 잘 알지도 못하는 경호니 총격이니 하는 이야기를 하게 된 것은 朴대통령이 비명에 간 날을 맞게 될 때마다 마음속에 떠오르는 한가지 생각이 있기 때문이다. 어떤 정치인이든 자기를 향해 총을 쏘려하지 않게 해야지 총탄의 표적이 될 일을 한 이상, 누군가가 기어이 쏘려고 하는 한 아무리 유능하고 충성스런 경호원을 두었다 해도 그것을 막는다는 것은 거의 불가능한 일이 아닐까 하는 생각이 그것이다. 위에서 예를 든 경호원들의 경우 누가 감히 그들의 충성심을 의심할 수 있단 말인가. 특히, 철저히 훈련된 직업사수가 손을 뻗으면 닿을 거리에서 총을 겨누고 있는데도 경호란 자기의 임무를 버리지 못해 기어이 총을 뽑으려다 사살 당한 그 대통령 경호원의 경우, 그 이상 어떻게 충성을 하며 경호를 한단 말인가.

앞으로의 우리 역사에 총 맞을 짓을 하는 사람도, 총으로 해결할 일도 없어야겠다는 생각이 해마다 그 날이 오면 더욱 절실해진다. (『국제신문』 1989)

視角 차이

벌써 상당히 오래 전 부산의 어떤 경찰서에서 본 일이다. 양복 차림의 청년 둘이 열 서너 살쯤 되어 보이는 한 소년을 앞세우고 경찰서를 찾아왔다. 청년들은 단단히 화가 나 있었다. 중국집 배달원으로 일하는 그 소년이 자전거를 타고 건널목을 건너려다 그들의 승용차를 들이받아 차를 버려놓았다는 것이다. 소년은 자전거로 음식배달을 갔다 오다가 건널목을 건너던 중 교통신호가 바뀌어버려 그렇게 됐다고 말하면서 눈물을 흘렸다. 청년들의 차는 보니트가 20cm 가량 긁혀 칠이 벗겨져 있었다. 차를 버려놓았다고 한 것은 그것을 두고 한 말이었다. 그런 일이 일어났으니 소년도 무사할 수 없어, 바지를 걷어올리는데 보니 무릎이 벗겨져 피가 비치고 있었다. 경찰관이 다른 데 다친 곳은 없느냐고 하니 없다고 했다. 다시 '얼굴이 빨간데…?' 하니까 그것은 저분들한테 맞아서 그렇다고 했다. 그 경찰관은 두 청년을 피의자로 조사를 시작했다. 그들이 한 짓은 도로교통법위반과 폭행죄에 해당된다는 것이다. 경찰관의 눈에, 그 어린것이 살아가느라고 버둥대다 차에 부딪쳐 넘어졌으면 애처로운 생각이 먼저 드는 것이 나이 든 사람의 도리일텐데 매질까지 한 소행이 괘씸하게 비쳤던 모양이었다. 곁에서 자초지종을 지켜보고 있던 내게도 그 청년들이 상당히 잘못됐다는 생각이 들었었다.

그런데 그 청년들이 비정하고 속 좁기는 했지만 사람이 그런 잘못된 생각을 할 수도 있다는 것을 얼마 후 바로 내가 경험했다. 어느 날 내가 탄 택시가 건널목을 지나려는 순간 푸른, 보행자 진행신호가, 차가 지나가도록 되어 있는 붉은 신호로 바뀌려고 깜박이고 있는데 한 할머니가 좌우 살피지도 않고 건널목으로 달려들다 내가 탄 차에 받혀 쓰러졌다. 다행히 크게 다치지는 않았지만 순간적으로 나는 그 할머니가 미운 생각이 들었다. 뭐가 그리 급해서 목숨을 걸고 뛰어든담 하는 생각이 들었다. 그런데 놀랍게도 차창 밖 사람들의 반응은 나와 아주 딴판이었다. 차도 양쪽에 서 있던 사람들이 일시에 내가 탄 차의 운전사를 향해 호통을 치고 있는 것이 아닌가. 신호도 신호지만 나이 많은 분이 길을 건너려 하면 안전하게 가도록 기다려주어야 할 것이지 왜 그렇게 서둘렀느냐는 것이다. 차안에서 보는 것과 차 밖에서 보는 것은 그렇게 달랐던 것이다. 문득 지난날 그 청년들이 그렇게 화를 낸 것은 이러한 視角의 차이 때문이기도 했었구나 하는 생각이 들었다.

그후 나는 다툴 일이 생기거나 상대가 원망스러울 때면 그날의 교통사고를 기억하고 상대방의 입장이 되어 「차 밖으로 자리를 옮

겨 서 보기」를 한다. 그러면 대개는 다소 마음이 진정이 되는 것을 느낀다. (『釜山日報』 1986)

마음을 漏泄하는 눈

아인쉬타인 박사의 눈 한 번 보세요. 신비감마저 들지 않습니까? 옆에 앉은 젊은 이가 바로 오펜하이머 박사. 이 사진 속의 스승은 원자탄을 만들 수 있다는 사실을 당시 미국 대통령에게 편지로 알려주었고 제자는 맨하탄 계획을 총지휘하여 히로시마와 나가사끼에 떨어뜨린 바로, 그 원자탄을 만들었다.

氣를 연구하는 사람의 말을 들으니 사람은 누구나 그 몸에서 氣를 발산하고 있다고 한다. 그들의 말에 따르면 사람에 따라 그것의 강약이 다른데, 특별히 강한 氣를 가진 사람은 그것으로 상대를 압도하고 자신의 마음대로 조종할 수도 있다는 것이다. 신흥종교의 교주 같은 사람이 그런 경우인데 그런 사람은 몸에서 발산하는 氣로 상대가 무조건 자신을 믿게 할 수가 있다는 것이다.

그래도 나는 氣 같은 것의 실재에 대해서는 긴가민가하고 있을 뿐, 확실하게 믿지는 못 하고 있다. 대신 사람의 눈이 상대를 끄는 마력을 가지고 있다는 것은 분명한 것으로 생각하고 있다. 戰國時代 경국의 미녀 西施도 약간 찌푸린 그 눈이 끄는 힘 때문에 한 나라의 왕이 국사를 잊게까지 했다고 하지 않던가.

지금까지의 내 기억에, 가장 아름다운 인간의 모습은 연 전 금정산을 오르다가 본, 길가에 앉아 쉬고 있던 국민학교 상급반쯤으로 보이는 한 소녀의 그것이다. 예쁘장하게 생긴 그 애는 목을 뒤로 젖히고 꼴랑꼴랑 소리를 내며 수통의 물을 마시고 있었는데 산을 오르느라 열이 나 볼은 발그레 상기되어 있었고 콧등에는 땀이 송송 돋아 있었다. 구름이 몇 점 떠 있을 뿐 코발트빛으로 맑은 가을 하늘을 배경으로 한 그 소녀의 눈은 天色, 그것보다 몇 배나 더 맑았다. 나는 다시 산을 오르기 시작해 다시는 그 애를 보지 못 했지만 그 아름다운 광경은 지금도 눈에 선하다. 그리고 그 모습을 생각할 때마다 나는 無償의 행복감 같은 것을 느끼게 된다.

눈을 사람의 마음의 窓이라 한 것은 누가 했는지 모르지만 참 잘 표현한 말인 것 같다. 그 사람의 생활, 그 사람의 마음은 어찌 그리도 속임 없이 눈에 드러나는 것인지 신기하기 짝이 없다.

나는 어느 정도의 修行을 한 중들을 만날 때마다 하나같이 꼭 같은 사람이다 하는 생각을 했다. 처음에 나는 그 사람들이 구별할 수 없이 닮아 보이는 것이 머리를 꼭 같이 깎고 꼭 같은 가사, 장삼을 입고 있어서 그런가 보다 했는데 가만히 생각하니 그것이 아니었다. 그보다 그 사람들의 눈이 조용하고 맑다는 점에서 거의 같았던 것이다. 오랜 苦行, 수도 끝에 맑게 닦인 그 사람들의 마음이 마치 넘쳐나는 샘처럼 눈을 통해 흘러나오고 있는 것 같았다.

나는 내가 근무하고 있는 직장 방의 벽에 책에서 떼어낸 사진 한 장을 액자해서 걸어 놓고 있다. 아인쉬타인 박사의 모습을 찍은 이 사진은 라이프사에서 만든 사진 책에 실려 있던 것이다. 내가 그의 인물사진을 벽에 걸어두기로 한 것은 그의 업적, 그의 명성에 끌려서가 아니다. 물론 내가 이 천재의 행적에 존경의 염을 가지고 있지 않은 것은 아니다. 그러나 그렇다고 그 때문에 그의 사진을 눈앞에 걸어 둘 것까지는 없다고 생각한다. 내가 그의 사진을 벽에 걸어두고 싶어진 것은 그의 눈에 끌렸기 때문이다. 오펜하이머라는 젊은 물리학자와 머리를 맞대고 있는 사진 속 아인쉬타인의 눈은 웃고 있는 것 같기도 하고 그렇지 않은 것 같기도 하다. 눈가에는 그 연륜을 보여주는 잔주름이 가 있지만 나는 볼 때마다 그 눈에서 유치원 어린이에게서 볼 수 있는 것과 같은 無垢함을 발견하게 되고 그럴 때마다 마음이 편안해지는 것 같다.

눈이 저렇고 보면, 자신이 위인이라는 것을 정말로 모른 채 살았다는 위인, 한가할 때면 고무줄에 매인 공을 튕겼다 받았다 하는 요요놀이를 즐겼다는 그의 마음은 잡되고 추한 것이 없는 童心 그대로가 아니었나 싶었다.

썩 유쾌한 이야기는 아니지만 나는 지난 날 어떤 직장에 근무할 때 좀 상대하기 어려운 사람과 상종한 적이 있었다. 그 사람을 처음 대면했을 때 나는 상당한 낭패감을 느꼈다. 나와 마주 앉은 그는 이야기를 하면서 나를 바로 쳐다보지 않고 시선을 천장에 두고 있어 눈에는 흰자위가 허옇게 드러나 있은 것이다. 얕은 경험에 의해서 지만 나는 상대를 정면으로 바라보지 못하고 시선을 피하는 사람의 마음속에는 무언가 다른 속셈이 있다는 것을 확신하고 있었고 그 때까지 나의 그와 같은 고정관념은 빗나간 적이 없었다. 그 사람이 그 후 어떤 짓을 했는가는 말하지 않겠다. 그런 말할 자리도 아닌 것 같고 또 그런 이야기는 가뜩이나 괴로움이 많은 이 짧은 인생을 우울하게 할 것이 분명하니까. 다만 그가 진실을 가지고 있지 않았고 그러니까 그것이 켕겨서 사람을 정면으로 마주 보지 못했다는 것이 틀림없었다는 것만 말해 둔다.

사람이 위엄을 잃으면 먼저 눈의 정기가 사라지는가 보다. 저, 1979년의 10·26사건을 상기할 때마다 나는 그런 생각을 한다. 만약 朴 前 大統領이 그 부인이 세상을 떠나기 전의 그였다면 과연 김재규란 사람이 총을 쏠 수 있었을까 하는 의문이 떠오른다. 그 때만 해도 朴大統領은 상당 부분 꼬장꼬장한 선비의 풍모를 가지고 있었고 자기 통제도 철저하게 하고 있었던 것 같다. 그 때였다면 그는 모르기는 해도 김재규 같은 사람이 마주 바라보지도 못할 상대가 아니었나 싶다. 부인이 세상을 떠나고 주변이 흐트러지고 그러다 보니 그에 대한 존경심이 사라지고 따라서 위엄 같은 것도 없어지고… 그러니까 감히 눈앞에서 총을 뽑아 쏠 수 있었던 것이 아닐까.

그런데 나의 눈은 남에게 어떻게 보이고 있을까가 한 가지 두려운 의문이다. 나는 스스로 속에 어떤 흉계 같은 것을 가지고 있지는 않다고 자신한다. 그러나 뭔가 너그러움이라 할까, 여유 같은 것이 없어 보이지 않나 싶다. 할 수만 있다면 내 눈이 상대를 편안하게 해 주는 그런 것이 되어 주었으면 한다. 그러나 그것은 의식적으로, 노력한다고 되는 것은 아닐 테고 - 먼저 내 마음부터 상대를 안아 줄 수 있는 그런 것으로 다스려야 될까 보다. (1989)

賞이 부끄럽고 罰이 자랑스럽대서야

인류학자들은 태초의 인간들은 천둥 번개를 하늘의 노함으로 알고 그때마다 자신의 죄를 뉘우쳤으리라고 보고 있다. 또 어떤 학자는 그들이 靜電氣로 인해 순간적으로 알 수 없는 아찔한 고통이 올 때 그것이 자신이 저지른 과오에 대해 神이 벌을 내리는 것으로 생각했을 것이라고 했다. 어쨌든 예로부터 벌은 잘못을 저질렀거나 죄를 지은 인간에게 내리는 것으로 수치스럽고 두려운 것이었다.

국민학교 시절 내게는 매년 2월 하순이면 한 가지 아쉬운 일이 있었다. 학교에서는 이때 춘기 방학에 들어가면서 학생들에게 통신표(성적표)와 함께 상을 주었다. 공부는 그런대로 한 편이라 우등상은 늘 받았는데 지각·결석을 하지 않은 학생에게 주는 개근상을 한 번도 못 받았다. 우리 집 앞에는 꽤 큰 개울이 흐르고 있었는데 해마다 큰 비가 온 뒤면 그 것이 범람해 길이 끊겨버려 어쩔 수 없이 결석을 해야 했기 때문이었다. 그래서 우등상과 함께 개근상도 받아 가는 학교 부근 마을 친구들이 부럽기 짝이 없었다. 상이래야 부상이라고 연필 한 자루, 공책 한 권 안 주는, 「이에 이를 포상함」이라고 쓰고, 벌겋게 도장을 찍었을 뿐인 종이 한 장인데 그것이 그렇게 받고 싶었던 것이다.

한 편, 나는 유달리 수줍음을 많이 타는 성격이라 그랬든지, 어줍잖은 벌도 부끄러워 어쩔 줄을 몰라했다. 한 번은 복도에서 놀다가 담임 선생님이 오시는 것을 보고 교실로 들어가면서 "온다. 온다."고 했는데 그것을 먼귀로 들으신 선생님이 나를 불러 세워 놓고 방금 뭐라고 했느냐고 꾸중을 하셨다. 그때, 내 또래 딸애들 앞에 서서 야단을 들을 때의 그 부끄러움은 쥐구멍이라도 있으면 들어가고 싶은 것이었다.

그런데 세상이 잘 못 되어 있으면 거꾸로 상을 부끄러워하고 벌을 자랑하게 되는 모양이다. 한일합방 후 이완용 등이 조선총독부로부터 받은 爵位 같은 것은 두고두고 온 민족의 손가락질의 대상이 되었고 그 후손들까지 얼굴을 들지 못하게 하고 있다. 반면에 시인 李源祿은 독립운동을 하다 일본 경찰에 붙들려가 몇 번이나 감옥살이를 했다. 그러나 그로서는 남의 나라를 강제로 빼앗은 일본이 강도요, 제 나라를 되찾으려 한 자신은 떳떳하고 당당한 사람이었다. 그래서 그는 그들이 그에게 붙인 罪囚番號 「64(264번이라는 설도 있다.)」의 음을 빌어 스스로 자신의 호로 삼아 「陸史」라 했다 한다.

우리는 5·16 이후, 문민정부가 들어서기 전까지 위와 비슷한 체험을 상당히 많이 했다. 92년이든가, 신군부 집권 시절 필자는 어떤 자리에서 별 생각 없이 옆에 앉은 사람이 차고 있는 손목시계를 물끄러미 바라보았다가 민망스럽게 된 적이 있다. 그 사람이 황망하게 시계를 감추면서 얼굴이 발갛게 되었기 때문이었다. 그제야 필자는 그가 차고 있는 시계가 청와대를 상징하는 鳳凰 紋章이 새겨진 것이었다는 것을 깨달았다. 그때 필자는 세상이 잘못되어 있으면 國家元首가 준 상이 수치로 느껴지는 수도 있구나 하는 생각이 들어 苦笑를 금할 수 없었다.

벌과 관련하여 그 보다 더욱 당혹스러움을 느낀 경우도 여러 번 있었다. 維新時代 이후 사흘이 멀다하고 반체제 인사들이 구속되었는데 그 때마다 텔레비전 뉴스 시간에 그 모습이 화면에 비쳤다. 국법을 어겼다 하여 처벌을 받으러 가는 그들은 대부분 수치스러워하거나 두려워하기는커녕 쇠고랑 찬 두 손을 높게 치켜들고 파안대소를 하고 있은 것이다. 그들은 나에게 쇠고랑을 채우는 너희들이 자유 민주주의를 짓밟는 죄인이지 나야말로 義士란 확신을 가지고 있었기 때문에 그럴 수 있은 것이다.

93년 문민정부가 들어서고부터는 그런 장면이 사라져 다행스럽게 생각되었다. 그러나 그 후에도 진정한 시민사회로 들어선 지 얼마 되지 않아 그랬는지 모르겠지만 벌을 받는 사람들에게서 전에 없는 기이한 면이 보였다. 전직 두 대통령과 그 측근들이 구속되던 당시에는 벌받으러 가는 사람들이 눈을 부라리는 진풍경을 연출하는 경우가 자주 있었다. 그때 구속된 전 대통령 한 사람은 그가 수감될 교도소 앞에서 그를 성토하는 노한 군중을 보고 자신의 석방을 요구하는 사람들로 착각하고 그들을 향하여 손을 흔들었다는데 그것으로 미루어 그 때만해도 그들은 자신들이 얼마나 큰 과오를 저질렀는지 모른 모양이었다.

최근에는 잇달아 소위 지도층 인사란 사람들이 비리를 저지른 것이 드러나 철창으로 향한 일이 많았다. 그들의 죄는 우리 국가 사회를 배신한 행위로 추상같은 단죄를 받아야 마땅하겠지만 사람은 누구나 잘못을 저지를 수 있는 것이니까, 싶어 측은한 생각이 든 것도 사실이었다. 그러나 그러다가도 그들이 수갑을 차고 카메라 앞에 설 때 빳빳하게 머리를 치켜드는 것을 보고는 울컥 괘씸한 생각이 들었다. 무슨 독립투사도 아니고, 독재자와 싸운 것도 아니고 한갓 파렴치범 주제에, 죄를 부끄러워할 줄 알아야지 무슨 낯으로 보란 듯이 고개를 든단 말인가. 나라에서 할 일이 많겠지만 하루 빨리 상벌을 엄정하게 해 상이 자랑스럽고 벌이 부끄러운 세상을 만들어야 할 것 같다. (『釜山每日』 1996)

영도다리 위에 서서

10 여년 전 부산시는 전문가들의 자문을 얻고 위원회를 열고 해서 부산의 자랑거리 열 가지를 정한 일이 있다. 거기에는 동래 들놀음 같은 무형문화재도 있고 바위섬 오륙도도 있고, 아름다운 풍광과 막걸리, 염소구이 맛으로 이름난 금정산성도 있다. 그러나 손꼽을 자랑거리는 되지 않을지 모르지만 부산의 명물로 영도다리를 빼놓을 수는 없다. 해방 직후만 해도 부산을 구경하고 돌아간 시골 사람들은 일제시대의 백화점 미나까이(옛 부산상공회의소 건물)의 엘리베이터를 타 본 것, 덜컹덜컹 달리는 앞도 뒤도 없는 전차를 타 본 것과 함께 시간 맞춰 드는 영도다리를 본 것을 자랑했다.

지금 부산에는 뭍과 영도를 잇는 다리로 영도다리 외에 1980년대에 세워진 반월형의 부산대교가 있다. 그러나 이 고장 사람들에게 정이 든 다리, 이 도시를 떠나서 부산을 그리워할 때 머리에 떠오르는 다리는 어수룩한 모습의 낡고 볼품없는 영도다리다.

개항 이후 일본인들이 이주해 오는 등 이곳 영도의 인구가 자꾸 늘어 1930년대에는 5만 명에 이르자 몇 척의 작은 나룻배로는 이 섬과 뭍을 오가는 사람과 물량을 다 수송할 수 없게 되었다. 그래서 놓인 것이 영도다리다. 1931년에 착공되어 네 명의 인부가 목숨을 잃는 등 어려움 끝에 3년 7개월 만인 1934년 11월 완공된 이 다리는 길이 2백 14미터, 폭 18미터 규모다. 다리의 다릿발은 바다 밑바닥에 박은 굵은 소나무 토막 위에 서 있는데 다리를 떠받치고 있는 이 생소나무는 바닷물 속에서 2~3백년은 거뜬히 견딘다 한다.

영도다리는 跳開橋로 뭍 쪽 31미터의 상판을 들 수 있게 되어 있었다. 바닷물과 다리 상판 사이의 간격이 8~9 미터 밖에 안 돼 상판을 들지 않고는 50톤 이상의 큰 배는 남항과 북항을 내왕할 수 없었기 때문이었다. 하루 여섯 번 정한 시간이면 호루라기 소리와 함께 다리 상판이 삐걱삐걱 소리를 내며 들리고 다리 양쪽에는 오가던 차와 함께 사람들이 걸음을 멈추고 상판이 다시 내려앉을 때를 기다리며 끼룩끼룩 머리 위를 나는 갈매기를 보거나 다리 아래로 기세 좋게 지나가는 배들을 구경했다.

영도다리는 거기에 숱한 사람의 애환이 얽혀 있는 곳이기도 하다. 부산은 6·25사변 당시 3년 동안 이 나라의 임시수도가 된 도시다. 난리에 쫓긴 피난민들은 이 도시로 몰려들어 극한적인 상황에서 목숨을 부지해야 했다. 고향을, 집을 버리고 모든 것이 낯설기만 한 이 도시로 밀려온 사람들은 이 다리를 오가면서 수없이 한숨짓고 눈물을 흘렸다. 무심히 흐르는 이 다리 아래의 바닷물은 그 때 흘린 수십만 피난민의 눈물로 좀 더 짜졌는지도 모를 일이다. 피난살이의 외로움과 고달픔을 견디다 못해 이 다리에서 바다로 뛰어들어 스스로 세상을 등지는 사람도 많았다.

이제는 「봉선화 명도집」을 비롯해 열 몇 집쯤이 문을 열고 있지만, 사변 당시에는 뭍쪽 다릿발 주변에 수십 군데의 점쟁이집들이 있었다. 점쟁이들을 찾는 사람들은 거의가 1·4후퇴 때 미군의 군함에 얹혀 고향을 등지고 온 이북 피난민들로, 그들은 여기서 포화 속에, 아비규환의 혼잡 속에 잡고 있던 손을 놓친 가족, 전선에 내보낸 아들, 형제의 안부를 물었다. 나이 마흔을 넘은 사람들의 귀에는 지금도 생생한 유행가, <굳세어라 금순아>의 노래 무대도 '초생달이 외롭게 뜬' 이 다리다.

이 다리를 오가던 소년이 자라 청년이 되고 다시 나이 들어 노인이 되었듯 영도다리도 나이를 먹어갔다. 1966년부터는 32년을 하루도 빠지 않고 들던 상판을 더 이상 들지 않게 되었다. 무엇보다 그 동안에 상판을 들던 기계가 낡아버렸고, 통행 차량과 인파가 날로 늘어감에 따라 듦으로 해서 오는 불편이 심해졌기 때문이다. 거기다 이 무렵 영도에 상수도가 들어가게 되었는데 송수관을 다리를 따라 설치하려니까 상판을 들어서는 곤란하게 되었다. 그런 반면 배들의 사정은 그때에 와서는 기어이 다리를 들어야 할 필요가 적어져 있었다. 이 무렵에 와서는 배들의 엔진 성능이 많이 좋아져 기어이 남북항을 내왕해야 할 배라면 영도를 한 바퀴

돌아가는 것쯤 일 같잖게 생각하는 세상이 되어 있은 것이다.

부산대교가 준공되면서 영도다리의 이름이 고쳐졌다. 영도다리의 공식 명칭은 본래 부산대교였다. 그러나 어느 누구도 이 다리를 「영도다리」 아닌 다른 이름으로 부르려 하지 않았다. 부산시는 그렇다면 또 하나의 다리가 완공된 이 때에 전의 다리에는 시민들이 부르고 있는 그 이름을 주고 새 다리에 부산대교란 이름을 주기로 했다. 그리하여 영도다리는 개통된 지 근 반세기만에 실제로 부르는 이름과 호적상의 이름이 같게 되었다.

새 다리의 접속도로는 옛 세관을 헌 자리를 지나 도시고속도로와 이어지고, 이 길은 다시 경부고속도로와 접속되어 태종대에서 출발한 차는 단숨에 서울까지 내달릴 수가 있다. 이제 밤 보다 더 달고 구수하다는 영도 청학동의 조내기 고구마, 동삼동 새벽 해물시장의 싱싱한 광어·해삼·멍게·앙장구는 그 전에 비하면 훨씬 짧은 시간에 나라 안 이곳 저곳으로 수송될 수 있게 되었다.

그러나 부산 사람들에게는 그래도 부산의 다리라면 영도다리만큼 정다운 것이 없다. 튼튼하기나 편리하기야 새 다리가 훨씬 나을 것이고 다릿발에 시퍼런 파래며 이끼가 낀 영도다리의 우중충한 모습이 새 다리의 미끈한 맵시에 비길 바 못 되지만 그래도 부산 사람들의 정이 낡은 다리에 쏠리는 것은 어쩔 수 없다. 그것은 다리 아래로 흘러간 푸른 갯물과 함께 50 여년의 세월이 흐르는 동안 이 다리는 이곳 사람들과 슬픔과 기쁨을 나누어 왔기 때문일 것이다.

무거운 물량은 새 다리로 다니게 되었으므로 영도다리는 앞으로도 오랫동안 영도와 뭍을 잇는 중요한 역할을 할 것이다. 그리고 새 다리 부산대교와 함께 부산의 앞날, 이 나라의 앞날을 지켜볼 것이다. 이들 다리가 앞으로 이 나라, 이 민족의 어떤 역사를 보게 될 것인지 -. 눈보라 치는 홍남 부두에 사랑하는 여성을 두고 와 다리 난간에 기대어 북녘 하늘 끝을 바라보며 그리움에 목이 메는 젊은이의 슬픈 노래 같은 것은 다시는 없어야 할 텐데….
(『아시아나 항공 機內誌』 1989)

내 半生에 분 바람

왼쪽 사진은 1989년 하와이에 갔을 때 찍은 것으로 그렇게 잘 나온 것이라 하기는 어렵다. 그런데도 나는 이 한 장의 사진에 특별한 애착을 가지고 있다. 하와이는 常夏의 나라로 어디를 가나 조용하고 포근한 낙원 같은 섬이다. 그런데 이 사진의 배경이 된 이곳만은 다르다. 이곳은, 하늘에는 언제나 먹구름이 덮여 있고 저 아래 골짜기에서 항상 거기 서 있는 사람이 몸을 가누기 어려울 만큼 강한 바람이 불어오고 있어 그 이름도「바람고개」다.

아득한 옛날 이 섬에는 한 아름다운 여왕이 다스리는 평화로운 왕국이 있었다. 그러던 어느 해, 어떤 야욕에 찬 사악한 자가 반역을 해 나라가 戰亂에 휩싸였다. 여왕은 이 불시의 변란을 당하여 많은 군사를 잃고 반군에 쫓기는 신세가 되었다. 절망감을 이기지 못한 여왕은 절벽 아래로 뛰어내려 스스로 목숨을 끊어버리려고 이 고개에 왔다. 그런데, 그때 저 아래 바다 쪽에서 강한 바람이 불어와 여왕을 세차게 흔들었다. 그 순간 여왕은 그 바람 소리에서, 용기를 내라, 일어서라, 일어서서 싸워 다시 나라를 바로 세우라고 하는 목소리를 들었다. 이에 여왕은 나약한 마음을 버리고 고개에서 내려가 흩어진 군사들을 모아 싸워 마침내 역적을 처부수고 나라의 평안을 회복했다 한다. 이 고개에는 위와 같은 전설이 전해져오고 있다.

그렇다. 바람은 사람을 부대끼게만 하는 것이 아니다. 바람은 사람을 각성하게 하고 힘을 내게 하기도 한다. 그래서 어느 시인은 한밤, 산야를 휩쓸고 지나가는 바람 소리를 듣고.

아, 바람이 분다.
나도 굳세게 살아야지.

라고 노래하지 않았던가. 그때까지의, 나의 半生에도 참 많은 바람이 불었다. 특히 신문사에 있은 14년 남짓한 세월에는 사나운 바람이, 사방 둘러보아야 의지할 곳 하나 없는 이 외로운 사람에게, 못 견디게 세차게 불어왔었다. 檢察에 두 번, 중앙정보부에 두 번, 불려가고, 끌려가고, 감금을 당하고…. 그러다가 1980년 新軍部가 나라를 장악했을 때는 말만 들어도 끔찍스런 肅淸을 당했다. 그때, 그 狂風에 나는 얼마나 큰 절망감에 빠져들었던가. 그럴 때마다 나는 나에게 말했었지. 「주저앉으면 안 된다. 나는 내 혼자가 아니다. 어린 두 아들이 있고, 나만 믿고 살아온 아내가 있다. 바람이 세찰수록 기운을 내야지.」

하와이의 그 바람고개의 바람 앞에 서서 나는 칠흑같이 어둡던 그 시절을 생각했다. 그리고 "아, 그래도 내, 그 모진 바람을 용케 헤쳐 나왔구나 - " 혼자 중얼거리면서 깊은 감회에 젖었었다. 내가, 남이 보면 하찮은 이 사진을 특별히 소중하게 간직하고 있는 것은 거기에 그런, 나만의 사연이 있기 때문이다. (2001)

말수가 적다고들 하는데

내 가족과 주변 사람들에게 나는 못마땅한 점이 많은 사람인 모양이다. 이유는 여러 가지겠는데 그 중 하나가 말을 잘 안 해서 답답하다는 것이다. 남 보다 유달리 수줍음이 많기는 했어도 내가 본래 말이 적은 사람은 아니었는데 요즘의 나를 보면 전보다 말수가 줄어든 것은 사실인 것 같다. 나이가 들어갈수록 산다는 일에 부대끼고 정든 사람들이 늙고 병들고 사고를 당하고 해서 내 곁을 떠나는 일이 갈수록 늘어나고…. 고운 마음으로 살려고 해도 뜻대로 안 되고, 천사 같은 사람들이 끔찍스런 일을 당하는 일이 흔한 대신 흉포하고 야비한 사람들은 희희낙락 살아가고…. 이런 일들이 나에게 인생에 대한 허망감을 더해 주고 그러는 사이에 나도 모르게 웃음과 함께 말수도 자꾸 줄어든 것 같다. 그러나 나는 나의 말수는 과거에 비해 줄었다는 것이지 결코 적은 것이 아니라고 생각한다. 가만히 생각해 보면 꼭 해야 할 말은 의외로 적다는 것을 알 수 있다.

연 전 아인쉬타인에 대한 글을 읽었을 때 여러 가지 사실에 놀라움이 많았지만 그 중 하나, 그의 논문 「상대성원리」의 볼륨이 주는 것은 충격이라 할 만한 것이었다. 이 논문은 뉴튼의 「만류인력의 법칙」 이래 가장 큰 과학의 발전을 가져온 것으로 유명하다. 그 속에는 핵폭탄 제조의 근본 원리가 있고 물체가 光速에 가까워지면 그 속에서의 시간은 정지 상태가 된다, 광속으로 움직이는 물체 속에서는 물질의 길이가 짧아진다, 빛은 굴절하면서 진행한다, 그러므로 점과 점 사이의 최단 거리는 직선이 아니고 곡선이다 라고 하는 등 상식을 뒤엎고 인류사를 바꾸어 놓은 많은 이론들이 담겨 있다. 그래서 나는 이 논문이 두툼한 책 몇 권은 되겠거니 했는데 알고 보니 전체가 단 3페이지란다. 그는 뒷날 이 논문을 다시 한 번 읽어보더니 좀 더 간단히 말 할 수 있는 걸 그랬다고 해 이 3페이지 마저 불필요하게 길어져 있는 것이라고 마땅찮아 하더란다.

내가 보기에는 지금 세상은 말이 적어서 걱정이기 보다 너무 많아서 탈인 것 같다. 그런데 많은 말은 말하는 쪽의 착각과는 달리 짧은 말 보다 설득력이 약하다고 한다. 그래서 우리의 선인들은 寡默을 미덕으로 생각해 왔고 특히 칭찬과 꾸중의 말은 짧아야 한다고 이르고 있다.

남들은 나를 두고 뭐라고 하는지 모르지만 내가 보기에 나는 아직도 말을 너무 많이 하는 쪽인 것 같다. (1990)

들은 이야기

지금까지 살아오는 동안 나는 남의 이야기를 참 많이 들어왔다. 옛날 신문사에 근무할 때는 직업이 그래서 눈 비비고 출근하면 종일 남의 이야기 들으러 다니는 것이나 마찬가지였다. 그런데 그 때는 그, 남의 이야기라는 것이 좋은 일 보다 궂은 일이 더 많아 이제 와서 생각하니 되돌아보기도 싫어진다. 그 시절의 나의 생활은 참으로 거칠고 험한 세상 편력이었다. 그래서 될수록 그 때의 이야기는 하지 않으려 하고 있다.

그런데 그 직업과 관계 없이도 나는 많은 이야기들을 들었다. 그 중에서 잊혀지지 않는 이야기 두 토막을 여기에 기억나는 대로 옮겨 본다.

아빠하고 나하고

다음은 이제 장년의 나이가 된 둘째 애가 초등학교 4 학년에 다니던 어느 날 한가한 시간, 제 어머니와 주고받은 이야기이다.

"아빠하고 나하고 만든 꽃밭에

봉선화도 채송화도 한창입니다.

아빠가 매어 놓은 새끼줄 따라

나팔꽃도 어울리게 피었습니다. 이 노래하다가 고ㅇㅇ(제 친구 이름) 울었다."

"와?"

"지거 아빠 없어서 -"

"지거 아빠 와 없노?"

"몰라. 실쫑(실종)됐단다. 지거 아빠 외앙선(외항선) 타다가 실쫑 됐단다. 실쫑이 뭐꼬? 죽었다 말이가? "

"죽은 기나 같다."

"그 아 집 되기 가난하다. 그래 지거 형, 배탈라 카는데 지거 엄마가 기어 배는 타지 마라 캐서 목욕탕 시다했는데 돈도 얼마 못 받고 더러바서 못하겠다 카면서 기어이 배타고 나갔단다."

그 이야기를 들은 뒤로 나는 그, <아빠하고 나하고> 노래만 들으면 그 애 가족 일 생각이 나서 마음이 처연해진다. 아, 생의 가파름이여, 삶의 고단함이여!

"내 신, 내 신!"

다음은 어느 날 어느 자리에서 누군지 모르는 여인들이 하는 이야기를 들은 것이다.

"그 할머니, 그 할아버지 두 번째 부인이란다."

"와? 이혼했나? 처음 부인이 죽었나? "

"그게 아니고, 그 할아버지 이북 사람인데 해방 직후에 삼팔선 넘어오다가 헤어졌단다."

"길이 엇갈렸나? "

"길이? 그렇다고 하면 그렇다고 할 수도 있지. 그 사람들 가족이 밤중에 숨어서 삼팔선을 넘어 오는데 부인이 신발이 벗어졌던 모양이지. 그때는 신이 옳나, 고무신 끌고 그 험한 산길 오자 카이 벗어질 밖에. 그래, '내 신, 내 신!' 하고 있는데 시동생 되는 사람이 형 되는 사람한테 '형수, 신발 잃어버렸답니다.' 했단다. 그 때 남편 되는 사람이 '그냥 가자. 그냥 가자' 캤던 모양이지. 그 말을 그 여자가 들어버린 기라."

"그래서? "

"그래, 삼팔선을 넘어와서 좀 기다렸는가 그랜 모양인데, 안 오더래."

"길이 어긋났을 수도 있겠네."

"그게 그렇지 않은 것 같애. 세월이 좀 지나고 나서 그 여자가 평택인가 어디에 살고 있다는 소문을 듣고 남편 되는 사람은 못 가고 시동생이 찾아갔던 모양이지. 찾기는 찾았는데 어떤 장애인하고 살고 있더란다. 그래, 시동생이 '형수요 - ' 하고 불렀더니 한 번 멀거니 건너다보기만 하고 끝내 아무 말도 안 하더란다."

"그런데 왜 하필 장애인하고 살던고?"

"몰라. 사대육신 멀쩡하다 해도 살 섞고 살던 여편네 死地에 버리고 가버리는 인간보다 몸은 불편해도 사람 같은 마음 가진 사람이 낫다고 생각했는지 모르지."

인간이 마음에 상처를 받으면 그 아픔이 얼마나 깊고 큰가를 말해 주는 것 같아서 세월이 많이 흐른 지금도 나는 밑도 끝도 없는 그 이야기를 이렇게 잊지 못 하고 있다. (1997)

돌아오는 〈앵두나무 우물가〉 아가씨

1988년, 우리 학교 교육방송국 가요제 심사 때 千峰 선생과. 필자 왼쪽에 앉은 분이 千 선생이다.

크게 시비할 문제는 못 될지 모르겠지만 요즘의 대중가요는 상당한 수준에 이른 것으로 보이는 것도 많은 반면 이해하기 어려운 것도 없지 않다. 하기야 온 겨레가 함께 부르다시피 하는 동요 <푸른 하늘 은하수>도 은하수는 검은 밤하늘에서만 보인다는 점에서는 어불성설이라 할 수 있으니 유행가의 문맥이나 어휘 같은 데에 그렇게 까다롭게 굴 것은 없을는지 모르겠다.

제일 문제가 되는 것은 아무래도 그 내용인 것 같다. <미스 고>인가 하는 노래, <성은 김이요> 하는 노래는 내가 나이가 들어 고루해져서 그렇겠지만 별 의미도 없고 청승맞아 속이 마땅찮기까지 함을 금할 수 없다. 또 '희미한 불빛 속에 자정이 넘도록 기다려도 그 사람이 오지 않는다. 나를 잊은 것이 아닌가' 하는 내용의 <신사동 그 사람>인가 하는 노래는 아무래도 춤바람이 난 것 같은, 그 주인공의 품행이 심기가 불편하게 한다.

이제는 고인이 되었지만, 어느 포장마차에서 왕년의 인기가요, <엽전 열 닷 냥>의 작사가 千峰 선생을 만났을 때 그 분이 한 말이 지금도 잊혀지지 않는다. 그는 대중가요도 무엇인가 도덕성 같은 것을 가지고 있지 않으면 안 된다고 말했다. 그래서 그는 그가 쓴 가요, <앵두나무 우물가>에서 시골이 싫다고 가출해 서울로 달아난 처녀가 그 노래의 마지막 절에서 헛고생 말고 고향으로 내려가자고 타이르는 마을 총각을 따라 울면서 집으로 돌아오고 있다고 했다.

유행은 공감대가 형성되어야 비로소 이루어진다. 그러나 공감대가 형성되었다 해서 모두가 좋은 것일 수는 없다. 대중은 저속한 쾌락을 추구하고 거기에 빠져들기가 쉽다. 대중문화도 우리의 문화인 이상 이 부문에 종사하는 분들은 대중의 俗惡 취향에 구미를 맞추어 가서는 안 될 것이다. 그와는 반대로 어떤 소명의식을 가지고 대중을 건전한 문화 쪽으로 앞장서 이끄는 데서 어떤 보람을 찾아야 마땅하지 않을까 한다. (『韓國日報』 1991)

六 神通

우리의 선인들은 得道를 한 사람은 凡人과 다른 초능력을 가진다고 했다. 그러한 능력은 모두 여섯 가지인데 사람들은 그것을 6神通이라고 한다. 우리의 설화나 高僧들의 일화에는 그런 신통력과 관련된 재미있는 이야기가 많이 나온다.

제일의 신통력은 天眼通이라 하여, 앉아서 천리 밖을 볼 수 있는 능력을 말한다. 『三國志』에서 諸葛孔明이 수 백리 저쪽 전장에서 친구 방통이 화살을 맞고 쓰러지는 순간 "아깝다, 방통!" 이라고 소리치며 눈물을 흘리는 장면 같은 것이 그런 경우다. 가까이로는 수년 전 세상을 떠난 性澈 스님에게도 그런 이야기가 전해져오고 있다. 그 분이 海印寺에 있을 때 인사를 드리러 와 있던 한 여신도의 얼굴을 가만히 건너다보더니 "집에 불이 났나…." 하더란다. 사람들은 그 말을 그냥 무심히 들었는데 집에 돌아와 보니 바로 性澈 스님이 그 말을 한 그 시간에 그 사람의 집에 불이 났더라고 한다. 두 번째는 수백 수천리 밖의 소리를 들을 수 있는

天耳通이다. 그리고 세 번째는 상대의 마음을 환히 들여다 볼 수 있는 他心通으로 요즘 텔레비전 드라마에서 궁예가 그것으로 살생을 거듭하고 있는 그 觀心法 같은 것이다. 네 번째는 모든 고뇌에서 벗어날 수 있는 漏盡通으로 사람이 여기에 이르면 바로 극락에 들어선 것과 같다. 다섯 번째는 宿命通인데 이는 인간의 운명을 미리 내다볼 수 있는 능력이다. 우리 설화에 나오는 "이 애는 虎食에 갈 팔자이니 그것을 면하려면 절에 보내야 한다."는 이야기 같은 것이 그것이다. 마지막으로, 여섯 번째 신통력은 흔히 縮地法이라고 부르는, 눈 깜짝할 사이에 천리를 다녀오는 神足通이다. 釜山市 蓮堤區 蓮山7洞 金蓮山 북쪽 중턱에 있는 摩訶寺에, 그것과 관련된 재미있는 설화가 있다. 5백 여년 전 어느 해 겨울 이 절의 주지가 잘못하여 불씨를 죽여버렸다. 그래, 방에 불도 켜지 못하고 이튿날이 冬至인데 부처님께 죽도 쑤어 드리지 못하게 되었다고 걱정을 하면서 밤을 새웠다. 그런데 이튿날 아침 주지가 부엌에 들어가 보니 놀랍게도 아궁이에 불이 살아 있었다. 주지가 그 불로 팥죽을 끓여 부처님에게 올리려다 보니 열 여섯 羅漢 중 오른쪽에서 세 번째 羅漢의 입술에 팥죽이 묻어 있었다. 얼마 후 절 뒤, 荒嶺山 烽火臺를 지키는 사람이 절에 들러 간밤에 눈보라가 사납게 치는데 이 절 상좌아이가 불씨를 얻으러 와 불을 주고는 그냥 보내기가 애처로와 팥죽 한 그릇을 먹여 보냈다고 하더란다. 그러니까 그 세 번째 羅漢은 상좌아이의 모습을 해 가지고 神足通으로 산꼭대기에 있는 烽火臺를 다녀온 것이다.

그런데 이 6 神通 이야기는 재미있기는 해도 어딘가 전설 같은, 믿어지지 않는 데가 있는 것이 사실이다. 또 凡人으로는 그런 능력을 가질 꿈도 꿀 수 없는 것이다. 그 대신 道通한 사람이 아니라도 지극한 정성을 가지면 꼭 그대로는 아니라도 그 비슷한 神通力을 가질 수 있지 않나 한다. 다음과 같은, 忠武公 李舜臣 장군의 ≪亂中日記≫ 일절을 읽었을 때에도 그런 생각을 했다. 壬辰倭亂이 한참 가열해 있을 당시 어느 날 밤 나라 걱정으로 잠을 이루지 못하고 있던 장군은, 문득 달이 지려 하는 이런 시각이면 그 간교한 왜적들이 야습을 해 올 것 같은 예감이 들더라고 한다. 장군은 곧 부하들로 하여금 한 곳으로 출동하여 적선의 기습에 대비하게 했다. 그런데 우리 水軍이 나가 지키고 있는 바로 그 물길로 왜적 선단이 숨어들어 오더란다. 적은 전혀 예상하지 못했던, 매복해 있던 우리 水軍 戰船에 기습을 당해 패퇴했다 한다. 사람들은 이 일을 두고 그를 사람이 아니라 귀신같은 장군(神將)이라고 했다지만, 이야말로 天眼通 바로 그것이 아니고 무엇이겠는가. 늘 그럴 수는 없겠지만 중요한 일을 앞에 두었을 때는 위와 같은, 지극한 정성을 들여야 하지 않을까 한다. 이것은 요새, 나라 일 맡은 사람들에게 꼭 들려주고 싶은 것이다. (2001)

만찬장에서

다음은 1978년 내가 釜山 記者協會 회장으로 있을 때 美 하야리야 부대 초청 리셉션에서 한, 부대장의 환영사에 대한 답사다. 당시는 박동선 사건이라 하여 한국의 미국 의회를 상대로 한 로비 문제로 양국이 상당히 불편한 관계에 있어 말하기가 약간 조심스러웠었다.

장양수 기잡니다. 존경하는 S 대령, 이렇게 부산 언론인들을 초대하여 성대한 만찬 자리를 마련해 주신데 대해 진심으로 감사를 드립니다.

나는 길을 가다가 미국인을 보면 내 기억 속의 세 사람의 미국 군인을 생각합니다. 한 사람은 이름을 알 수 없는 흑인 병사입니다. 6·25 사변 당시 내가 살던 마을 앞을 지나가던 그 병사는 10대 초반의 나와 내 친구들에게 초콜렛을 주었습니다. 전쟁 중이라 늘 배가 고프던 우리는 그것을 얼마나 맛있게 먹었는지 모릅니다.

그 때 나는 미국인들은 참 고마운 사람들이구나 하는 생각을 했습니다.

다음으로 생각나는 사람은 헷스 대령입니다. 그는 6·25 사변 당시 부모를 잃고 위험한 전투 지구에서 방황하고 있던 고아들을 비행기에 태워 제주도로 피난하게 해 준 사람입니다. 그 이야기를 듣고 그 사람이, 생사가 엇갈리는 전쟁 중에 그런 마음을 쓴 데 대해 나는 상당히 큰 감명을 받았습니다.

또 한 사람의 미국 군인은 벤프리트 장군입니다. 6·25 사변 당시 장군이 서울 수복 작전에 나섰을 때 장군의 참모들은 먼저 포격을 한 다음에 진격하자고 건의를 했다고 합니다. 그러나 장군은 그러한 건의를 받아들이지 않았습니다. 그는 온 나라가 초토가 된 한국에서 서울은 이 나라 사람들의 마지막 희망이다, 그러므로 이 도시를 파괴하여 되찾는 것은 큰 의미가 없다고 말하고 포격을 하지 않고 바로 시가전에 들어갔다고 합니다. 미국사람들에게는 어쩌면 서울은 자기 나라의 뉴욕이나 시카고에 비교하면 참으로 초라한 도시로 보였을 수도 있었겠지만 그는 우리들이 우리의 수도를 얼마나 사랑하고 있었는가를 알고 자기 나라 젊은이들의 희생을 감내하면서 이 도시가 부서지지 않게 하려 했던 것입니다. 헷스 대령이나 벤프리트 장군이 한 그와 같은 일은 진정한 친구나 형제의 애정이 없으면 할 수 없는 것이었습니다. 그래서 나는 아, 미국 사람들은 맛있는 것을 주기 때문에 고마운 것만은 아니구나 하는 생각을 했습니다.

그런데 최근 두 나라는 어떤 사건을 둘러싸고 전에 없이 불편한 관계에 있는 것 같습니다. 그러나 나는 그와 같은 문제도 곧 잘 해결되리라고 믿습니다. 왜냐하면 두 나라는 자유 민주주의를 지키기 위해 손을 잡고 피 흘려 싸운 친구 사이이기 때문입니다.

한국에는 옛날 新羅라는 고대 국가가 있었는데 그 나라에는 화랑이라는 제도가 있었습니다. 미국으로 말하자면 웨스트포인트와 같은 것이라고 할 수 있지요. 이 화랑제도에는 세속오계라 하여 어길 수 없는 다섯 가지의 엄격한 계율이 있었습니다. 그 중 하나가 交友以信, 곧 친구를 사귀되 신의로 하라는 것이었습니다. 우리는 그 화랑의 후예입니다. 그러므로 신의가 없는 사람은 한국인이 아닙니다.

S 대령, 나는 대령께서 한국에서의 임무를 훌륭하게 완수하고 곧 고국으로 돌아가신다고 듣고 있습니다. 고국에 돌아가시거든 한국은 마지막까지 변함없는 미국의 맹방으로 남아 있을 것이라고 전해 주십시오. 그리고 미국도 변함없는 한국의 친구가 되어 주기를 바라더라고 전해 주십시오.

다시 한 번 미국 하야리야 부대 장병 여러분의, 우리들에 대한 환대에 감사를 드립니다. (1978)

아인쉬타인 박사의 마지막 말

여기, 우리들이 잘 아는 유명인이 세상을 떠날 때와 관계된 재미있는 이야기가 있다. 한 사람은 李承晩 전 대통령이다. 나는 그의 그 지독한 독재를 기억하고 있을 뿐 아니라 마산에서의 부정선거 항의 시위 때는 바로 내 앞자리의 클라스 메이트가 경찰의 총에 맞아 희생되는 비극도 있었던지라 그에 대해서 좋은 감정을 가지고 있지 않았다. 그러나 그가 세상을 떠나고 나서는 나의 마음이 약간 달라지는 것을 느꼈다. 그는 망명지 하와이에서 자신의 명이 얼마 남지 않았다는 것을 알고는 제발 고국 땅에서 눈을 감게 해 달라고 애원을 했다 한다. 그러나 당시 한국 정부는 그로 인해 야기될 여러 가지 성가신 문제를 염려해 끝내 그의 그 마지막 소원을 들어주지 않았다. 얼마 후 그는 세상을 떠나 어느 가랑비 내리는 날 그의 유해는 '사랑하는 나의 고향을 한 번 떠나온 후에／날이 가고 달이 갈수록 잊어버릴 수가 없구나' 하는 주악 소리 속에 이 땅에 되돌아 왔다. 그 때 나는 처음으로 '그래도 안

됐다.' 하는 생각을 했다.

그 뒤 나는 어딘가에 실린 그의 임종 무렵에 관한 글을 읽게 되었다. 그는 오랜 미국 생활로 우리말은 서툴기 짝이 없고 사생활에서는 자연스럽게 영어를 써왔는데 임종에 가까워서는 "아야 - " "물 다오." 같은, 그가 어릴 때 쓰던 기본적인 우리말 몇 마디만 할 뿐 영어에 대해서는 완전한 失語 현상을 보이더란 것이다. 여기서 나는 그와 나를 잇는 진한 피 같은 것을 의식하면서 다시 한 번 그에 대한 증오 비슷한 감정이 한결 엷어짐을 느꼈다.

또 한 사람은 아인쉬타인 박사다. 뜻 있는 사람들은 박사가 세상을 떠나던 날 그의 병실에 독일인 간호원을 근무하게 하지 않은 것을 두고두고 후회하고 있다. 갑자기 박사의 상태가 나빠지는 것 같아 자리를 지키고 있던 미국인 간호원이 급히 다가가니 박사는 뭐라고 몇 마디 말을 하고는 곧 숨을 거두고 말았다 한다. 그런데 그 간호원은 그 말이 무슨 뜻인지 알 수 없었다. 그것은 그가 평소에 능숙하게 구사하던 영어가 아니고 독일어, 그것도 그가 나서 유년기를 보낸 독일 울름 지방 사투리였으니 그 미국인 간호원이 알아들을 수 없었던 것은 당연한 일이었다. 사람들은 아인쉬타인 박사의 그 마지막 말이 단순히 임종 때의 고통을 호소하는 말일 수도 있지만 그가 인류의 역사를 바꾸어 놓을 만큼 워낙 위대한 인물이라 우리들의 미래에 대한 어떤 계시와 같은 한 마디였을 수도 있었다는 것을 들어 지금까지도 그 일을 애석해 하고 있는 것이다.

언어학자들에 의하면 위의 두 사람이 평소 불편 없이 써 온 영어는 교양을 쌓아 가는 과정에서 배운 이른바 習得言語이고 李承晩 박사에 있어서의 한국말, 아인쉬타인 박사에 있어서의 독일 어느 지방 사투리는 基層言語라고 불리는 것이다. 이 중 習得言語는 의식적으로 노력을 해서 배운 말이므로 의식이 흐려지게 되면 잊혀져 버리고 마지막까지 남아 있는 것은 어머니가 젖을 물리고 들려주던 자장가의 노랫말, 어린 시절 흙장난하면서 놀고 있을 때 어머니나 누나가 밥 먹으러 오라고 부르던 소리와 같은 基層言語라는 것이다.

나는 이 두 가지 일화를 생각할 때 사람들의 애국심이란 것도 결국 어린 시절 어머니가 만들어 주던 음식 맛, 젖먹이 때부터 들으며 자라온 모국어 같은 것과 관계가 있는 것이 아닐까 하는 생각을 한다. (1991)

피카소의 그림

수년 전 조치훈이라는 棋士가 고국에 돌아와 조훈현 棋士와 대국을 한 적이 있었다. 그 때 그 대국의 해설을 맡았던 사람의 이야기다. 대국실에서 주위 사람들과 이런 저런 이야기를 하고 있던 조치훈이 대국 시간 5분쯤을 남겨두었을 때 갑자기 꼿꼿이 바로 앉더라고 한다. 그 때 무언가 물어 볼 말이 있어 "조 명인 - " 하고 불렀는데 아무 대답이 없더란다. 그래, 못 들었나 보다 해서 꽤 큰 소리로 다시 한 번 불렀는데 그는 여전히 들은 척도 않고 돌미륵처럼 미동도 않고 앉았더라고 한다. 뒤에 알고 보니 그 때 그는 대국을 앞두고 정신통일에 들어가 있었더란다. 그럴 때의 그에게는 이미 아무 것도 보이지 않고 아무 소리도 들리지 않는 것이다. 入神의 경지에 있는 달인의 모습은 그런 것이 아닌가 싶었다.

흔히 피카소의 그림을 난해하다고 말한다. 눈이 뒤통수에 가 붙은 인물화도 있고 손발이 기형인 것 같은 사람의 그림도 있다. 저런 거라면 잘 하면 나도 그릴 수 있겠다 하는 생각이 들만한 그림도 있다. 그러나 그런 생각은 천만부당한 망상이다. 피카소는 처음부터 그런 그림을 그린 것이 아니다. 어느 미술가의 말을 들으니 그는 열 한 살 때 벌써 미켈란제로 정도의 데생 능력을 가지고 있었다 한다. 실물 그대로 그리는 일이 완전히 마스트 된 다음 그는 아무도 흉내낼 수 없는 그만의 繪畵 세계를 구축한 것이다. 그러니 내 같은 사람의 눈은 그런 그림 앞에서 청맹과니일 수밖에 없는 것이다.

나는 간혹 공사 현장 같은 데서도 전문가란 사람들을 예사로 보아서는 안 되겠다는 생각을 한다. 1979년 釜山大橋 공사가 완공 단계에 있을 때 그 현장을 구경한 적이 있다. 마침 그날의 일은 도색과 같은 자질구레한 마무리 작업을 빼고는 사실상 다리를 완공하는 것이었다. 작업은 마지막 한 토막 철판 제품을 비어 있는 틈에 끼워 넣어 다리의 아치를 완성하는 것이었다. 우리가 탄 작업선에 실린 대형 크레인은 강철판으로 만든 길다란 직육면체의 물체를 하늘 저만큼 까마득하게 높이 쳐들고는 양쪽에서 와 있는 아치의 비어 있는 공간에 끼워 넣으려 하고 있었다. 배는 꽤 크고 무거워 보였지만 파도에 쉬잖고 요동을 하고 있었고 크레인에 매단 강철 로프는 굉장히 길어서 물체는 이리저리 흔들리고 있었다. 내가 보기에는 그 좁디좁은 틈에 이중으로 흔들리고 있는 그 무거운 물체를 한 치, 반 치의 오차도 없이 끼워 넣는다는 것은 불가능한 일일 것 같았다. 그런데 그 작업을 지휘하는 사람은 아치 위에 올라가 있는 사람들에게 깃발을 흔들고, 호루라기를 불고 하더니 한 순간 그것을 내려놓으라는 신호를 보냈다. 배의 흔들림, 로프의 요동, 그리고 그 물체의 움직임, 그 순간의 위치 같은 것을 헤아려 어느 한 시점을 잡아 그렇게 지시를 내리는 모양인데 그 순간 그 무거운 쇳덩이는 소리 없이 그 좁은 빈 공간에 끼어 들어 마침내 무지개 모양의 아치가 완성되었다. 내게는 그러는 그가 귀신같은 사람으로 보였다.

이런 것이 전문인들의 세계다. 그런데 우리가 살고 있는 이 세상에는 무식한 사람이 간 크다고, 아무 것도 모르면서 아는 체 달려들어 문제를 만드는 사람이 많은 것 같다. 아무나 하면 되는 것 같아도 사람마다 그 분수에 맞는 전문의 일이 있게 마련이다. 잘 모르면 나서지 말 것이지 겁 없이 팔을 걷고 그 까짓 것 별거냐고 대들어서는 안 될 것 같다. 그러다가는 제 망신당하고 일 그르쳐 남에게까지 피해를 준다. 선생은 선생 일하고, 기업인은 기업하고, 군인은 국방하고 이렇게 다 제 맡은 일 잘 하면 그것이 바로 나라 바로 서게 하는 길이 아닐까 한다. (1989)

退溪 선생의 마당에 떨어진 밤

朝鮮朝의 역사를 읽고 있으면 마음이 어두워질 때가 많다. 쉼 없는 외세에의 부대낌, 그리고 국초부터 시작된 난마와 같이 얽혀 끝없이 추한 싸움을 벌인 士禍와 黨爭이 가슴을 답답하게 한다. 그런 중에도 간간이 오랜 가뭄 끝에 쏟아지는 소나기처럼 우리의 가슴을 시원하게 해 주는 것이 淸白吏들의 행적이다.

世宗 임금을 섬기면서 20년 가까이 정승 자리에 있은 황희는 하도 깨끗이 살다 보니 집이 낡아 비오는 날이면 방으로 빗물이 새어들어 삿갓을 쓰고 앉아 있었다느니 바지가 하나 뿐이라 변소에 갈 때는 가족들이 그것을 돌려가면서 입고 나가야 했다느니 하는, 아무래도 좀 과장된 것 같은 일화들이 전해져 오고 있다. 설사 어느 정도 과장이 되었다 하더라도 수백년 동안 백성들의 입으로 그런 이야기가 전해져 오고 있다면 그가 청빈하게 살다 간 것만은 사실일 것이다.

退溪 李滉의 결벽성도 유명한 것이다. 그가 벼슬살이를 하고 있

을 때, 담을 넘어 그의 집으로 뻗어온 이웃집 밤나무에서 밤이 떨어지면 그것을 일일이 주워 그 집으로 던져 넘겼다 한다. 그의 집 아이들에게 내 것이 아니면 손에 넣어서는 안 된다는 것을 가르치려고 그렇게 했다고 전한다.

또 한 사람, 李朝 초기의 명관 奇虔은 지방 수령으로 있을 때 한 백성이 그곳 특산이라면서 붕어를 가져왔을 때 자기는 민물 생선을 못 먹는 체질이라고 하며 되돌려 보냈다 한다. 그것을 한 번 받아먹고 보면 그의 환심을 사려는 사람들이 다투어 그것을 구해다 바칠 것이고 그러다 보면 자연 백성들의 등이 휘게 된다고 생각해서 한 일이었다.

어느 나라나 다 그렇겠지만 朝鮮도 말기에 이르면서 부정부패가 극성을 떨게 되었다는 것은 우리가 모두 잘 아는 일이다. 그러다 나라까지 빼앗겨버렸으니 그런 맑은 물처럼 깨끗한 목민관들의 미풍도 아주 사라진 것으로 속단하기 쉬울 것 같으나 사실은 그렇지 않다. 해방이 되고, 독립을 하고 나서도 그런 깨끗한 관리들이 드물지 않았다. 초대 경상남도 지사를 지낸 김철수씨는 출근할 때 도시락을 두 개 싸들고 집을 나섰다. 한 개는 점심 때 먹고 나머지 한 개는, 거의 언제나 밤늦게까지 일을 해야 했기 때문에 저녁에 먹었다 한다. 윗사람이 그러니까 전에 경남도청이 있던 西區 부민동·아미동 일대에는 고급 요정들이 많았지만 당시 도청 공무원들은 감히 그런 곳 출입할 엄두도 내지 못했다고 한다.

그 무렵이라고 하는데, 도청의 한 국장에게 島嶼 지방의 한 군

수가 토산이라면서 생선 한 상자를 보내왔다 한다. 그 국장은 절대로 그것을 받아먹을 수는 없고 그렇다고 되돌려 보내자니 그 동안에 고기가 상할 것 같고, 생각 끝에 소금을 쳐 간을 해서 돌려주었다 한다.

이상의 일화들은 그렇게 오랜 세월 전의 이야기도 아닌데 마치 꿈속의 일이나, 아득히 먼 세상의 일 같이 들리는 것은 왠 까닭일까. 두 말 할 것도 없이 썩을 대로 썩어 있는 우리들의 오늘의 현실이 너무 한심하기 때문일 것이다. 예로부터 良吏(어진 관리)와 淸吏(깨끗한 관리)가 많으면 백성과 나라가 편안하고 酷吏 苛吏(가혹한 관리)가 학정을 하고 汚吏(썩은 관리)와 贓吏(뇌물을 탐하는 관리)가 날뛰면 백성이 도탄에 빠지고 나라는 소요와 환난에 휩싸인다고 했다. 무엇인가 상한 환부를 도려내는 일대 용단이 내려지지 않으면 안 될 것 같은 위기감이 날로 높아 가고 있는 오늘이다. (『釜山每日』 1996)

〈박하사탕〉을 보고

나는 젊을 때, 영화를 꽤 즐겨 본 편인데 내가 본 것 중에서, 조셉 코튼이 자기 손으로 죽인 친구를 영결하고 처연한 표정으로 돌아서는 라스트 신이 인상적이던 <제3의 사나이>, 메리나 메리쿠리 주연의 저주받은 사랑 이야기 <훼드라>, 그리고 우리 나라 작품으로 한국인 특유의 정한(情恨)을 그린 유현목 감독의 옴니브스 <恨>이 특히 좋았다. 그러다 나이 들어가면서 삶의 고달픔에 시달리다 보니, 우리가 산다는 일 자체가 어느 드라마보다 더 비극적인 걸 뭐… 하는 생각에 어느 새 영화와도 거리가 멀어져버렸다. 간혹 무슨 영화가 대단하다고들 해도 대중의 인기란 것이 얼마나 믿지 못할 것인가를 너무 잘 알고 있는 나는 그 반발심에서 더 돌아도 보지 않았다. 누가 <타이타닉>이 좋더라고 하면 '배 부서져 사람 죽었다는 이야기 아니냐'고 해버리고 <쉬리> 이야기를 꺼내면 '나는 이제 사서 조마조마 간 졸일 나이도 아니고….' 하는 식으로 들으려 하지 않았다.

그러다 최근 그 방면에 비교적 높은 안목을 가졌다고 생각해 온 사람이 권해 <박하사탕>을 보고 상당히 큰 감동을 받았다. 그리고 우리 영화가 내가 외면하고 있은 십 수년 사이에 여기까지 와 있었는가에 새삼 놀라지 않을 수 없었다. 박하사탕을 좋아하는, 야생화를 찍는 사진작가가 되는 것이 꿈이던 한 청년이 잘못된 세상에서 진창으로 굴러 떨어진 끝에 원한에 사무친 악귀가 되었다가 자신에게 티없이 맑고 고운 사랑을 바쳐온 한 여성에 의해 젊은 날의 그 순수성을 회복하고 죽어간다는 것이 이 영화의 줄거리이다.

<박하사탕>은 그 구성에서부터 기발한 데가 있다. 서두에서 한 사내가 열차를 받고 자살하는 장면을 보여준 다음 화면은 차츰 과거로 거슬러 올라간다. 화면은 그가, 병으로 죽음을 앞두고 마지막으로 자신을 한 번 보기를 원하는, 지난 날 서로 사랑했던 여성을 찾아가 그녀의 눈물을 보고는 세상에 대한 원한, 복수심을 버리고 혼자 죽음을 택했음을 보여 준다. 영화는 다시 거기서 시간을 거슬러 올라가 주인공이 저지르는 간음·공갈·폭행·고문 등 비인간적인 행위를 보여주고 그를 그렇게 만든 것은 그가 산 세상이었다고 말하고 있다. 그리고는 그 마지막 장면에서 타락하고 파멸하기 전의, 맑고 아름다운 눈을 가진 젊은 시절의 주인공의 모습을 보여준다.

이 영화는 사실성이 크게 돋보이는데, 어둠 속의 교전에서 주인공이 총상을 입었다는 것을 안 한 고참병이 "새끼, 니 총 맞았네,

새끼야!" 하고 있는 장면 같은 것은 우리가 바로 그 곳에 있는 것 같은 현장감을 준다.

이 영화에는 또 앞으로 오래도록 잊지 못 할 장면들도 있다. 주인공은 죽음을 앞두고 있는, 지난 날 자신이 사랑했던 여인을 찾아간다. 그리고는 자신이 왔다고, 지금까지 지니고 있던, 그녀가 자신에게 선물한 박하사탕을 가지고 왔다고 말한다. 그러자 이미 의식을 잃어버린 줄 안, 산소호흡기를 부착하고 죽은 듯이 누워 있던 여인의 가슴이 들먹이더니 눈에서 소리 없이 눈물이 흘러내린다.

그리고 그녀가 처녀 시절, 주인공을 만나러 갔을 때 주인공이 고문 경찰이 되어 야수와 같은 얼굴로 나타나 냉대를 하자 슬픔에 젖어 돌아서던 모습도 잊혀지지 않는다. 애걸하지 않고, 매달리지 않고 조용히 물러나는 인간의 단념은 얼마나 슬프고 아름다운가.

주인공의, 철저하게 망가지기 전의 순수하고 아름다운 모습을 보여주는 마지막 장면도 좋다. 그는 자신에게 박하사탕을 준 처녀에게 냇가에 핀 구절초 한 송이를 꺾어주고 "나 어떻게 너를 잃고 살아갈까 - " 저만치서 부르는 노래소리를 들으며 행복에 겨워 팔베개를 베고 눕는다. 이쯤에서 영화는 끝나는데, 첫 장면에서 그를 끝장낸 그 강철바퀴의, 비정한 쇳덩이 소리가 철그덕 철그덕, 그 순하디 순한 얼굴을 덮쳐오는 순간 나는 나도 모르게 왈칵 터져 나오는 울음을 참을 수 없었다. 모진 세파에 부대끼며 살아오는 동안 감정이 무디어질 대로 무디어진 이, 나이 든 사람의 눈에서

참으로 오랜만에 눈물이 흘렀다. (2001)

※ 追記 : 이것은 2001년 『月刊朝鮮』신년호 특집 「추억의 名畵」에 실린 글입니다. 이 글에 쓰인 대로 나는 <박하사탕>을 상당히 감명 깊게 보았답니다.

그런데, 여기 한 가지 재미있는 이야기가 있습니다. 나는 이 영화의 마지막 장면을 보면서 왠지 주인공이 내하고 똑 같다는 생각을 했습니다. 설경구라는 친구 체격은 내하고 닮은 데가 있지만 얼굴은 아무리 보아도 비슷하지도 않은데 - . 그래 내 어떤 사람한테 건성으로 그 말을 한 적이 있지요. 그런데, 한 졸업생이, 이름 밝혀도 되겠지 - 동보서적 홍보파트 박현주 대리가 무슨 얘기 끝에 내하고 꼭 같은 사람을 영화 속에서 보았다고 하지 않아-. <박하사탕>에서 마지막 장면의 주인공을 보는 순간 나의 젊을 때 모습이 꼭 저랬을 것 같더라는 겁니다. 박대리한테는 내, 그 얘기 꺼내지도 않았는데 - . 어쨌든 듣기는 좋던데…. 마지막 장면의 그 배우 얼굴, 아주 순하게 보이지 않데요? 그렇다고 바보 같은 얼굴도 아니고.

이 나이의 내가 그렇게 보였다면 기분 좋은 거지 뭐. 누구라도 안 그렇겠어요? 솔직히 말해서….

勝負

大事件…? 아니야, 신경 쓸 것 없어.

신문사는 가열한 경쟁의 세계다. 기사 경쟁에서 지면 그 記者 한 사람 뿐 아니라 윗사람까지 책임을 지게 되고 그것이 누적되거나 치명적인 상처를 입는 패배를 하게되면 회사가 망하는 사태에까지 이르게 된다. 美國의 대 신문 워싱턴 스타가 워싱턴 포스트의 워터게이트 사건 특종 한방에 망하고 만 것이 그 단적인 예라 할 것이다. 이 세상에 있는 직업 중 평균 수명이 가장 짧은 것이 記者라는 것만 보아도 그 승부란 것이 얼마나 피를 말리는 것인가를 짐작할 수 있을 것이다. 그러나 일단 하고싶어서 그 일을 직업으로 택한 이상 경쟁은 피할 수도, 피해서도 안 되는 記者의 운명이다.

記者로 일하고 있을 당시 나는 기사 싸움에서 크게 져 본 적이 없어서 그런지 은근히 언젠가 경쟁 관계에 있는 신문사와 어떤 대

사건을 두고 한판의 眞劍 勝負를 해 보고 싶었다. 그런데 내가 사회부장으로 있던 1980년 봄, 기다리고 기다리던 그 운명의 一戰의 기회가 왔다. 釜山市 東萊區 蓮山 1 洞에서 한 30대 여인과 자녀 3명 등 4명이 시체로 발견됐다. 숨진 여인은 남편을 사별하고 어렵게 살아가다 그런 모습으로 생을 끝낸 것이라 했다. 현장 상황 설명에 따르면 네 사람에게 무슨 특별한 외상은 없었으며, 그 여인은 팬티만 입고 죽어 있었고 애들은 반듯이 누운 채 숨져 있었다 한다. 우리 記者는 경찰이 이 사건을 강간, 살인으로 보고 있다고 했다. 그러나 나는 그렇게 보지 않았다. 내가 보기에는 그것은 단순한, 한 가족의 집단 자살이었다. 먼저 아무도 상처를 입지 않았다는 것이 한 증거다. 누군가에 의해 살해를 당했다면 흉기에 찔렸다거나 목이 졸린 흔적 같은 것이 있게 마련이다. 또 사람은 본능적으로 죽지 않으려고 발버둥을 치기 때문에 몸 어딘가에 그 때 생기는 防禦瘡이란 이름의 상처가 나게 된다. 그런데 외상이 없다고 하지 않는가. 그 뿐 아니라 큰애가 여섯 살인가 그랬는데, 누군가가 제 어머니에게 그런 몹쓸 짓을 한다면 세 아이가 가만히 보고만 있었을 리도 없고 반대로 자식을 셋이나 죽이고 있는데 그 어머니가 가만히 있었을 리도 없다. 그런데도 이웃 사람들은 사건 당시 그 집 쪽에 아무런 이상한 기미도 없었고 그 쪽에서 비명 같은 것도 들려오지 않았다고 했다. 더구나 그 여인이 팬티를 입고 있었다는 것이 절대로 강간을 당했다고 할 수 없는 명백한 증거였다. 살인을 하고 강간을 한 흉악범이 피해자에게 팬티를 입혀주고 가는 예의를 차린다는 것은 상상도 할 수 없는 일이기 때문이었다. 우리 부의, 사건 관할 경찰서 출입 기자와 시경찰국·검찰청 출입 記者는 경찰이 살인사건으로 보니까 그들도 이를 대 사건이라고 생각하고 밤샘 취재에 들어갈 채비를 했다. 내가 생각하기로는 그것은 불필요한 헛고생일 것 같았다. 그래서 해당 경찰서 李모 記者만 수사 상황을 지켜보고 있고 나머지는 모두 퇴근하라고 했다. 그러고 이틀인가가 지나도록 잠잠해서 나는 '그러면 그렇지. 내 추리가 빗나갈라고…' 하고 그 사건은 그것으로 잊어버리기로 하고 있었다.

어이없는 엄청난 落種?

그런데 그러고 나서 사흘 째든가, 여느 날과 같이 정오쯤 되어 경쟁지 가두 판매판을 사오게 해 먼저 사회면을 펼쳐보았다. 그런데 아니, 이럴 수가 - 경찰이 일가족 4명의 살인범을 검거했다는 기사가 대문짝 만하게 나 있지 않은가. 우리 記者가 기사를 놓친 것 같았다. 급히 동래경찰서에 나가 있는 李 記者를 전화로 부르라고 했다. 얼마 후 전화를 걸어온 그는 "부장님 죄송합니다. 면목이 없어 회사에 들어가지 못 하겠습니다." 하고는 내가 무어라고 할 새도 없이 전화를 끊어버렸다. 그는 서울대학 출신으로 내가 나의 오른팔로 생각해 온 민완 記者였다. 유난히 경쟁심과 자존심이 강했던 그는 너무 큰 기사를 놓쳤다는 사실에 충격을 받아 자포자기 상태에 빠져 있는 것 같았다. 시 경찰국 記者와 검찰청 記者를 급히 회사로 들어오라고 해 놓고는 경쟁지에 난 그 기사를 다시 한 번 찬찬히 읽어보았다. 기사는 「경찰이 범인을 검거했다고 발표했다.」 라고 하고 있었다. 경찰은 그들이 검거한 피의자가 범인이 틀림없다 싶어도 그것이 섣불리 신문에 보도되는 것을 극도로 싫어한다. 만에 하나 범인이 아닐 때 그들의 입장이 생사람을 잡았다는 난처한 것이 되기 때문이다. 그런데, 「발표」를 했다? 그렇다면 그가 범인이 아닐 가능성은 거의 없다. 그 때까지의 사건 취재 경험에서 얻은 나의 직감을 너무 믿은 나머지 내가 지나친 속단을 한 것인지 모르겠구나 하는 후회가 되었다. 이제 나의 일이 매우 난감하게 된 것 같았다. 사람을 넷씩이나 죽인 사건이라면 이만 저만 큰 사건이 아니다. 그런데 그와 같은 희대의 살인 사건을 저지른 범인을 검거한 기사를 놓쳤다면 낭패도 여간 큰 낭패가 아니다. 경쟁 좋아하더니 부산 言論史에 길이 남을 치욕적인 패배를 하는구나 싶으니 한 동안 아무 생각도 할 수가 없었다. 그러는 새, 어느 듯 해가 지고 있었다. 이제부터 나는 아주 고통스런 일을 하지 않으면 안 되었다. 이튿날 신문 만들 준비를 해야 하는데 어떻게든 우리 독자에게 그, 경찰의 발표란 것을 알려주어야 했다. 그것은 곧 하루 전에 경쟁지에 난 기사를 다음날 베껴서 싣는 꼴이니 사건 記者로서 이보다 더 큰 굴욕이 없다. 그래도 말이 그렇지 상대 신문에 난 기사를 베껴 쓴다는 것은 나로서는 도저히 자존심이 상해서 할 수가 없었다.

세상에, 이런 엉터리 같은 수사가…

그래서 이제라도 누가 가서 경찰의 발표문을 받아 오라고 했다. 얼마 후 발표문이란 유인물이 왔다. 그런데, 그것을 한 번 주 - 욱 훑어보니 '이런 황당한 일이…' 깜짝 놀라지 않을 수 없었다. 경찰이 범인이라고 발표한 그 사람은 죽은 여인과 친면이 있는 이웃 사람이었다. 경찰은 그가 강간 살인을 했다고 자백을 했고 여인의 몸에서 채취한 정액으로 검사한 혈액형이 그의 것과 같기 때문에 그가 범인이라고 하고 있었다. 그 외는 다른 아무런 증거도 없었다. 경찰이 말하는 자백이란 것이 얼마나 믿을 수 없는 것인가를 나는 잘 알고 있었다. 고문에 이기는 장사 없다. 당시 경찰이 아무리 부인을 해도 그들이 수사를 할 때 고문을 한다는 것은 記者라면 모르는 사람이 없었다. 이 사건이라고 예외일 수 없다. 그리고 혈액형이란 것만 해도 그렇다. 사람의 혈액형은 대체로 A·B·AB·O의 4가지이니까 혈액형이 같다 하여 어떤 사람을 범인이라고 한다는 것은 대한민국 남자를 2천만 명이라고 했을 때 그 4분의 1에 해당하는 5백만 명 중 아무나 잡고 범인이라고 하는 것과 같다. 그것을 증거라고 내세워 그를 범인이라고 하고 있으니 어불성설도 이만 저만이 아니었다. 누가 이 따위 수사를 하고 또 그것을 발표를 한단 말인가? 釜山에 이런 한심한 수사 경찰이 있었단 말인가 하는 생각이 꼬리를 물었다. 그래서 나는 우리 記者들에게 이 사건의 主務 수사관이 누구냐고 물었다. 나는 사건 記者로만

십 수년을 뛴 덕분에 釜山에서 움직이고 있는 웬만한 형사는 거의 다 알고 있었다. 그것도 단지 이름 정도를 아는 것이 아니고 누구는 몇 수쯤 한다는 것까지 대강 알고 있었다. 그래서 이런 엉터리 없는 친구가 도대체 누군지 알아보고 싶어서였다. 나의 물음에 누군가가 최 아무개 경위라고 했다. 누구? 최 아무개? 그래, 그 친구였구나. 그 친구라면 충분히 이러고도 남을 사람이다. 나는 그를 상당히 잘 알고 있었다. 그는 그 몇 개월 전 토막살인 사건이 났을 때 엉뚱한 사람을 아무 증거도 없이 범인으로 몰아 크게 말썽을 빚었던 장본인이었다. 그가 살인범으로 몰아 곤욕을 치르던 그, 아무 죄도 없는 시민은 다른 경찰서에서 진짜 범인을 검거한 덕분에 겨우 그 생지옥에서 풀려났었다. 당시 나는 이런 사람은 다른 일은 몰라도 강력사건 수사는 절대로 해서는 안 될, 큰일 낼 인물이라고 생각했었다. 그가 수사한 것이라면 이 사건도 마친 가지일 것이다. 그 피의자는 범인이 아니다. 그리고 이것은 자살이란 단순 變死이지 살인사건이 아니다. 경찰은 공을 세우기에 급급한 나머지 死因이 자살일 가능성에 대해서 너무 소홀히 하다 어처구니없는 실수를 저지르고 있는 것이 분명해 보였다. 나는 거기서 다시 한 번 이 사건의 발생 제1보를 받았을 때의 나의 판단이 잘 못된 것이 아니었다는 확신을 가질 수 있었다. 따라서 우리는 아직 이긴 것도 아니지만 진 것도 아니었다. 나는, 이제부터가 싸움인데 우리는 이길 수도 질 수도 있지만 승산은 우리에게 더 많다고 생각했다. 이제야말로 십 수년을 기다려온 멋진 勝負處를 찾았다는 생각에 피가 뛰었다.

大逆轉

이제 심기일전, 전열을 정비하여 한 바탕 걸쭉한 싸움을 벌여야겠다고, 관련 부서 기자들을 찾았더니 - 없다. 해당 경찰서 출입 기자는 그 전화 이후로 행방불명 상태고 큰 사건 취재보도에 있어서 부장 다음의 위치에서 지휘해야 할 검찰청 출입 기자도, 그 다음 자리인 시경찰국 출입 기자도 어느 새 슬그머니 어디로 새어버린 것이다. 이미 져버린 싸움 - 부장이란 사람의 한숨소리나 듣고 앉았기 민망스럽다고 생각한 모양이었다. 그래도 그렇지. 같은 부서에 몸담았으면 고락을 같이 해야지 - 이렇게 한심한 친구들이 있나. 일시에 말 할 수 없이 큰 고독감이 몰려왔다. 가만히 생각하니 그때 나는 오직 나 혼자 외롭기 짝이 없는 고군분투를 하고 있은 것이었다. 아직 남아 있던 기자들에게 그 세 사람, 밤을 새워서라도 찾아오라고 했다. 그리고 집에 전화를 걸어, 부원들 들으라고 일부러 큰 소리로 회사에 급한 일이 생겨 몇 일이 될지 집에 들어가지 못하니까 그렇게 알고 있으라고 했다. 한참 뒤 세 사람이 나타났다. 나는 결전을 앞두고 있은 지라 조금도 언짢은 내색을 하지 않고 그들에게 내 생각을 자세히 들려주었다. 내 말이 끝나자 세 사람 다 그렇다면 한 번 해 볼만한 싸움이라는 반응이었다. 그 중에서도 그 경찰서 출입 기자는 벌써 우리가 이기기나 한 것처럼 좋아 어쩔 줄 몰라 했다. 나는 그에게, 자백이란 것이 아무래도 고문에 의한 것 같으니 접근이 어렵겠지만 어떻게 해서든 그 피의자를 만나 사람을 죽인 일이 있는가 물어보라고 했다. 그리고 검찰청 출입 기자에게는 내일쯤 그 피의자에 대한 구속영장이 신청 될 것 같은데 그것이 어떻게 처리되는지 잘 살펴보라고 해서 내 보냈다. 그런 다음 나는 韓一民이란 퇴역 경감에게 전화를 걸었다. 현직에 있을 때 나와 가까이 지낸 그는 살인 사건 수사에 있어서 만은 전국에 이름난 베테랑이었다. 그에게 이번 사건을 어떻게 보느냐고 물었더니 간단히, 살인이 아니라 자살일 것이라고 했다. 그리고 그렇게 보는 이유가 바로 내가 생각한 그대로, 죽은 여인이 팬티를 입고 있었다는 것 때문이라고 했다. 전화를 끊고 나는 비로소 피곤하겠지만, 또 언제까지 계속될지 모르지만 이제부터, 마지막에 가서 틀림없이 우리가 대승을 거두는 한판의 큰 싸움이 시작되었다고 생각했다.

이튿날 아침, 경찰서에 나가 있던 李 기자가 제일 먼저 전화를 걸어왔다. 피의자를 만났는데 자신은 결백하며 자백은 강요에 못 이겨 한 것이라고 하더라고 했다. 이어서 검찰청 기자 - 경찰이 구속영장을 신청했는데 검사가 증거 불충분을 이유로 기각했다는 보고다. 판세가 우리에게 유리하게 전개되어 가고 있는 것이 분명했다. 그래, 당신네들 이제 내한테 뜨거운 맛 한 번 보아라 - 나는 戰意를 한번 더 단단히 다졌다.

이날 아침 편집회의 때 나는 이 사건이 경찰에 의해 잘 못 처리

되고 있다는 기사를 비중 있게 다루어야겠다고 했다. 그러자 편집 부장이 이제 그만 그 사건은 잊어버리는 것이 좋지 않겠느냐고 했다. 그는 나를 오해하고 있는 것 같았다. 언론인들에게는 매우 좋지 못한 악습 하나가 있다. 기사 경쟁에서 졌을 때 진실이야 무엇이었든, 무조건 경쟁지와 반대되는 기사로 몰고가는 것이 그것이다. 흔히 「물귀신 작전」이라고 부르는 것으로 나중에야 어떻게 되었든 물고 늘어지는 것을 말한다. 그는 내가 기사를 빠뜨렸으니까 그렇게 나오려 하는 것으로 생각하는 것 같았다. 그것은 천만 오해다. 기자는 프로다. 프로는 질 수도, 이길 수도 있다. 단, 그 승부가 깨끗해야 한다. 진정한 승부사는 이겼을 때 겸손하고 졌을 때는 깨끗이 그 패배에 승복해야 한다. 나는 아무리 져도 야비하게, 상대의 발을 걸고넘어지는 짓 같은 것은 하지 않는다. 그래서 나는 기사 경쟁에서 졌다고 분해서 그러는 것이 아니고 진실을 밝히려는 것이며 또 이길 수 있다는 확신이 있기 때문에 하려는 싸움이니까 지원해달라고 했다. 내 말을 다 듣고 나더니 그는 흔쾌히 그러겠다고 했다.

그 날 釜山에서 간행되는 두 신문에는 이 사건과 관련된 서로 다른 기사가 실렸다. 우리는 경찰이 아무개를 범인이라고 발표했지만 검찰은 경찰이 신청한 그에 대한 구속영장을 기각했다고 보도했다. 그리고 그 아래에 그가 범인이라고 하기 어려운 이유를 상세히 쓰고 그러므로 어쩌면 성급하게 그를 범인이라고 발표한 경찰이 앞으로 난처하게 될지도 모른다는 견해의 해설기사를 실었다. 그 기사는 이미 東萊 경찰서 같은 넋나간 사람들 읽으라고 쓴 것이 아니라 검찰과 법원을 겨냥해서 쓴 것이었다. 그것은 이 사건이 지금 경찰에서 어설프게 다루어지고 있으니 그들이 영장을 청구한다 해서 함부로 발부했다가는 나중에 곤란한 일이 생길지 모르니 그러지 않아야 할 것이라는 경고성의 기사였다.

한편 이 날짜 경쟁지에는 자기들의 특종에 대한 기고만장의 자축 좌담회 기사가 실려 있었다. 그것을 읽으면서 나는 혼자 웃었다. 과연 그럴까? 내가 보기에는 검사, 판사가 모두 냉담한 것 같은데 - . 어쩌면 당신들 지금 수렁에 빠졌는지 몰라. 이제 보라고. 빠져 나오려고 하면 할수록 더 깊이 빠져들게 될 테니까.

부녀를 강간하고 사람을 네 명이나 죽였다면 그는 사형을 피할 길이 없다. 이튿날부터 연일 그, 중죄 혐의를 받고 있는 피의자의 생사가 걸린 이 사건을 두고 두 신문은 범인이다, 아니다 하는 한 치 앞을 내다볼 수 없는, 치고 받는 난타전을 벌였다. 경찰은 몇 차례에 걸쳐 그에 대한 구속영장을 되풀이 신청했는데 그 때마다 두 신문사는 숨을 죽이고 검찰·법원의 그에 대한 처리를 지켜보고 있었다. 영장이 발부되면 일단 우리의 참패, 기각되면 저쪽이 궁지에 몰리게 되어 있었기 때문이다. 영장은 번번이 기각되었지만 경찰은 집착을 버리지 않고 끈덕지게 매달렸다. 긴장은 계속되었지만 나는 상대보다는 한층 느긋한 싸움을 할 수 있었다. 우선 우리 쪽이 심리적으로 훨씬 더 마음 편했다. 저쪽은 그가 범인이 틀림없는 것 같으니 잡아넣으라고 하고 있었고 우리 쪽은 범인이면 범인이고 아니면 아닌 거지, 범인인 것 같다 하여 사람을 죄인 취급해서는 안 된다고 하고 있었기 때문이었다. 거기다 내게는 상대가 가지지 못한 비장의 와일드카드 한 장이 있었다. 경찰은 열흘이 넘게 피의자를 돌려보내지 않고 붙들어 두고 있었다. 이것은 명백한 불법행위였다. 경찰이 구속영장 없이 사람을 잡고 있을 수 있는 것은 24시간에 한해서 허용되어 있었기 때문이다. 나는 그와 같은 경찰의 약점을 추궁하는 회심의 카드로, 이제 이 싸움을 끝내야 하겠다고 생각했다. 그래서 어느 날 신문에 경찰이 죄를 지었다는 증거도 없는 시민을 장기간 불법 감금하고 있다고 보도했다. 그 기사는 이제 피의자를 풀어주어야 하지 않느냐 하는 일격이었다. 나는 그래도 그에 대한 반응이 없으면 그때는 경찰이 무고한 시민의 인권을 유린하고 있으며 가혹행위를 하고 있다고, 퇴로를 막아서서 바짝 몰아붙일 계획이었다. 그렇게 되면 경찰에 대한 감독 관서인 검찰이 경찰의 책임을 묻지 않을 수 없게 된다. 사태가 이렇게 심각하게 되어가자 더 이상 버틸 수 없다고 생각했든지, 경찰은 연행 15일만에 마침내 그를 무혐의 방면했다. 그것은 곧 경쟁지가 우리 앞에 白旗를 든 것을 의미했다. 잠 한 숨 제대로 자지 못하고 먹는 것이 모래 씹는 것 같았던, 장장 보름에 걸친 그 길고 긴 지독한 소모전이 마침내 우리의 逆轉 完勝으로 막을 내린 것이다.

우리들의 좌담회

그날 오후 우리 회사 사회부는 이 사건을 정리하는 좌담회를 열었다. 거기서 우리는 우리 자랑은 하지 않았다. 그 대신 그 동안의 고충을 털어놓은 다음 이 사건은 경찰의 지나친 功名心 때문에 무고한 한 시민이 극악한 죄인으로 몰려 형장의 이슬로 사라질 뻔한, 있을 수 없는 것이었다고 결론짓고 이 점, 경찰은 깊이 반성해야 할 것이라고 지적했다. 나는 좌담회를 끝내고 일어서면서 "자, 모두 나갑시다. 오늘 내가 한 턱 낼 테니까 기분 좋게 한 잔 합시다."라고 했다. 그 때 늦게야 들어와 피의자를 풀어주었다는 기사가 실린 그 날짜 우리 신문을 읽고 있던 趙甲濟 記者(현 『月刊朝鮮』 대표이사)가 "꼭 무슨 외국 신문을 보는 것 같다."고 했다. 그에 이어 검찰청 기자도 한 마디 했다. 그날 검찰청 강력 담당 검사가, 이 사건으로 두 신문이 근래에 보기 드문 명 승부를 했다고 하더란다. 그 승부에서의 승자가 우리였음은 두 말할 필요도 없다. 두 코멘트가 다 나에게는 더 할 수 없이 기분 좋은 것이었다. 나는 뒤따라오는 李 기자를 불렀다. 그리고는 "李兄, 그 동안 수고했어. 그런데 경찰 뿐 아니라 李兄도 반성할 것이 있어."라고 했다. 그는 이 신나는 축하 잔치를 앞두고 또 무슨 꾸지람인가 싶은지 의아한 얼굴로 나를 쳐다보았다. 내가 그의 등을 두드리면서 "너무 성급하게 포기하면 안 돼."라고 하자 그는 쑥스러운 듯이 싱긋 웃기만 했다. 벌써 21년 전, 내 나이 만 서른 아홉 살 때의 일이다. (2001)

나를 흔든 亂世

나 혼자 경험한 白晝의 암흑

'또 사건이구나….' 1979년 10월 27일 새벽, 한잠이 들어 있던 나는 전화벨 소리에 눈을 뜨면서 무의식적으로 그렇게 생각했다. 당시 나는 부산에 있는 국제신문사에서 사회부 차장으로 일하고 있었다. 나는 시청에 출입하고 있어 행정 관계 기사를 전문으로 다루고 있었지만 직위가 차장이라 부장을 도와 기자들을 관리하는 입장에 있었고 10년 넘게 검찰청·경찰서 등 사건을 다루는 관서에만 출입을 해 와 밤중에 살인이나 큰 교통사고 같은 사건이 나면 회사에서도, 기자들도 내게 연락을 해 왔었다. 전화기 옆의 야광 시계를 보니 시간이 3시를 조금 넘어 있었다. 누운 채 수화기를 들고 "여보세요?" 잠이 덜 깬 소리로 전화를 받았다. 그런데 전화를 걸어온 것은 의외의 사람이었다. "시장 비서실의 하××입니다. 대통령 각하의 유고로 제주도를 제외한 전국에 비상계엄령이 선포되었습니다. 바빠서 이만 - ” 그는 내가 알려주어서 고맙다는 인사도 할 새 없이 전화를 끊어버렸다. 하××란 현역 경찰 경감으로 부산시장 비서실장으로 일하고 있은 사람인데 나와는 각별히 친한 사이였다. 대통령의 유고(有故)라… 비상계엄령을 내릴 정도의 유고라면 대통령이 국정을 수행할 수 없을 정도의 중태에 빠졌거나 십중팔구 사망했다는 이야긴데…. 어쨌든 우리 회사에서의 연락은 아니지만 사건은 사건이군. 그것도 엄청난 사건인 모양인데? 그런 생각을 하면서 스탠드의 불을 켜고 일어나 앉는 순간, 갑자기 눈앞이 캄캄해졌다. 그리고 전에도 한 번 이렇게 앞이 캄캄해진 적이 있었는데… 하는 생각이 떠올랐다.

1년 여 전, 어느 날 한낮, 나는 중구 대교로 어디쯤을 걸어가고 있었다. 그런데 갑자기 사방이 캄캄 어두워졌다. 그래서 가던 걸음을 멈추고 가만히 섰는데 ‘대통령이 죽었다.’ 하는 어디에선지 幻聽 같은 소리가 들려왔다. 그것은 극히 짧은 순간의 일이었다. 금방 사방이 다시 환해지고 이상한 소리 같은 것도 더 이상 들리지 않았다. 그 「어둠」과 「소리」는 나한테만 왔다 간 듯, 주변은 아무것도, 조금도 변하거나 흐트러진 것이 없었다. ‘이상한 일도 있구나. 대통령의 죽음은 뭐며, 그것이 또 내하고 무슨 관계라고….’ 나는 그 일은 그러고, 금방 잊어버렸다.

그런데 그 전화를 받고 나서 바로 그 날의, 그 캄캄한 암흑 체험을 또 한 번 한 것이다. 그러나 이 때도 나는 좀 이상하다 싶어도 그것을 대수롭잖게 생각했다. 대통령이 유고라면 나라가 시끄러워질 위험이 있지 않겠나 해서 은근히 걱정이 되기는 했지만 내가 무슨 정치하는 사람도 아니고, 여전히 내하고는 바로 상관될 일이 아니라고 생각했다. 그러나 뭔가 엄청난 일이 벌어진 것은 사실인 모양이니까 서둘러 옷을 챙겨 입고 회사로 달려갔다. 우리 회사 사람은 아직 아무도 그 사건을 모르고 있는 듯, 동이 터 올 때까지 텅 빈 편집국에는 나 혼자 뿐이었다. 박정희 대통령이 죽은 바로 그 밤의 일이었다.

독재 권력자가 불의의 죽음을 당했는데도 한 동안 나라는 이상하리만큼 평온했다. 나는 우리 국민도 이제 많이 성숙해졌구나 하는 생각에 가슴 뿌듯함을 느꼈다. 그러나 그것은 나의 바람이었을 뿐이었다. 한 달 여의 평온은 태풍 전야의 정적이었던 것이다. 얼마 안 가 12. 12 사건이 일어나고 신군부가 전면에 모습을 드

뒤에 선 사람이 스물 아홉 한창 젊은 기자 시절의 필자. 나는 마흔 나이에 군사 정권의 손에 그 천직을 빼앗겼다.

러내면서 나라는 삽시간에 걷잡을 수 없이 어지러운 소용돌이에 말려 들어갔다. 그러나 그때까지만 해도 박대통령의 죽음은 여전히 내게는 아무런 영향도 미치지 않았다. 오히려 신문사 내에서의 나의 입지는 더 공고해졌다.

大亂의 시대에 맡은 사회부장 자리

회사에서는 1980년 1월, 장기간 내근 부서에서만 일해 온 경력의 사회부장을 부국장으로 승진시켜 다른 부로 옮겨 앉히고 나를 전격적으로 그 자리에 임명했다. 세상이 크게 요동칠 것 같으니까 사건에 익숙한, 외근 기자 출신의 젊은 사람이 사회부를 맡는 것이 좋겠다는 판단 때문인 것 같았다. 내노라 하는, 쟁쟁한 4~5 년 선배들을 추월하여 두 계급을 뛰어오르는 벼락 승진이었다. 또 그것은 취재를 하고 있던 기자가 바로 부장이 되어 들어와 자리를 차지하고 앉는, 좀체 없는 파격적인 발탁 인사라 할만한 것이었다. 그래서 주위에서는 이를 두고 전방의 연대장이 야전 현지에서 장성으로 승진하여 사단장이 되는, 현지임관과 같은 출세라고 부러워들 했다.

80년 봄이 되면서 나라는 크게 흔들리기 시작했다. 독재자가 사라져 생긴 권력의 공백에 새로운 세력들이 서로 들어앉으려 하는, 힘의 충돌이 표면화하기 시작한 것이다. 신군부와 기득권을 놓치지 않으려는 세력, 그리고 이제야말로 권좌를 차지하려는 야당 정치인들이 사활을 건 싸움을 벌이기 시작했다. 학생들은 노골화한 군의 정권 장악 획책에 격렬한 데모로 맞섰다. 여기에 사북탄광에서는 가히 민란이라 할만한 살벌한 노사 분규가 일어나고 그 밖에도 사회 곳곳에서 각 계층 집단의 요구가 일시에 분출해 나라는 바야흐로 대 혼란에 빠져 들어가기 시작했다.

세상이 이렇게 격동에 휩싸이게 되니까 시국과 관계없는 사건들마저 여기저기서 터져 나왔다. 부산 시내의 한 국민학교에서는 계단을 내려오던 어린이들이 한꺼번에 쏠려 엎어지는 바람에 애들이 깔려 죽는 참사가 일어나고, 쾌속 여객선 엔젤 1호와 2호는 안개 낀 바다에서 저들끼리 충돌하여 무더기 사상자를 내고, 북양에 고기잡이 나갔던 우리 어선은 얼음에 갇혀 S O S를 쳐오고, 민락동에서는 마약 밀조단이 단속 경찰과 총격전을 벌이고, 합판왕 강석진씨 집에는 강도가 들어가고, 海雲臺의 한 국민학교 5학년 꼬마 녀석 네 명은 라이터 한 개, 돋보기 하나, 라면 다섯 봉지, 고무줄 새총 두 개 등을 가지고 무인도를 개척하겠다고 한밤중에 神仙臺 해안을 빠져나가려다가 간첩으로 오인한 해안 경비군인들의 집중 기총소사를 받고…… 그 바람에 나는 내가 그 전 13년 동안에 치렀던 사건 모두를 합친 것보다 더 많은 사건을 다루느라 눈코 뜰 사이 없이 바쁜 나날을 보냈다.

그러다 결국 저 光州 사태가 터지고 말았다. 나는 현지에 취재팀을 보내 그 세기의 비극을 국내의 어느 신문보다 생생하게 보도했다. 光州 사태가 무력에 의해 진압되고 계엄사령부가 그에 대한 보도 통제령을 내리고, 그러고 며칠 후, 6월 어느 날 회사는 갑자기 나를 문화부장으로 전보 발령했다. 진실을 보고도 보도하지도 못 하는 세상, 사회부장을 하면 무엇 하나… 차라리 잘 되었다 - 나는 홀가분한 마음으로 문화부로 자리를 옮겨갔다.

나를 겨눈 두 자루의 칼

그 무렵부터 서울로부터 「肅淸」이란 끔찍스런 이야기가 솔솔 흘러나오기 시작했다. 신군부가 기자들을 무더기로 강제 해직시킨다는 것이었다. 그들은 해직 사유로 열 몇 가지 죄목을 내걸고 있었다. 돈을 뜯어먹은 기자, 저질스런, 선정적인 기사를 쓴 기자, 반정부적인 기자 - 등 그것은 치어까지 싹쓸이하는 몇 겹의 그물처럼 누구에게라도 갖다 씌우기만 하면 그 중 어느 죄목 한 가지에는 걸리게 되어 있는 것이었다. 그런데 신군부는 그, 숙청을 각 언론사가 자체적으로 하라고 했다. 그들은 자기들이 자르기를 바라는 기자 명단을 손에 쥐고 각 언론사 더러 너희들 손으로 스스로 잘라내라고 했다. 그들은 회사에서 쫓아낼 기자 명단을 가지고 가면 이것으로는 아직 안 된다, 아직 안 된다 하고 퇴짜를 놓았다. 이러다 보니 숫자는 자꾸 늘어갔다. 회사에서는 먼저 군부가 요구하는, 반체제적인 사람으로 보이는 기자의 명단을 만들고 거기에 회사가 나가주었으면 하는, 거북한 기자의 이름을 얹었다. 옛날부터 言官은 목숨 보전이 어려운 사람으로 알려져 왔다. 옛 사람들은 그들이 바른 말을 하면 사람이 죽이고 왜곡된 말을 하면 하늘이 죽인다(直筆則人殺 曲筆則天誅)고 해 왔다. 당시 세상은 왕조시대가 아니었지만 또 다른 의미에서의 두 자루의 칼이 우리의 목을 겨누고 있는 셈이었다. 한 자루는 군부 독재자, 한 자루는 썩은, 신문 경영 재벌의 하수인이 쥐고 있었다. 가만히 생각해 보니 나는 그 두 자루의 칼, 어느 쪽도 피할 가망이 없어 보였다.

나는 경직되고 부패한 정부와 잘못된 현실을 비판하거나 폭로하는 기사를 써 몇 번이나 문제가 된 적이 있어 이미, 釜山 뿐 아니라 전국에 반골 기자로 이름이 나 있었다. 光州 사태 보도 때만해도 나는 그들의 눈에 곱지 않게 보였을 것이다. 그들이 계엄령에 따라 光州 사태를 보도할 수 없다고 했을 때 나는 사람이 얼마가 죽었는지 죽고 있는지 모르고, 또 외국 언론들이 온 세상에 알리고 있는데 우리만 보도하지 않을 수 있느냐고 했다. 그러나 우리 회사에 파견 나와 있던 계엄군 장교는 이 회사 뿐 아니라 전국의 신문·방송이 모두 보도 통제를 받게 되었으니까 절대로 보도할 수 없다고 했다. 더 이상의 항의나 고집이 먹힐 수 없는 상황인 것 같았다. 그래도 나는 그냥 물러서기는 싫었다. 그래서 그러면 우리 독자에게 왜 갑자기 그 엄청난 사건을 보도하지 않는지라도 알려줄 수 있게 해달라고 했다. 상대는, 어떻게 알리겠다는 것이냐고 물었다. 나는 앞에 있는 원고지 한 장을 뒤집어 거기에 「계엄사령부 조처로 오늘부터 光州 사태 보도하지 못합니다」 라고 써서 그에게 보여 주었다. 그는 그들의 상관에게 전화를 걸어 그 일로 한 동안 뭐라고 상의를 하는 것 같더니 위에서, 꼭 그래야 겠다면 그렇게 하라는 허락이 떨어졌다고 했다. 그런데 내 생각에 그들은 아직 신문을 잘 몰라서 그것을 허락하는 것 같았다. 원고지 뒷면에 볼펜으로 몇 자 그적거린 것을 보면 아무 것도 아닌 것 같지만 그것이 편집부로 넘어가고, 거기서 전문 편집 기자가 재간을 한 번 피우면 문제가 아주 달라진다. 그 문구는 그 날짜 우리 신문 1면에 베다시로(白拔)라 하여 새까만 바탕에 하얀 글씨로 찍혀 나왔다. 그 글자들은 마치 주먹으로 쾅쾅 치는 것 같은 강력한 의미 전달 효과를 보여 주는 것이었다.『東亞日報』『朝鮮日報』하는 소위 할말은 한다는 신문들 모두 쓰다 달다 말 한 마디 없이 하루 아침에 지면에서 「光州」를 싹 지워버린 날 유독 우리 신문만이 그런 글을 실었으니, 자기들이 그러라고 한 일이라 뭐라고 트집은 잡지 못 해도 그들의 심기가 편치 않았을 것은 의심의 여지가 없었다. 더구나 편집이사·편집국장 같은 그런 일 책임 맡은 상위직들이 있고 그들이 아무 말도 하지 않는데 아직 새파란 말단 부장이 그런 고집을 부렸으니 그들이 '오냐, 너 어디 두고 보자' 하고 있었을 것은 분명했다.

그리고 社主, 지금의 LG 그룹이 내려보낸 신문 경영진에게도 나는 눈에 가시와 같은 존재였다. 나는 그들이 돈에 눈이 어두워 추잡하기 짝이 없는 저질 주간지를 발간하려 했을 때 정면에서 반대한 적이 있었다. 그리고 그들이 옛날 시청 옆 대로변에 있던 신문사 사옥을 비싼 값에 임대하고 신문사를 부산역 뒷골목으로 옮기려 했을 때 기자들이 농성을 하면서 이에 반대해 결국 그들의 기도를 꺾었었는데 그 때도 나는 그 투쟁에 앞장을 섰었다. 세상이 조용할 때면 그런 일들도 젊은 사람들이 그런 주장 할만도 하지 -하고 그럭저럭 덮여 넘어갈 수 있지만 난세가 되면 문제가 그렇지 되지 않는다. 그들은 마침 군부에서 자르라는 지시도 있었겠다, 차제에 아예 화근을 없애버리자는 생각을 하고 있다는 말이 들려오기 시작했고 그것은 틀림없는 일인 것 같았다. 그리고 그 「화근」에서 내가 빠져 있을 리는 만무했다.

그러니까 내가 폭력적 權府와 저질 경영인이 가지고 있는 두 권의 殺生簿에 모두 「죽일 대상」으로 올라 있는 것은 의심의 여지가 없었다.

나를? 천만에, 네가 좀 죽어 줘.

6월 초순부터 8월 중순까지, 두 달 여 동안 온갖 불안하고 불길한 소문이 편집국 분위기를 말할 수 없이 흉흉하게 만들었다. 큰 사건이 나면 사람의 본심을 알 수 있게 된다고 하더니 정말 그랬다. 어느 날 한 선배가 나를 만나자고 했다. 그는 후배들에 대한 남다른 애정을 가지고 있는 것으로 알려져 있은 사람이었다. 그는 나에게 「그들」이 전국 기자들의 극단적인 반정부 투쟁에, 서울을 오르내리면서 참가한 우리 회사의 젊은 기자들의 명단을 요구하고 있다, 그것을 주면 우리는 살 수 있다, 알고 있느냐고 했다. 확실한 것은 몰라도 나는 그 젊은 기자들이 대강 누구누구라는 것은 알고 있었다. 그러나, 아무리 그래도 내 살자고 이제 서른 안팎의 장래가 만리 같은 젊은이들을 그 흉포한 자들에게 팔아 넘기자니 - 나는 그 사람의 얼굴만 한 번 뚫어지게 쳐다보고 아무 말도 하지 않고 일어서 버렸다.

8월 16일 마침내 30 여명이나 되는, 강제 해직자의 명단이 회사 벽에 나붙었다. 나는 나의 운명을 미리 알고 있었기 때문에 비교적 담담할 수 있었다. 그런데 다른, 대부분의 사람들은 그렇지 못했다. 펄펄 뛰는 사람, 울고불고하는 사람 - 한 바탕 쇼가 벌어졌다. 숙청 기자 명단 발표에는 웃지 못할 해프닝도 있었다. 趙 아무개 기자는 사상이 불온한 자라 하여 벌써 2~3개월 전에 신군부의 압력에 의해 의원면직 형식으로 목이 잘려 있었는데 8월의 숙청자 명단에 또 한 번 올라 있은 것이다. 李朝 시대 식으로 말하자면 이미 죽은 자의 무덤을 파헤쳐 그 뼈를 토막내는 이른바 剖棺斬屍를 당한 것이다. 그들은 자신의 손으로 목을 쳐 놓고도 그가 이미 죽었다는 것을 잊어버리고 있었던 것이다. 당시 그들이 하는 일이라는 것은 그렇게 무작스런 것이었다.

여러 루트를 두드리고 두드려 보아 안전을 확인하고 자신이 그런 일을 당하리라고는 꿈에도 생각하지 않았는데 그 날 명단에 자신의 이름이 있는 것을 보고는 기절초풍을 한 사람도 있었다. 사람들에 의하면 회사에서 마지막으로 작성한 명단에까지만 해도 그의 이름은 분명히 없었다 한다. 그의 운명은 그 서류를 그들에게 전달하는 과정에서 바뀌어버린 것이다. 그 서류를 가지고 가서 군부에 전하는 일을 맡은 사람이 운 나쁘게도 몇 연 전 그와 손찌검까지 하면서 싸운 적이 있는 사람이었던 것이다. 사람들은 그가 서류를 가지고 상경하면서 봉투를 뜯고 死者의 명단에 그 친구의 이름을 추가했을 것이라고 했다. 만약 그것이 사실이라면 (내가 본 것은 아니지만 나는 그 사람이 실제로 그랬을 것으로 믿고 있다.) 그로서는 어느 술자리에서 한 대 얻어맞은 데 대한 복수치고는 아주 야무지게, 속시원하게 한 셈이었다.

제일 볼만한 것은 수 십 명 기자들의 생목숨을 앗는 일을 앞장서서 한 C 라는 중역의 우스꽝스러운 꼴이었다. 그는 자신이 기자들의 목을, 군부가 요구하는 숫자보다 더 많이, 충분히 잘랐으니 그렇게 말을 잘 들어준 자신의 안위 같은 것은 뭐, 걱정할 필요도 없다고 생각하고 있었는데 당국에서 보내온 최종 명단을 제 손으로 펴 보니 거기, 제일 앞에 자신의 이름이 있었던 것이다. 그러니 그가, 선물상자를 열어보니 독사가 머리를 내밀었을 때만큼이나 놀라 털썩 주저앉아버린 것도 무리가 아니었다. 그런데 일이 그렇게 된 데에는 또 어디 드라마에나 나올만한 기막힌 사연이 있었다는 것이다. 그는 J 라는 한 고참 여기자를 곱지 않게 보아 숙청자 명단에 올렸는데 그 사실이 본인의 귀에 들어갔다. 그런데 J 기자는 全斗煥의 참모 역할을 한 당시의 실세, H씨와 고등학교 시절부터 교분이 있었다. 그녀는 곧 서울로 달려가 H씨를 만나 「내가 나쁜 사람 손에 걸려 억울하게 당하게 되었다. 좀 도와달라.」고 했다 한다. H씨로서는 그쯤이야 어려울 것이 하나도 없는 일이었다. 그래서 최종 명단에서 그녀의 이름을 빼주고 그녀가 말한 그 「나쁜 사람」의 이름을 그 빈자리에 채워 넣었다는 것이다. (이것도 내가 직접 본 것이 아니지만 여러 가지 정황으로 미루어 보아 나는 그것이 사실일 것이라고 생각하고 있다.) 정말 재미있는 이야기가 아닌가. 그녀는, C 라는 사람이 죽어라고 지옥에 떼밀어 넣었는데 지옥으로 떨어지는 그 순간 한 손으로 낭떠러지에 있는 나무 가지 (H씨)를 잡고 다른 한 손으로, 그녀를 죽이려고 떼민 상대의 발목을 잡아당겨 거꾸로 그를 거기에 처넣고 그 반동으로 몸을 솟구쳐 이승으로 살아 돌아왔으니 말이다.

나의 행복한 생은 끝났는가

그러면 나는 어쨌는가? 나는, 시골에서 태어나 자라 도내 소도시의 이름 없는 고등학교를 나와 순진무구 일만 알고 살았을 뿐, 서발 막대 휘둘러도 걸릴 데 하나 없는 사고무친한 나는, 일이 돌아가는 것은 누구보다 환히 알고 있었지만 H씨 같은 사람 연줄댈 꿈도 꾸지 못할 처지라 그냥 가만히 일이 되어 가는 꼴만 지켜보고 있을 수밖에 없었다. 그리고 「殺簿」에 내 이름이 오르자 한숨만 한 번 크게 쉬고 집으로 돌아왔다. 회사에 있던 내 私物은 1주일 전에 이미 집에 갖다 놓았었기 때문에 그냥 빈 몸으로 허청허청 돌아왔을 뿐이다. 그리하여 1967년 스물 일곱 살의 나이에 기자로 한 평생을 살려하고 그 회사에 들어가 청춘을 다 바쳐 일한 나는 만 13년 반 만에 마흔 살, 반백머리가 되어 오로지 열심히 일하고 바르게 살려한 그것이 죄가 되어 일조에 거리로 내쫓기고 말았다.

죄 없이 숙청을 당했는데도 나는 한 동안 내가 생각해도 이상하리만큼 마음에 큰 동요를 느끼지 않았다. 나의 직업은 왕조 시대로 말하면 言官 또는 史官이다. 그리고 지금의 이 난세는 옛날 같으면 反正 또는 易姓革命이다. 그런 시대였다면 나는 그와 같은 정치적 격동에 살아 남기가 어려웠을 것이다. 나는, 그러니까 명을 부지한 것만도 다행이라고 생각하자 하고 스스로를 위안했다. 그리고 세상 탓도, 원망도 그렇게 많이 하지 않았다. 다만 어떻게든 '내 같은 사람의 희생이 헛되지 않게 국사나 잘 해라'고 한 것이 당시 나의 솔직한 심정이었다.

그러나 눈이 팽팽 돌만큼 바쁘던 나날이 아무 할 일 없이 보내야 하는 시간들로 바뀌고, 그런 날들이 열흘 가고 한 달 가니 아, 내 남은 생을 이렇게 살다 마쳐야 되나 하는 생각에 심정이 말할 수 없이 착잡해졌다. 집에만 들어 앉았자니 권태로움을 견딜 수 없어 밖으로 나가 보는데 그것도 안 될 일이었다. 각각 제 일을 보러 물결처럼 밀려오고 밀려가는 사람들이 나에게 더 한 소외감을 안겨 주었다. 특히 아침 시간 교복 입은 고등학생들이 등교하는 모습을 보니 자신이 한층 더 비참한 생각이 들었다. 저 애들은 미래가 있고 희망이 있고 더구나 그런 내일을 위한 바쁜 오늘이 있는데 마흔 초반 어중간한 나이에 落魄居士가 된 나는 어쩐단 말이냐 하는 생각에 내 신세가 한없이 처량하게 생각되었다.

거기다 경찰관서 앞을 지나갈 때면 울컥 치밀어 오르는 울화를 참을 수 없었다. 「무엇을 도와 드릴까요」라고 써서 정문에 내건 간판도 사람 약오르게 하는 데가 있는데 그 옆 입간판이, 거기에 한 수 더 떠서 「정의사회 구현」이라고 하고 있는 데는 분을 억누르기가 힘들었다. 나라 지키라고 총칼 주었더니 그 무기로 몇 백 명인지, 몇 천 명인지 젊은이들 학살하고 권력을 강탈한 무리들이 뭐, 무슨 사회 구현이라고…?

외롭기 짝이 없는 신세인데도 사람 만나기도 겁이 났다. 무엇보다 그 얼마 안 되는 시일 사이에 나를 대하는 사람들의 말이 달라져 있었다. 특히 공무원들이 심했는데, 내가 신문사에 있을 때 허리를 꺾어 인사를 하면서 "대감, 언제 저녁 한 번 모시겠습니다. 시간 한 번 내 주십시오." 어쩌고 하던 사람이 손을 번쩍 들면서 "어, 어떻게 지내요." 거침없이 반말지거리를 던진다. 전에는 그랬지만 이제 너, 아무 것도 아니지 않느냐 하는 것을 노골적으로 내색하는 것이다. 아무리 炎凉世態라지만, 세상이 이렇게 간교한 곳이었더란 말인가 하는 생각에 전에 없이 새삼 사람이 무서워지기까지 했다.

날이 갈수록 나를 덮쳐오는 세상에 대한 배신감이 주체하기 어려울 정도로 커져갔다. 열심히 공부하면 세상에 유용한 인재가 될 수 있다는 어른들의 말만 믿고 나는 얼마나 악착같이 책에 매달렸던가. 밤을 새워 공부한 그 나날들이 내게 되돌려 주는 것이 무엇이란 말인가. 사람들은 또 근면 성실하면 잘 산다고 말했었지. 나는 내가 근무한 신문사를 위해 얼마나 열심히 일했던가. 큰 사건이 나면 숙직실도 없는 회사 편집국에서 시멘트 바닥에 신문지를 깔고 그 위에서 새우잠을 자 가며 밤새워 일했었다. 그런 나에게 돌아온 것이 그래, 상도 아니고 고작 숙청이란 말인가. 무료한 하루해를 보내면 밤이 오는데 이 생각 저 생각에 잠이 안 온다. 어느 달 밝은 한밤에는 혼자 뜰에 나와 서서 "아, 나의 행복한 생은 여기서 끝났는가 - " 하고 하늘을 올려다보고 탄식을 하기도 했다. 그러다 나는 문득 대통령의 죽음이 왜 나에게 칠흑 같은 어둠일 수 있었는가를 그제야 깨닫게 되었다. (나는 간혹 그런 이상한 체험을 하는데, 지금도 그것이 누가 어디서 왜 보내오는 무슨 메시지인지 알지 못하고 있다.) 그러나 그 때나 저 때나 그것을 미리 알았다 한들 내게는 아무 소용없는 일이었다.

당시, 나를 한층 더 가슴 아프게 한 것은 그렇게 명랑하던 열한 살, 열 살 먹은 내 두 애들의, 말이 아니게 기가 죽은 모습이었다. 내가 집에 들어 앉고부터, 본래 말수가 적은 큰애는 종일 가도 말 한 마디 하지 않았고 제 담임선생으로부터 「자기 아버지에 대한 자부심이 대단한 어린이」란 말을 듣던 둘째도 입을 다물어버렸다. 무언가 해서 밥은 먹어야 하고 애들 공부도 시켜야겠는데 숙청으로 잘려 나온 사람은 취업을 해서는 안 된다고 해서 그 일도 암담하기 짝이 없었다. 그래, 집사람과 마주 앉으면 저절로 "뭐 하꼬? 뭐 하꼬?" 소리가 나오곤 했다. 어느 날엔가는 내가 집사람한테 "글이고 책이고 이제 질렸다. 다 긁어모아 가지고 구멍가게라도 하나 차리면 안 될까?" 했다. 우리 애들은, 어른들 이야기는 언제나 가만히 듣고 있는 것으로 버릇되어 있었는데 이 날에는 둘째애가 "아이, 아빠 - " 볼멘소리를 하면서 끼어 들었다. 직업에는 귀천이 없단다 - 하고 제 어미가 가만히 타일렀는데 그 애는 그런 말은 반 귀에도 안 들어오는 모양, "구멍가게 하세요. 그러면 나는 가면 쓰고 댕길끼다." 우는소리를 하면서 자리를 차고 일어나 나가버렸다. 우리 내외는 웃지도 울지도 못하고 멀거니 서로의 얼굴만 마주 보고 앉아 있었다.

火木도, 材木도 안 되는 꿀밤나무가 天壽를 누린다.

그래도 그런 나날이 흘러가는 동안 차츰 내 마음도 안정을 찾아갔다. 무엇보다 주위 사람들이 나를 따뜻이 감싸준 것이 큰 힘이 되었다. 당시 여든이 넘으셨던 어머니는 속이야 편하실 리 없었겠지만 "애야, 아마 (세상이) 너를 좀 쉬라고 그러는 모양이다." 한두 번 그 말씀을 하셨을 뿐, 조금도 걱정스런 내색을 않으셨다. 또 한 사람, 내 아내, 천성을 그렇게 타고난 모양인데, 내가 그렇게 죽을 지경이 되어 있는데도 그 사람은 한숨 한 번 쉬는 일없이 언제나 웃는 얼굴이었다. 그녀는, 어느 날 내가 무슨 일인가를 알아보고 거기서도 절벽을 느끼고 목을 쑥 빼고 돌아왔는데 나의 낙담스런 이야기를 듣고 나더니 "그래도 괜찮다. 튼튼하게만 자라다오."라고, 당시 어느 상품 선전엔가에 나오는 CF를 읊었다. 어쩌다 피치 못 할 술자리가 있어서 나갈 때면 "날개도 꺾였는데 술까지 얻어 마시면 안 된다."고 하면서 어떻게 마련했는지 궁색하지 않을 만큼의 돈을 쥐어 주었다. 나의 국민학교 동기, 新羅大學 국문과의 孫八洲 교수도 좋은 말로 나를 위로해 주었다. 그는 "莊子에 보면 火木도 안 되고 材木도 안 되는 꿀밤나무가 천수를 누린다고 하고 있다." 고 했다. 그러니까 그는 나에게 자네는 유능한 것이 탈이 되어 그렇게 된 것이니 너무 한탄하지 말라고 한 것이다.

그리고 또 한 분은 나의 학부와 석사 과정의 은사이신 樂山 金廷漢 선생 - . 그 분은 일제시대와 자유당 정권, 5 · 16 후에 모두 6~7 번이나 경찰 신세를 지는 고초를 겪으신 적이 있었다. 그 분은 나에게 들려주실 말씀이 많았을 텐데도 "소주 마시지 마라. 그러면 폐인 된다. 이럴 때는 냉정해야 한다."고 만 하셨다. 아마 당신의 경험에서 하신 것 같았는데 그 몇 마디 말씀은 내가 나의 중심을 잡는 데 큰 도움이 되었다.

마지막으로 한 분이 더 떠오른다. 내가 시청 출입 기자일 때 가까이 지낸 전 釜山 시장 崔錫元 선생이 그 분이다. 그 분은 "기다려요. 죽었을 때는 푹 죽어 있어야지, 어설프게 함부로 움직이면 한 번 더 옵니다."라고 했다. 고등고시 출신으로 陸英修 여사가 총에 맞아 세상을 떠날 때 치안국장 자리에 있었던 그는 그 일로 공직에서 밀려나 한 동안 은거해 있었는데 아마 그 때 자신의 경험으로 그런 말을 들려주는 것 같았다. 그 역시 그 혼란의 시대에 나로 하여금 좀 더 신중하게 처신하게 해 준 고마운 조언이었다.

그 지긋지긋한 한 해가 저물어갈 무렵에 나는 마음을 많이 가라앉히고 박사 과정 입학 시험공부를 하기 시작했다. 그 때는 이미 그 전과 같은 울분도 원한도 나를 그렇게 많이 흔들지는 않았다. 그 무렵에 누군가가 어느 자리에서, 당장 막막한데 이제 어쩔 작정이냐고 물었을 때 나는 "앞으로, 지금까지 내가 살아온 것이 모여서 내 앞에 나타날 것이다. 내가 잘 못 살았으면 나는 안 된다. 만약 내가 잘 못 살지 않았다면 나는 괜찮을 것이다. 그런데 나는 내가 잘 못 살아왔다고 생각하지 않는다."고 했다. 내가 그렇게 대답할 수 있었다는 것은, 그 때는 이미 상당한 자신감을 가지고 있었기 때문이었을 것이다. 다시 6개월 쯤의 세월이 흘렀을 때 나는 박사과정에 입학해 있었고 두 대학에 출강을 하고 있었다. 그리고 다시 거기서 2년이 흐른 뒤 내 앞에는 仁濟大學과 東義大學이란 두 대학의 문이 열렸고 나는 그 둘 중에서 현재의 이 대학을 택해 선생이 되었다.

지금 생각해도 그것은 참으로 잘 한 선택이었다. (2001)

내가 본 牛耕 張良守 교수

李仲燮이 그린 황소 같은 사람

鄭尙圤 (東亞大 명예교수)

군사통치를 하던 박정희 대통령이 암살된 뒤 우리는 소위「서울의 봄」, 민주화의 열망에 들떠 있었다. 그것도 잠시, 정권 야욕에 찬 전두환 장군이 주도한 신군부에 의하여 국민의 기대는 배신당하고 자유와 인권은 무참히 짓밟혔다. 장교수는 1980년 군부가 언론인을 숙청하고 언론사를 통폐합하는 그 야만적인 焚書坑儒의 와중에 당시 근무하고 있던 신문사에서 강제 해직되었다.

나는 그 직후, 내가 재직하고 있던 대학에서, 박사 과정에 들어온 장교수를 처음 만났다. 그는 분망한 신문기자 생활을 하면서도 학문에 대한 열의로 모교에서 석사과정을 이수해 두고 있었는데 불의에 실직을 하자 학자에의 길로 돌아선 것이다. 말이 그렇지 불혹의 나이에, 그것도 유수한 일간지의 사회부장과 문화부장을 역임한 인사가 새로 공부를 시작한다는 것은 立志의 각오가 여간 단단하지 아니고서는 하기 어려운 일이다.

암울한 시대에 직장을 잃은 家長이라는, 절박한 상황인데도 그는 개인적으로 흔들림이 없었다. 그리고 한 번도, 미친 듯이 날뛰는 당시 세상을 향해 울분을 터뜨리는 일도 없었다. 그는 또 자신이 웬만한 釜山사람이면 다 아는, 난다 긴다하는 기자였다는 것을 조금도 내색하지 않았다. 나는 그가 언제 무슨 바람이 불었느냐는 듯이 담담하게, 묵묵히 학문 연구에만 몰두하는 모습을 보고 조금은 미련한 소 같은 사람이구나 하는 생각을 하였다. 그는 우리 토종 황소 같다. 나는 그를 볼 때마다 李仲燮의 그림에 나오는 소를 연상한다. 李仲燮의 소는 앙상히 강조된 굵은 뼈대, 눈물을 안으로 삼킨 큰 눈망울, 달려들 듯하면서 멈춘 모습에 내면의 힘이 보인다. 장교수도 그렇다. 큰 두상과 굵은 골격에 무한한 슬기와 억센 힘을 지니고 있으나 성품이 어질고 과묵하여 평소에 그 모든 것을 밖으로 드러내지 않는다. 그는 그것을 오로지 학문 연구에만 집중한다.

그렇다고 장교수가 세상사를 외면한 무골호인은 아니다. 그는 평소에 말을 잘 하지 않지마는 어쩌다 문득 안광이 빛나고 목에 힘줄이 서면 가슴 깊이에서 몇 마디 말이 튀어나온다. 눌변에 가까운 말이지만 굳은 심지에서 울리는 올곧은 말은 징소리처럼 주위 사람들의 뇌에 공명을 일으킨다.

장교수는 상당히 우직한 학자다. 저널리스트 출신의 교수들은 대개 재치는 있으나 가볍고, 쉽게 말을 하고 글을 쓰고 만사에 우국지사 연, 비분강개하는 모습을 보인다. 그런데, 그는 민주시대가 된 오늘날에도 해직기자라는 자기 과거를 자랑하지 않고, 지사연하지도 않는다. 오직 자기의 뜻을 한국 소설에 대한 논문으로 발언하고 있다.

평생 교수를 한 사람도 논저는 한 두 권 내기가 어렵다. 그런데 그는 1991년 이후 해를 사이에 두고 잇달아 『韓國義賊小說史』『韓國의 同伴者小說』『韓國의 問題小說』『韓國樂園小說研究』『韓國패러디小說 研究』『한국예술가소설론고』『韓國藝匠人小說論』 등 괄목할만한 논저를 출간하였다.

그의 학문적 미덕은 이처럼 업적을 많이 냈다는 것만이 아니다. 첫째, 그가 연구에 정공법을 쓰는 것을 보면 참으로 학자다운 학자라는 생각이 든다. 넓게 자료를 모으고, 깊게 천착한다. 한국 소설의 한 장르를 붙들고 연구하기 시작하면 그 본질을 밝히기 위하여 소(沼)를 판다. 아직 학문적 체계가 잡히지 않은 분야도 그의 연구를 거치면 장르의 성격이 명확해지고 때로는 새로이 장르 규정이 된다.

둘째, 그는 연구범위를 넓게 잡고 그 근원까지 탐색한다. 그의 전공은 한국 현대소설이지만, 그는 그것만 연구하지 않는다. 그는 고대소설은 물론 설화까지 모든 서사물을 살피면서 민족문학의 맥락을 짚어서 현대소설의 특성을 드러내고 있다. 그가 기회 있을 때마다 우리 민족문학의 연속성을 강조하는 것을 보면 그를 현대소설 연구가라기보다 민족문학 연구가라고 해야 하지 않겠나 하는 생각이 든다.

셋째, 그의 논저에는 정신이 깃들어 있다. 논문이 객관성을 유지하다 보면 가치중립적이 되고, 건조해지기 쉽다. 그런데 그의 논문은 방증과 논리를 통하여 객관성을 확보하면서 자신의 현실 체험을 통하여 얻은 시대 정신과 역사 의식을 한국 소설 연구에 투영한다. 동시에 사회의 모순을 본질적으로 비판하고 민족의 역사와 정신을 밝히는 일에 몰두한다. 거기서 그는 어떠한 고난에도 잃지 않는 우리 민족의 인간 사랑, 세계 긍정, 미래지향의 정신을 밝히고 있다. 그리하여 그는 우리들로 하여금 환하게 열릴 한민족의 내일에의 확신을 가지게 한다.

사람들은 장교수의 전반생이 이제는 언론계의 전설이 되어 있는, 표범 같이 날쌘 민완 기자였다고 하지만, 내게는 우직하게 진리의 전답을 가는 소처럼 살고 있는 그의 후반생이 더 존경스럽다. 그래서 나는 그에게 '우경(牛耕)'이라는 아호를 하나 드리고 싶다.

장교수는 남은 여생을 지금처럼 연구만 하면서 살아도 학자로서 학계 뿐 아니라 세상 사람들로부터 존경을 받을 것이다. 그러나, 앞으로 소설에 대한 논문만이 아니라 일반 대중이 읽을 수 있는 글도 쓰고 우리 사회를 향해서도 발언을 좀 해주었으면 한다. 왜냐하면 지금과 같은, 윤리와 도덕이 땅에 떨어지고 良識이 실종된 때야말로 우리에게 언론계와 학계에서 풍부한 경륜을 쌓고 불퇴전의 용기와 참 인간으로서의 미덕을 겸비한 장교수 같은 지성인의 말에 목마른 시대라는 생각이 들기 때문이다.

◉ 장양수

1941년 경상남도 창원시 북면 방도리 출생
釜山大學校 國文科 졸업, 문학박사(1988)
國際新聞社 社會部長 · 文化部長 역임, 현재 東義大學校 國文科 教授
著書 : 「韓國義賊小說史」(문예출판사 1991년)
「韓國의 同伴者小說」(文學手帖社 1993년)
「韓國의 問題小說」(集文堂 1994년)
「韓國樂園小說 研究」(문예출판사 1996년)
「韓國現代文學史(共著)」(現代文學社 1989년)
「한국 패러디소설 연구」(이회문화사 1997년)
「한국예술가소설론고」(도서출판 한울, 1998년)
「韓國藝藝匠人小說論」(한국문화사, 2000년)
論文 : 「李泰俊 短篇 <가마귀>의 耽美主義的 성격」 외 다수.

痴人의 見聞

발 행 • 2001년 11월 15일
지은이 • 장양수
펴낸이 • 박영희
펴낸곳 • 이회문화사
주 소 • 서울시 동대문구 답십리동 488-338
원영빌딩 302호
TEL • 02 - 2244 - 7912~3 FAX • 02 - 2244 - 7914
E-mail • ih7912@chollian.net
등 록 • 제1-1342(1992. 5. 2)
ISBN • 89 - 8107 - 170 - 5 03810

정가 9,000원